PROBLÈMES DE DEUXIÈME CHANCE

Par
Alex McAnders

McAnders Books

*****

Les personnages et les événements dans ce livre sont fictifs. Toute ressemblance avec des personnes réelles, vivantes ou mortes, est fortuite et non voulue par l'auteur. La personne ou les personnes figurant sur la couverture sont des modèles et ne sont pas associées à la matière de création, le contenu ou le sujet de ce livre.

Tous droits réservés. Aucune partie de cette publication ne peut être reproduite sous quelque forme ou par quelque moyen électronique ou mécanique que ce soit, y compris le stockage de l'information et des systèmes de récupération, sans la permission écrite de l'éditeur, sauf par un critique qui peut citer de brefs passages dans une revue. Pour plus d'informations, contactez l'éditeur à : Alex@AlexAndersBooks.com.

Droit d'auteur © 2024

Site Officiel: www.AlexAndersBooks.com
Podcast: BisexualRealTalk
Visitez l'auteur sur Facebook à l'adresse: Facebook.com/AlexAndersBooks
Obtenez 4 livres de français gratuits lorsque vous vous inscrivez pour la liste de diffusion de l'auteur: AlexAndersBooks.com

Publié par McAnders Publishing

Autres titres de Alex McAnders

Romance Gay

Problème de Mariage Mafieux; Livre 2
Un sérieux problème; Livre 2; Livre 3; Livre 4; Livre 5; Livre 6

*****

Histoire d'amour bisexuelle et érotique H/H/F

L'ouragan Lane; Livre 2; Livre 3; Livre 4; Livre 5; Livre 6
Sous son Chaperon Rouge
Aladin et Son Prince Charmant: Dans le Repaire du Dragon; Ses Deux Vœux; La première fois d'Aladdin
Sa Meilleure Mauvaise Décision
Règles pour la Fessée
La Muse
La Belle et les deux bêtes
Au clair de Lune
Amours doux-amers : Prologue; Livre 2; Amours doux-amers

*****

Gay Erotique Romance

Aladin et Son Prince Charmant: Dans le Repaire du Dragon; Ses Deux Vœux; La première fois d'Aladdin

*****

Autres titres de Alex Anders

Homme / Homme / Femme

Alors Que Ma Famille Dort; Livre 5
Le Triangle de Magie Noire
Le Dangereux Trio; Livre 2; Livre 3; Livre 4; Livre 5

Gay Erotique Romance

Leur première fois
Comme le Désire la Rock Star; Livre 3; Comme le Désire le Mauvais Garçon
Bébé Chéri : Sacrifié; Livre 2; Livre 3; Livre 4; Livre 1-4
Aladin et Son Prince Charmant: Dans le Repaire du Dragon; Ses Deux Vœux; La première fois d'Aladdin

Histoire d'amour bisexuelle et érotique H/H/F

Jusqu'à ce que vous trembliez
Douceurs des îles: Préquelle; Livre 2; Livre 0-2; Douceurs des îles
Bane : Préquelle; Bane
Avant qu'il ne devienne célèbre

PROBLÈMES DE DEUXIÈME CHANCE

Chapitre 1

Merri

« Vous vous êtes moqué de mon équipe, de mon organisation, de votre père et, surtout, de moi », a déclaré le vieil homme au visage rouge, tandis que ses veines d'araignée s'illuminaient et rampaient sous sa barbiche blanche à l'aspect ridicule.

En baissant la tête, j'ai laissé mon esprit dériver vers un autre monde. Avez-vous déjà rêvé de faire quelque chose? Il peut s'agir d'atteindre un objectif ou de rendre un parent fier de vous.

Peut-être qu'après avoir déçu votre père toute votre vie, vous rêviez d'être son entraîneur adjoint alors qu'il entraînait son équipe vers le championnat de la NFL. Au moment où le compte à rebours est lancé, il se tourne vers vous pour que vous lui proposiez la stratégie qui fera gagner le match. Après avoir attendu cela toute votre vie, vous sortez ce sur quoi vous avez travaillé pendant des mois.

« Une passe en forme de grêle? » vous dira-t-il.

« Cela va marcher, Coach», lui disiez-vous, peu sûr de vous, mais certaine que c'était la bonne décision.

« Je ne sais pas ce qu'il en est. Le match est en jeu.» « Faites-moi confiance, Coach», implorez-vous.

Lorsqu'il détourne le regard, dubitatif, vous lui prenez l'épaule et lui dites : « Ça va marcher,Papa ».

Et grâce à une vie de travail en commun, il met le championnat entre vos mains et appelle le quarterback qui initie votre jeu.

Alors que les joueurs blitzent et s'installent, le quarterback lance le ballon. En l'air, il parcourt 30, 40, 50 yards. Et juste au moment où vous l'avez dessiné, le receveur se débarrasse de son défenseur, bondit et l'arrache des airs, tombant dans la zone d'en-but et remportant le match.

Les applaudissements et les banderoles suivent. Les autres entraîneurs vous portent sur leurs épaules, victorieuse. Et votre père, qui aurait pu avoir des doutes à votre sujet, vous regarde dans les yeux et hoche la tête comme pour dire, c'est ma fille et j'en suis fier. ...Ou, vous savez, un rêve moins étrangement spécifique que celui-là.

Je ne suis pas trop fière d'admettre que c'était peut-être mon rêve. Je n'ai jamais été la préférée de mon père. On pourrait même dire que mon père me considère comme une déception.

Oui, je suis l'entraîneur adjoint de mon père. Après une brillante carrière d'entraîneur en Division 2, le miracle de se voir proposer une équipe de la NFL s'est produit. Mais mon rêve s'arrête là. Car après deux ans de galère, la carrière de mon père risque d'être terminée avant même d'avoir vraiment commencé.

Pire encore, alors que nous jouions notre dernier match de la saison, celui qui déterminait nos chances de participer aux séries éliminatoires, mon père m'a complètement ignoré et a choisi une stratégie qui nous a fait perdre le match.

Ce n'est pas grave. Notre équipe était habituée à perdre. C'est comme ça. Mais soudain, libéré de la préparation du match et de tout le reste du football, quelque chose s'est frayé un chemin dans mon esprit. Après avoir ignoré mon petit ami pendant des mois, je me suis souvenue que notre relation battait de l'aile. Tout comme la carrière d'entraîneur de mon père, elle était en train de s'effondrer.

Alors que ces pensées m'envahissent, un événement inattendu se produit : mon visage apparaît sur l'écran géant. Cela s'était déjà produit auparavant. Lorsque les matchs sont télévisés, les caméramans sont toujours à la recherche de plans de réaction. Le seul problème, cette fois, c'est qu'ils avaient choisi de se concentrer sur moi parce que, dans un moment d'émotion brute, j'étais en train de pleurer. Je ne m'en étais même pas rendu compte. Et si vous avez déjà pensé qu'il n'y avait pas de pleurs au baseball, je peux vous assurer que, à moins que ce ne soit après une grande victoire, il n'y a certainement pas de pleurs au football.

«Tu as pleuré? Sur mon terrain de football? Qu'est-ce que c'est que ce coup de chatte?»

Le manager de l'équipe a regardé le propriétaire de l'équipe en sachant qu'il venait de franchir une limite. Bien sûr, il n'a rien dit. Le propriétaire de l'équipe aurait tout aussi bien pu mettre sa main au cul du manager, tant ce dernier était une marionnette.

«Tu es une honte pour mon équipe. Et ce n'est pas peu dire quand on sait à quel point cette

saison a été une putain de honte. Mais savez-vous pourquoi c'est une honte? J'ai dit, tu sais pourquoi ça a été une honte?» me demanda-t-il.

«Parce que notre blitzing est faible. Nous ne sommes pas assez profonds pour compenser les blessures. Et notre quarterback n'est pas capable de faire une passe pour sauver sa vie?

L'homme de 72 ans m'a regardé avec dégoût.

«Non, espèce de merde, de je-sais-tout. C'est parce que l'assistant, qui n'a pas de cervelle, pense plus à regarder les joueurs sous la douche qu'à gagner le match.»

Des picotements de chaleur me traversèrent. Tous les muscles de ma poitrine se sont contractés et j'ai eu du mal à respirer. Il l'avait trouvé. La chose que j'avais toujours craint d'entendre le plus, il me l'avait crachée comme du venin.

Je n'ai pas toujours été ouvert à l'idée d'être gay . J'étais le fils d'un entraineur de football. Travaillant pour mon père depuis mon enfance ,je le rejoignais dans les vestiaires .Il lui arrivait de faire son discours de fin de match alors que la moitié de l' équipe était nue. C'est ce qui se passait dans le football, que ce soit au niveau universitaire ou
professionnel .

Les choses changeraient –elles si tout le monde savait que je suis gay ?Je ne serais certainement pas le bienvenu dans les vestiaires. La confiance était un élément important du jeu. Nous devions être surs que les joueurs se préparaient correctement pour chaque match. Et les joueurs devaient être surs que nous ne regardions pas leurs bites qui se balançaient et que nous ne nous branlions pas en pensant à elles lorsque nous étions seuls le soir.

En bref, les gays n'étaient pas les bienvenus dans le football. Mais j'étais là ,le fils ouvertement gay d'un entraineur perdant dont les pleurs avaient été diffusés sur toutes les télévisions d'Amérique. Je me sentais humilié.

Pendant si longtemps, j'ai essayé d'être l'homme que mon père voulait que je sois. Pendant si longtemps, je me suis couché en rêvant que mon père me traite enfin comme s'il était fier de moi au lieu d'avoir honte. Pourtant ,à chaque fois, je le décevais.

J'ai manqué des choses que j'aurais dû remarquer. J'ai pleuré à la télévision nationale, donnant ainsi des munitions à des gens comme le propriétaire de l'équipe, qui s'en serviront lors des entretiens de départ et des négociations de contrat.

Lorsque j'ai senti les larmes couler à nouveau, j'ai fait tout ce que j'ai pu pour les retenir. Je ne pouvais pas pleurer. Pas maintenant. Pas ici. Je devais m'en sortir comme un homme, je devais être le fils que mon père voulait que je sois.

Alors, pendant que le propriétaire se plaignait de ma sexualité et de mon intelligence, faisant tout ce qu'il pouvait pour me faire démissionner, je me suis mordu la lèvre. J'ai remué mes orteils. J'ai fait tout ce que j'ai pu pour me distraire de l'idée qui me trottait dans la tête : «Ce qu'il a dit de moi était vrai. Je n'étais pas à ma place ici».

« Ne pleure pas. Merri, tu ne vas pas pleurer!» me disais-je en voulant désespérément que ce soit vrai.

Je peux le faire. Je pouvais m'en sortir. Et quand je l'aurais fait, j'aurais prouvé que j'avais ma place ici. Je montrerais à mon père et à tous les autres que je ne suis pas un raté. Je n'étais pas une honte. Je leur montrerai que je suis une personne qui a sa place dans le football, au même titre que n'importe quel autre. Et tandis que les traces d'humidité roulaient lentement sur mes joues et me brisaient le cœur, je savais exactement comment j'allais m'y prendre.

Chapitre 2

Claude

Alors que le soleil matinal balayait les montagnes en blanchissant les nuages, une brume s'est emparée de l'air. Étirant une dernière fois mes ischio-jambiers, j'ai pris une profonde inspiration et j'ai commencé ma course. Je me suis mis au rythme de ma respiration et de mon allure, et mon esprit s'est apaisé. Ce matin, c'était le moment. Cela faisait si longtemps que je pensais à le faire et aujourd'hui, c'était le jour.

En contournant les routes de montagne et en entrant dans le quartier, je pensais à mon plan. C'est là que Cage commençait sa course. En le croisant par hasard, je l'inviterais à me rejoindre et je le ferais.

Il ne faisait aucun doute que quelque chose devait changer dans ma vie. Lorsque je suis rentré à la maison, j'ai apprécié l'isolement. J'avais besoin de temps pour réfléchir. Mais depuis deux ans, c'en est trop.

Oui, j'avais mes Facetimes avec Titus et Cali, mais ce n'était pas suffisant. En fait, c'est en apprenant à connaître mes nouveaux frères que j'ai commencé à m'éveiller. Je voulais être plus sociable. Je commençais à en avoir besoin.

Pourquoi ai-je choisi d'approcher Cage?

C'est parce que nous nous trouvions à un stade similaire de notre vie. Depuis l'obtention de notre diplôme universitaire deux ans plus tôt, nous avions fait des choix similaires. De tous les habitants de cette petite ville, il était celui que je considérais le plus facilement comme un ami.

D'ailleurs, lui et son copain étaient au centre du groupe d'amis de mes frères. Cage et Quin organisaient beaucoup de soirées jeux. Lorsque Cage avait emménagé en ville, il m'avait invité. Mais après avoir refusé une invitation de trop, les invitations avaient cessé.

Première étape, croiser Cage. Deuxième étape, l'inviter à se joindre à moi pour ma course. Troisième étape : évoquer avec désinvolture la soirée jeux et lui faire part de mon envie de me joindre à eux. Cela semblait si simple. Pourtant, ce n'est que maintenant, des semaines après avoir élaboré ce

plan, que j'ai trouvé le courage d'essayer.

C'est peut-être à cela que ressemblait le fait de se retrouver au bout du rouleau, un jogging matinal destiné à demander quelque chose qui vous manquait désespérément, un contact humain et un ami.

Faisant de mon mieux pour ne pas trop y penser, j'ai accéléré le pas et contourné les rues du quartier. Le cœur battant, la maison de Cage est apparue. J'avais bien choisi mon moment, je pouvais voir Cage s'étirer dans l'allée.

En regardant fixement, j'ai eu mal à la poitrine. Pris sous une avalanche de panique, j'ai lutté pour respirer.

Je ne pouvais pas faire ça. Pas maintenant. Pas aujourd'hui. Et juste au moment où Cage a levé les yeux en me voyant courir dans sa rue, j'ai fait demi-tour. Changeant de direction comme si cela avait toujours été mon plan, j'ai couru dans la direction opposée.

J'étais un lâche. Cela ne fait aucun doute. Mais le pire, c'est que j'étais seul et que je continuerais à l'être. Pourquoi ne pouvais-je pas m'en sortir? Qu'est-ce qui ne va pas chez moi?

De retour à la maison, je suis entrée sous la douche et je me suis retrouvée nue, l'eau s'accumulant dans mes cheveux bouclés. Comment étais-je devenue cette personne? L'université avait été si différente. J'avais des amis et une vie. Maintenant, de retour à la maison dans une petite ville du Tennessee, j'étais…

«Descends quand tu auras fini», dit ma mère en frappant à la porte de la salle de bains.

«J'ai une surprise pour toi.»

Revenu à l'instant présent, j'ai levé les yeux. Ma mère avait une surprise pour moi? Qu'est-ce qu'elle voulait dire par là?

Après avoir coupé l'eau et m'être habillé, j'ai ouvert la porte de la salle de bains. Immédiatement, l'odeur des grains d'Arabica grillés m'a frappé. Dieu que c'était bon. Mais je ne l'avais pas réglée pour qu'elle infuse.

«Surprise!» a dit ma mère après que j'ai descendu les escaliers et que je sois entrée dans la cuisine.

Dans l'une de ses mains se trouve une tasse à café. Dans l'autre, un muffin dans lequel est plantée une bougie allumée.

«Qu'est-ce que c'est?»

«Nous faisons la fête», dit ma mère avec enthousiasme, la peau brune éclairée par la lumière des bougies.

«Qu'est-ce qu'on fête?», ai-je demandé en me demandant si j'avais oublié un anniversaire. J'ai demandé si j'avais oublié un anniversaire.

«Nous célébrons ton emménagement dans ton nouveau magasin.» J'ai souri malgré moi.

«Ce n'est pas si important, Maman».

«Bien sûr, c'est une grande affaire. Tu as travaillé dans notre salon l'année dernière, et maintenant tu vas avoir ton propre bureau.»

«Que je partagerai avec Titus», lui ai-je rappelé.

«Qu'est-ce que cela peut faire? Tu es maintenant un chef d'entreprise prospère et tu as ton propre bureau ».

«Que je partage».

«Claude, prends le muffin», dit-elle en me le tendant.

«Et le café. J'ai demandé à Marcus quel type de café tu aimais. Il m'a dit que c'était ton préféré.»

J'ai souri. «Merci, maman.»

«Il n'y a pas de quoi», dit-elle en souriant. «J'ai quelques minutes avant de partir, pourquoi ne pas nous asseoir et prendre un café ensemble?»

«J'ai pris un siège.»

«Quoi, euh oh? Il n'y a pas d'euh oh. Une mère ne peut-elle pas passer quelques minutes assise avec son adorable fils?»

«Bien sûr, maman», ai-je dit en m'installant. «Je suis désolée. De quoi veux-tu parler?» Maman m'a regardé d'un air diabolique.

«Eh bien, puisque tu l'as demandé, y a-t-il des filles dans ta vie dont tu aimerais m'en parler?»

« Maman » !

« « Ou des hommes. Je sais que tout le monde est bisexuel de nos jours.

Elle m'a regardé de travers en me demandant qui je pensais tromper.

. «Non, maman, il n'y a ni fille ni garçon dans ma vie en ce moment.»

«Et pourquoi pas?» dit-elle en se penchant en avant. «Je sens qu'une conférence se prépare.»

«Il n'y a pas de cours magistral. Je vais juste dire…» J'ai gémi.

«Je vais juste dire que tu es intelligent, gentil, et que tu es maintenant propriétaire d'une entreprise».

«Nous y voilà.»

«Il n'y a aucune raison pour que des gens ne frappent pas à votre porte.» «Peut-être que je ne veux pas que les gens frappent à ma porte.»

«Ta maman avait des garçons qui frappaient à sa porte», dit-elle fièrement.

«Et à propos des choses que je n'avais pas besoin de savoir…»

«Tu devrais être content que ta mère soit sexy.»

«Maman!»

«D'où penses-tu que tu tiens ta belle apparence?»

«Je pense que cette conversation est terminée», ai-je dit en me levant.

«C'est fini quand tu ramènes un petit bout de femme sexy à la maison pour me rencontrer. J'ai fait entrer des garçons dans ma chambre dès que j'ai pu les faire passer par la fenêtre. Pourquoi personne ne passe par ta fenêtre?»

«Je suis au deuxième étage! J'ai dit en me tournant vers elle.»

«Claude, tu dois t'ouvrir aux gens. Tout le monde t'aime bien. Donne une chance à quelqu'un.

Tu es trop jeune et trop beau pour être un vieil homme solitaire», m'a-t-elle dit alors que je prenais mon café et que je montais dans ma chambre.

En refermant la porte derrière moi, j'ai dû admettre qu'elle n'avait pas tout à fait tort. Je veux dire qu'elle avait tort pour ma bisexualité, et pour Marcus. Il n'était que mon fournisseur de café. Mais elle avait raison quelque chose devait changer. Ce n'était pas la vie que je m'étais imaginée en sortant de l'université.

Bien sûr, j'avais ce qui était en train de devenir une entreprise florissante, et je travaillais avec Titus. Mais ce n'était que du printemps à l'automne. Le reste de l'année, prendre un café au pop-up de Marcus était le seul moment où je ne me sentais pas vide. Quelque chose devait changer.

Attendant les cinq minutes habituelles avant de partir, je suis redescendue pour prendre les clés de la voiture. Ma mère étant à l'école toute la journée, nous partagions une voiture. Cela fonctionnait bien puisque je n'allais jamais nulle part le soir. Mais en la conduisant ce matin, alors qu'elle reprenait son cours là où elle l'avait laissé, j'ai remis en question notre arrangement.

Après avoir déposé maman et m'être rendu à mon nouvel appartement, je me suis garé sur le parking et je me suis assis. En regardant la petite structure en bois, je m'attendais à ressentir plus que ce que je ressentais. Maman n'avait pas tort : avoir un bureau pour gérer notre entreprise était une raison

de se réjouir. Mais comme mon associé terminait encore son semestre de printemps, j'étais le seul à être ici.

En sortant de la voiture, j'ai emprunté le chemin de terre jusqu'à la porte d'entrée. Cet endroit était une véritable cabane dans les bois. Entouré de pins parfaits encore humides de la rosée du matin, j'ai jeté un coup d'œil à travers les arbres sur la rivière peu profonde qui se trouvait à moins de cent pieds de là.

Cet endroit avait été une excellente trouvaille. La seule chose qu'il n'aurait jamais, c'est le trafic piétonnier. Mais comme notre circuit commence à moins d'un quart de mile de là, cela nous permettrait d'organiser plus de visites dans notre journée. La location était donc tout à fait logique.

En déverrouillant la porte et en regardant autour de moi, j'ai senti qu'elle était vide. Était-ce une bonne idée? De quel degré d'isolement avais-je encore besoin? Pourrais-je passer le reste de ma vie à travailler ici, dans cette ville?

Essuyant rapidement une larme sur ma joue, je me suis redressée et j'ai pris mes responsabilités. J'avais voulu une entreprise et maintenant je l'avais. Si je voulais m'ouvrir et laisser quelqu'un entrer

dans ma vie, je pouvais le faire aussi.

Je ne pouvais plus douter que j'en avais besoin. Une partie de moi sentait que j'allais craquer

sans elle. Il fallait juste que je trouve le moyen de desserrer les mains qui cachaient mon cœur.

Je ne savais pas pourquoi je me retirais toujours des gens comme je le faisais, mais j'allais briser cela.

J'allais laisser entrer quelqu'un et ensemble, nous serions heureux.

Je pouvais le faire. Je devais le faire. Et alors que j'essuyais une nouvelle larme sur ma joue, j'ai entendu frapper à la porte, ce qui m'a fait faire demi-tour.

«Merri!» ai-je dit, choquée de voir que ses yeux gris acier me regardaient à nouveau.

Chapitre 3

Merri

«Je l'ai dit comme si cela faisait deux ans que je ne l'avais pas vu.»

Mon Dieu, qu'il est beau! Ce n'est pas comme si j'avais oublié comment ses magnifiques sourcils encadraient sa mâchoire carrée et ses lèvres pleines. C'est plutôt que j'avais oublié ce que je ressentais en les regardant.

Le voir pour la première fois en première année a été la dernière chose dont j'avais besoin pour me convaincre que je n'étais pas hétérosexuel. Le teint de cet homme avait la couleur du chocolat au lait. Comment ne pas avoir envie de le lécher?

Claude secoue la tête comme s'il n'arrivait pas à croire ce qu'il voyait. «Qu'est-ce que tu fais ici?» demanda-t-il, stupéfait.

«J'étais dans le quartier. Je me suis dit que j'allais passer.»

«Tu es dans le Tennessee!» dit-il en essayant encore de tout reconstituer. «Quoi? Le Tennessee n'a pas de quartiers?». ai-je plaisanté.

«Non, je veux dire que tu vis dans l'Oregon.»

«En fait, je suis en Floride maintenant.»

«Ce qui n'est pas encore près du Tennessee.» Jai souri.

«Tu m'as eu».

«Alors, pourquoi es-tu ici?»

«Je me suis dit que j'allais passer dire bonjour.» «J'ai reçu les clés de cet endroit hier.»

«L'endroit est neuf? » J'ai dit en regardant autour de moi la petite cabane.

« Tu diriges l'une de ces compagnies de rafting, n'est-ce pas? »

«Oui. Comment l'as-tu su?»

«Tu as un site web», lui ai-je dit en explorant l'endroit. «Bien sûr. Et j'ai mis cette adresse dessus».

«Bingo».

«D'accord, cela explique comment tu as trouvé cet endroit. Mais ça ne me dit pas ce que tu fais ici. »

Je me suis retourné vers mon vieil ami en me demandant ce que je devais faire en premier. Il s'était passé beaucoup de choses entre nous avant qu'il ne m'annonce qu'il choisissait d'obtenir son diplôme plus tôt et de quitter l'équipe. Et je dois admettre que je n'ai pas bien supporté son départ.

«Je suis ici parce que j'ai une proposition à te faire», ai-je dit en souriant. «Et qu'est-ce que c'est?»

«Je ne sais pas si tu le sais, mais mon père est devenu l'entraîneur principal des Cougars.

«Je ne le savais pas», a-t-il dit d'une manière qui m'a fait comprendre qu'il s'en fichait

également.

«D'accord. Il l'a fait. Et je suis devenu son assistant.»

«Comme à l'université? »

«Bien sûr. Mais les pros sont vraiment différents. Si je te disais certaines choses…» J'ai levé les yeux et je me suis arrêtée en voyant ses yeux insensibles.

J'ai baissé les yeux. «Ce n'est pas la question.»

«Où veux-tu en venir?» demanda-t-il froidement.

«Ce que je veux dire, c'est qu'il a obtenu ce poste d'entraîneur en partie grâce à toi. » «Je vois.»

«Cela ne te surprend pas?»

«Nous avons eu une bonne saison.»

«Nous avons eu trois bonnes saisons. Et toutes ont été réalisées grâce à toi».

«Je ne sais toujours pas ce que tu fais ici.»

J'ai eu du mal à respirer. «Je suis ici parce que je t'invite à une séance d'entraînement.»

«Quoi?» dit Claude, pris au dépourvu.

«Tu sais, un essai pour l'équipe.»

La tension de Claude est retombée.

«Pour les Cougars?» demanda-t-il, confus.

«Oui», ai-je dit avec enthousiasme. «Papa sait qu'il te doit une grande partie de son succès, et il pense que tu as ce qu'il faut pour jouer chez les pros».

«Merri, je n'ai pas touché à un ballon de football depuis… » Il a détourné le regard pour se souvenir.

«Depuis que tu nous as fait gagner notre titre de troisième division?» «Oui».

«Tu l'as juste posé et tu ne l'as plus repris, hein?» «Quel était le but?»

«Ça ne te manque pas? Tu étais si bon sur le terrain. La façon dont tu pouvais trouver une faille et attendre le moment parfait pour faire une passe…? C'était incroyable.»

«C'est mon passé maintenant.»

«Mais ce n'est pas nécessaire. Je suis ici pour te dire que si tu le veux, tu peux l'avoir à nouveau. Je t'offre une invitation à y retourner. Je sais que tu as aimé ça. Je suis sûr que tu l'aimerais à nouveau», ai-je dit, me demandant si je parlais encore de football.

Claude m'a regardé fixement, sans rien exprimer. Je sentais mon assurance fondre sous la

chaleur de son regard. Il avait toujours une façon de voir à travers moi. Je ne savais pas trop comment il faisait.

«Je sais que je n'ai pas le droit de te demander quoi que ce soit, surtout à cause de la façon dont les choses se sont terminées entre nous. Mais cela signifierait beaucoup pour moi si tu y réfléchissais. Je ne suis vraiment pas dans une bonne position en ce moment avec l'équipe…»

«Alors, c'est à propos de toi?»

«Il s'agit de nous… Je veux dire, de ce que nous avions. Nous avions une bonne chose à

l'époque, n'est-ce pas? J'étais ton entraîneur. Tu étais le joueur vedette. Tu brillais et tout le monde t'aimait.»

«Ce n'est pas pour cela que j'ai joué».

«Alors, pourquoi as-tu joué?» demandai-je, sentant une porte d'entrée. «Cela n'a pas d'importance. Cette partie de ma vie est terminée.»

«Mais ce n'est pas nécessaire. Encore une fois, je sais que tu ne me dois rien. Mais je te demande d'au moins y réfléchir. Cela signifierait beaucoup pour moi. Papa aussi. Nous serions tous les deux ravis de travailler à nouveau avec toi. Et, deux ans ou pas, je sais que ce que tu avais est toujours là. Tu étais si bon que ça», ai-je dit en terminant par un sourire.

J'ai compris que j'avais réussi à le convaincre lorsque son regard s'est enfin baissé. «Je vais y réfléchir.»

Je me suis précipitée et je l'ai pris de mes bras.

«Je savais que tu le ferais. Je le savais», ai-je dit, fou de joie.

«Tu as été formidable à l'époque et tu le seras encore», lui ai-je dit en le relâchant.

«J'ai seulement dit que j'y réfléchirais», a-t-il répondu froidement.

«Bien sûr. D'accord», dis-je en me ressaisissant. «Je suis juste très heureux en ce moment. Écoute, je serai en ville pendant quelques jours avant de me rendre à ma prochaine réunion. Et si je t'appelais dans un jour ou deux? Nous pourrions dîner ensemble. Ce sera pour moi un plaisir.»

«Tu as mon numéro? » demanda Claude, confus. «Tout le monde a ton numéro».

«Quoi?»

«C'est celui du site web, n'est-ce pas?»

«Oh. Oui.»

«Alors, je l'ai», ai-je dit en me dirigeant vers la porte. Sur le point de partir, je me suis arrêté. «Hé, tu te souviens de la deuxième année, quand on a fait ce voyage de camping à Big Bear.»

«C'est difficile à oublier. Lorsque nous sommes arrivés, il y avait un demi-pied de neige sur le sol. C'était le milieu du printemps.»

J'ai ri. «Je me suis mis à rire. Et on a fini par faire une randonnée autour de ce lac?»

Claude réfléchit un instant et acquiesce. «Quand nous sommes arrivés, il neigeait légèrement.» «Tu te souviens de l'angle parfait du soleil pour faire scintiller l'eau? Et tu te souviens des montagnes enneigées à l'arrière-plan?».

«Oui», dit-il, se perdant dans ses pensées.

«Tu sais, j'ai voyagé dans beaucoup de villes depuis et c'est toujours le plus beau spectacle que j'ai vu. Nous avons passé de bons moments ensemble, n'est-ce pas?»

Claude grogna d'un air pensif.

«Je t'appellerai», lui dis-je avant de jeter un dernier coup d'œil à mon ancien meilleur ami et de sortir.

Chapitre 4

Claude

J'ai regardé fixement la raison pour laquelle j'avais quitté l'université plus tôt que prévu se réfugier dans une voiture de location et s'en aller. Mon cœur battait la chamade. Une chaleur piquante envahit ma peau, ébranlant mes os. Je pris une profonde inspiration et m'efforçai de respirer.

Je n'en pouvais plus. Me sentant en cage dans le bureau, j'avais besoin de fuir. J'ai sauté vers la porte et l'ai ouverte d'un coup sec. Avant même de m'en rendre compte, je courais avec toute la force et la vitesse dont je disposais. Me perdant dans les arbres, je ne pensais qu'à la sensation que me procuraient les muscles de mes jambes en me poussant vers l'avant.

Je pouvais sentir le vent me frôler lorsque j'avais pris de la vitesse. Autour de moi, le monde ralentissait. C'est ce que j'avais ressenti avec le ballon en main et une ligne défensive qui se battait pour franchir le mur de l'attaque. Si j'avais jamais eu une arme secrète, c'était bien celle-là.

J'ai sprinté aussi longtemps que j'ai pu. Lorsque j'ai ralenti, j'ai repris un rythme soutenu. Je n'aurais jamais pu deviner à quel point le fait de revoir Merri m'affecterait. À une époque, il avait représenté beaucoup pour moi. Mais après qu'il m'ait montré qui il était vraiment, j'avais réalisé que je ne l'avais jamais connu.

À l'université, des joueurs avaient plaisanté en disant que la raison pour laquelle j'étais si bon était que j'étais un robot programmé pour lancer un ballon de football. Cela impliquait que je n'avais pas de cœur. J'avais un cœur, et il s'est brisé après les choses que Merri m'a dites.

Épuisée et ayant l'impression que mes jambes étaient en feu, j'ai fini par m'arrêter. Penché en avant, les mains sur les genoux, je luttais pour respirer. Je me souvenais de cette sensation. C'était ce que j'avais ressenti lorsque la solitude était devenue trop forte pour moi.

Quand j'ai eu l'impression que le monde allait s'effondrer autour de moi, j'ai couru. Courir était la seule chose qui pouvait m'aider à faire mon devoir. Courir m'a permis d'apaiser mon esprit pour être la personne que je devais être.

Debout, mon esprit tourbillonnant s'est calmé et j'ai regardé autour de moi. Je savais où j'étais. J'étais à l'un des points d'arrêt de la tournée de Titus. Devant moi, il y avait un étang relié au ruisseau qui coulait près de notre bureau. Plus en amont, il rejoignait une rivière qui prenait sa source dans les montagnes. Avec les arbres verdoyants qui l'entouraient, c'était beau, c'était paisible.

Ayant besoin de parler à quelqu'un, j'ai sorti mon téléphone et j'ai vérifié s'il y avait un signal. J'ai trouvé deux barres et j'ai appelé la seule personne qui répondrait.

«Claude, qu'est-ce qu'il y a?» dit Titus de sa voix joyeuse habituelle.

J'ai fait une pause avant de parler. Pourquoi l'avais-je appelé? J'avais besoin d'entendre sa voix? Avais-je simplement besoin de savoir que je n'étais pas seul?

«Claude?»

«Oui, désolé. Mon téléphone a glissé.»

Titus ria.

«Alors, quoi de neuf?»

«Est-ce que je t'ai pris à un mauvais moment?»

«Non. Je viens de quitter la classe. Je retourne à mon dortoir. Cali est avec toi?»

«Non. Je t'appelais pour te dire que j'ai reçu les clés hier. Nous avons officiellement un bureau.»

«C'est fantastique! On se sent comme à la maison?» plaisanta Titus.

«Il me semble que c'est un espace pratique pour travailler», ai-je précisé en choisissant mes mots avec soin.

Titus ria.

«Bien sûr que tu dis ça. Je serai là demain pour t'aider à installer le matériel. Je suis sûr que maman sera heureuse de le sortir de la cour.»

«Je suis sûr qu'elle le fera». J'ai fait une pause pour réfléchir à ce que j'allais dire ensuite. «Tu sais, il s'est passé une chose amusante quand je suis arrivé ce matin.»

«Quoi? Ça fuit déjà?»

«Rien de tel», ai-je dit en me retournant vers le bureau.

«Quelqu'un était là. »

«Oui? Qui? C'était un client?»

«Non. C'était quelqu'un que je connaissais à l'université. Il était entraîneur adjoint dans l'équipe de football».

«Vraiment? Comment l'as-tu connu?» «Qu'est-ce que tu veux dire?»

«Qu'est-ce que tu veux dire, qu'est-ce que je veux dire? Comment l'as-tu connu?»

«Il était entraîneur adjoint de l'équipe de football et je jouais dans l'équipe. Mais je crois que je le connaissais aussi sur le plan social.»

Il y a eu un silence de l'autre côté du téléphone.

«Attends. Reviens en arrière une seconde. Tu étais dans l'équipe de football à l'université?» «Oui», ai-je dit, sachant que j'avais évité le sujet jusqu'à présent.

«Ne l'ai-je pas déjà mentionné?»

«Non, tu n'en as pas parlé!» Titus répond, abasourdi.

«Tu es en train de me dire que depuis le temps que nous travaillons ensemble, tu m'as entendu parler de tout ce qui se passe dans mon équipe et tu n'as jamais pensé à mentionner que tu as joué au football à l'université?»

«Il n'en a pas été question», lui ai-je dit.

«Il n'en a pas été question? Tu ne crois pas que c'est une des choses qu'il faut évoquer?» «Ce n'était vraiment pas grave. J'espérais mettre ce temps derrière moi».

«Des jeux difficiles, hein?»

«J'imagine. Quoi qu'il en soit, l'entraîneur adjoint s'est présenté au bureau. Apparemment, il a obtenu l'adresse sur le site web.»

«Que voulait-il?»

«Il voulait que je me remette à jouer au football.»

«Comment?»

«Je ne suis pas sûr», ai-je menti, ne voulant pas entrer dans le vif du sujet. «Alors, il veut juste que tu reprennes le sport?»

«On dirait bien».

«Et comment l'as-tu connu?»

«Il était assistant de l'équipe. Et je pense que l'on peut dire que nous étions amis.» «Des amis? Attends un peu, tu avais des amis à l'université?» plaisanta Titus.

«Oui, j'avais des amis».

«Quel genre d'ami était-il? Parce que les mecs ne sortent pas de nulle part pour essayer de te reconquérir sans raison.»

«Je vous assure que nous n'étions que des amis», ai-je dit pour dissiper tout malentendu. Titus et Cali avaient tous les deux des petits amis, alors je ressentais toujours le besoin de leur rappeler que j'étais le frère hétérosexuel.

«Ça n'en a pas l'air», taquina Titus.

«C'est tout ce que nous étions. Mais…» Je me suis effacé un moment.

«Ne me laisse pas en plan».

«Lui et moi étions les meilleurs amis du monde. Et il y a peut-être eu quelques fois où il m'a donné l'impression d'être attiré par moi».

«Vraiment? Et que ressens-tu pour lui?»

«C'était un ami. C'est ce que je ressentais à son égard».

«Alors, cet ami perdue de vue, à qui tu n'as pas parlé depuis combien de temps?» «Depuis que j'ai quitté l'école».

«Cet ami perdu de vue depuis longtemps, qui aurait pu être attiré par toi et à qui tu n'as pas parlé depuis deux ans, se présente sur ton lieu de travail pour essayer de te reconquérir.

«Ce n'était pas comme ça».

«Tu es sûr? Parce que c'est ce qu'on dirait.»

J'y ai réfléchi un instant. Titus n'avait pas toutes les informations, mais avait-il tort? Il y avait eu des moments où Merri et moi traînions ensemble et où je l'avais surprise en train de me fixer. C'est arrivé plus d'une fois.

Le connaissant et connaissant les cercles dans lesquels il évoluait, j'avais pensé qu'il était maladroite. Merri pouvait certainement être maladroit à l'occasion. Mais si je lui plaisais, son invitation à s'entraîner pour l'équipe pouvait-elle être autre chose? L'entraînement était-il même réel?

«Je ne sais pas», ai-je dit honnêtement à Titus.

«Eh bien, je ne le connais pas. Mais je te connais. Et je sais que tu ne connais pas l'effet que tu as sur les gens. S'il y a un meilleur ami perdu depuis longtemps qui a surgi de nulle part pour essayer de te reconquérir, je te dirais de faire attention.»

«Et as-tu seulement envie de t'impliquer à nouveau dans le football? Ça n'a pas dû avoir beaucoup d'importance pour toi, puisque c'est la première fois que tu en parles.»

«J'ai eu mes moments de gloire.»

«Sois prudent. Tu ne le penses peut-être pas, mais on dirait que cela a plus à voir avec ses regrets de fin de soirée qu'avec le fait qu'il t'offre un poste de footballeur générique. C'est vraiment douteux. Je veux dire, est-ce qu'il y a vraiment un travail?»

«Tu as peut-être raison.»

« En tant que qu'homme qui a passé la majeure partie de sa vie dans le placard, je vous dis que c'est le cas. A moins que tu ne cherches à vivre ta première expérience homosexuelle, je te conseille de faire comme si rien ne s'était passé... Et je ne dis pas ça uniquement parce que tu es mon associé et que je ne pourrais pas faire tourner l'entreprise sans toi. »

J'ai souri. « Bien sûr que non. Tes conseils ne sont pas du tout biaisés. »

« Sérieusement, cependant. On dirait qu'il y a plus dans l'histoire que tu ne le penses. »

« J'ai compris. Et tu as raison. On dirait qu'il y a plus que ça dans l'histoire. Je vais peut-être laisser tomber. Merci, Titus. »

« De rien, mon frère. Je suis là pour ça. »

« Je te verrai ce week-end. »

En mettant fin à l'appel, j'ai réfléchi à ce que Titus avait dit. Il avait raison sur un point. L'histoire ne s'arrête pas là. Merri avait-il une arrière-pensée? Je l'avais toujours connu comme un homme franc. L'une des choses que j'aimais le plus chez lu, c'est que j'avais l'impression de pouvoir lui faire confiance. Jusqu'à ce que je ne puisse plus lui faire confiance.

Alors, est-ce que j'ai apprécié ce que Merri proposait? Et que proposait-il exactement? Lorsque nous étions à l'école, je pensais que Merri était un ami que j'aurais pour le reste de ma vie. C'était le seul homme avec lequel j'avais l'impression de pouvoir être moi-même.

C'est grâce à lui que j'ai eu le succès que j'ai eu dans l'équipe. Au lycée, j'avais toujours
ressenti le besoin de faire profil bas. J'étais le seul Noir de l'école et de l'équipe. La meilleure chose que j'aurais pu faire était de me fondre dans la masse.

Mais au cours de ma première année, j'étais nerveux comme l'enfer lors des essais. Alors que j'essayais de me débarrasser de mes nerfs en lançant le ballon, un garçon blond aux yeux gris acier s'est approché de moi et m'a demandé si j'essayais le poste de quarterback. Après que je lui ai dit que je jouais comme receveur au lycée, il m'a suggéré de changer de poste.

Je n'avais pas l'intention de le faire. Le quarterback était le centre d'intérêt de l'équipe. Non seulement je n'avais jamais joué à ce poste auparavant, mais cela nécessitait beaucoup plus d'attention que ce que je recherchais.

En gardant un œil sur lui pendant qu'il se promenait sur le terrain, j'ai ensuite remarqué qu'il parlait à l'entraîneur. À un moment donné, je les ai vus tous les deux me regarder. Et quand il a été temps pour moi de m'aligner avec les autres joueurs, l'entraîneur m'a dit : «Toi, comment t'appelles- tu?».

«Claude Harper, monsieur.»

«Merri m'a dit que vous aviez un bon lancé», dit-il devant tout le monde. J'ai regardé le garçon qui semblait être le gars de l'eau.

«J'essaie d'être receveur. J'ai un assez bon sprint».

J'avais déjà beaucoup couru à ce moment-là. J'espérais que mes chronos sur 40 mètres me permettraient d'intégrer l'équipe.

«Eh bien, maintenant tu essaies d'être quarterback. Ça te pose un problème?» «Non, monsieur».

«C'est bien. Va t'échauffer.»

J'ai fait ce qu'on m'a dit et je me suis échauffé. Je ne savais pas grand-chose de l'équipe, car les équipes de division 2 ne bénéficient pas d'une couverture nationale. Mais ce que je savais, c'est qu'ils avaient un poste de quarterback. Mark Thompson était un senior et il était sûr d'obtenir le poste.

«Je vais t'aider à t'échauffer», m'a dit Merri lorsque je me suis dirigé vers les filets. «Pourquoi tu lui as dit ça? Je t'ai dit que je n'essayais pas d'être quarterback. Est-ce que tu

t'assures que je ne fasse pas partie de l'équipe?» Il m'a regardé en sursaut.

«Non, ce n'est pas du tout ça. C'est mon père. Il m'a dit d'observer tout le monde et de lui donner mes impressions. J'ai vu que tu avais un grand bras».

«Oui, mais l'équipe a un quarterback. Vous avez même probablement un remplaçant.»

«Nous avons Mark. Mais il se blesse souvent. Et notre remplaçant ne peut pas frapper le côté d'une grange. Nous avons des receveurs rapides et une ligne offensive solide. Si nous pouvions consolider notre position de quarterback, nous aurions une chance de remporter le titre de la division.»

«Mais pourquoi as-tu dit à ton père de penser à moi? Je te l'ai dit, je ne joue pas au poste de quarterback.»

«Ce n'est pas parce que tu n'as pas encore joué ç ce poste que tu ne pouvez pas le faire. J'ai l'impression que tu es l'un de ces gars qui plus de talents qu'ils ne montrent. J'en sais quelque chose.»

«Oui, tu es le fils de l'entraîneur qui prétend être le garçon de l'eau.»

« Je suis le garçon de l'eau. Papa ne veut pas me donner un avantage injuste. Je dois commencer par le bas comme tout le monde ».

«Tous les autres qui ont un emploi qui les attend dès qu'ils ont fait leurs preuves?»

«Qu'est-ce que tu veux dire?» demanda-t-elle, ignorant à quel point sa position était différente de celle de tous les autres.

«Rien!»

«Eh bien, si tu veux, je peux courir et tu peux me faire une passe en mouvement.»

« Bien sur », lui ai –je dit en lui envoyant un long message.

Après quelques passes à droite et à gauche, Il est revenu vers moi.

«Je t'ai dit que j'étais un receveur», ai-je dit, espérant qu'il me transfèrerait là où je devaisêtre.

«Tu essaies?»

«Comment ça, si j'essaie? Je le lance, n'est-ce pas?»

«Tu l'envoies comme si quelqu'un te forçait à essayer d'être quarterback. » «Quelqu'un me force à essayer d'être quarterback.»

«D'accord, d'accord. Mais es-tu en train de me dire que c'est tout ce dont tu es capable?» «C'est ce dont je suis capable.»

«Donc, tu dis que si la vie de ta petite amie était en jeu…»

«Je n'ai pas de petite amie.»

«Disons que c'est ta mère. S'il s'agit de sauver la vie de ta mère, c'est comme ça que tu lanccrais la balle? Tu n'as rien d'autre dans le ventre?»

Je l'ai regardée en sachant de quoi il parlait. Oui, je me retenais. Je me suis toujours retenue parce que vous ne voulez pas que quelqu'un sache de quoi vous êtes vraiment capable. Vous voulez que les gens vous sous-estiment. C'est ainsi que ma mère m'a appris à survivre en tant que seul enfant noir dans une petite ville du Tennessee.

Mais en regardant le gars qui me regardait avec un intérêt inhabituel, je me suis souvenu que je n'étais plus dans le Tennessee. J'étais dans une université de l'Oregon. L'une des clés de la survie était d'être conscient de son environnement et mon environnement avait changé. Qu'est-ce que cela signifiait pour ma survie?

«J'ai peut-être quelque chose d'autre», ai-je dit, ce qui a fait sourire Merri. «Alors, montres moi ça», dit-elle en trottinant sur le terrain.

Je me suis centré pendant qu'il s'enfuyait, j'ai creusé profondément et j'ai verrouillé.

Dès qu'il s'est retourné et a traversé, j'ai lâché tout ce que j'avais et je l'ai frappé à la poitrine. Il l'a attrapé facilement. Plus que cela, la passe était bonne.

Me rendant le ballon, il a couru 10 mètres plus loin et a traversé à nouveau. J'ai lancé le ballon et je l'ai frappé dans les chiffres. Peu importe la distance à laquelle il a couru, à chaque fois, j'ai fait atterrir le ballon exactement là où je le voulais. Mon jeu m'a même surpris. Jusqu'alors, je n'avais jamais su de quoi j'étais capable. Je l'avais découvert grâce à Merri.

«Appelles-moi Merri», m'a-t-il dit lorsque nous sommes retournés auprès de son père.

«Il est prêt et il est vraiment bon», a déclaré Merri avec enthousiasme.

«Ah oui? Voyons voir», dit l'entraîneur en m'envoyant sur le terrain.

Assis à mon bureau, j'ai été tiré de mes souvenirs par une notification sur mon téléphone. Le texte disait : «Hé Claude, ici Merri. C'est mon numéro au cas où tu aurais besoin de me joindre. Allons manger un morceau».

J'ai regardé le message. Pourquoi Merri était-il ici? Y avait-il vraiment une séance d'entraînement? Ou y avait-il quelque chose d'autre, comme Titus l'avait suggéré?

On se retrouve ce soir. Il y a un restaurant sur Main Street. «Je serai là à 7 heures», ai-je répondu. La réponse n'a pas tardé à arriver.

«Super! J'ai hâte. Merci! »

Ma poitrine s'est serrée en le lisant. Qu'est-ce qui faisait que Merri me poussait à faire des choses que je ne voulais pas faire? Je ne voulais pas être sous les feux de la rampe quand je jouais quarterback. Mais il m'a convaincu et nous avons remporté trois titres consécutifs.

J'avais abandonné le football. Pourtant, j'étais là... Bon sang, je ne savais pas ce que je faisais. Tout ce que je savais, c'est que j'avais été heureux de voir Merri sortir de ma vie. Eh bien, peut-être que je n'étais pas heureux, mais je m'en sortais. Et maintenant, je suis excité à l'idée de le revoir.

Je ne voulais pas être excitée à l'idée de le voir. il m'avait dit des choses horribles. Avais-je tellement besoin de me rapprocher de quelqu'un que j'allais négliger ce qu'il avait fait? Ce qu'il avait dit?

Ce n'était pas du tout moi. J'avais l'impression de me perdre lentement. Manifestement, Merri avait encore un certain pouvoir sur moi. Et s'il pouvait me convaincre d'ignorer ce qui s'était passé la dernière fois que je l'avais vu, que pouvait-il faire d'autre?

Chapitre 5

Merri

J'étais assis dans ma chambre, encore toute excité d'avoir revu Claude. J'avais oublié à quel point il était beau. Je veux dire qu'il était difficile de l'oublier, mais d'une certaine manière, il faisait encore battre mon cœur. J'ai regardé mes mains, elles tremblaient.

Personne d'autre n'a jamais eu cet effet sur moi. C'est pour cela que j'ai fui mes sentiments pour lui à l'école.

Chaque jour qui passait, je perdais le contrôle de l'image que je devais maintenir. J'étais le fils de l'entraîneur de football. Tout ce que j'ai toujours voulu, c'est suivre ses traces. Si j'étais gay, je ne pourrais jamais y arriver. J'ai donc pensé que pour pouvoir rendre mes rêves réalisables.

Pourtant, incapable de me détacher du texte de Claude, lorsque mon téléphone a sonné, j'ai immédiatement décroché.

«Allô?» ai-je répondu, espérant entendre sa voix.

«Tu as décidé de décrocher?», répond l'interlocuteur. «Jason?» ai-je demandé.

J'ai regardé l'identification de l'appelant. Il y avait écrit «Inconnu». «Tu attends quelqu'un d'autre?»

«Non, je... j'attendais un appel professionnel.»

«Je parie que tu l'étais», a-t-il dit avec les mots qui m'avaient fait pleurer à la fin du dernier match de la saison.

«Je ne te trompe pas si c'est ce que tu penses.»

«Je ne l'étais pas. Mais il est bon de savoir à quoi tu penses.»

«Qu'est-ce qu'il y a, Jason? J'ai dit que je n'avais pas envie d'avoir cette conversation. »

«C'est comme ça que tu vas me parler? Tu quittes la ville sans me le dire et c'est ce que tu vas dire?»

«Qu'est-ce que tu veux que je dise?»

«Et si tu me disais que tu es désolé? Ou que tu vas arrêter d'être si désagréable avec moi.»

«Je n'ai vraiment pas le temps pour ça.»

«Et c'est bien là le problème, tu n'as jamais de temps pour moi. Pendant la saison, tu prétextes la préparation des matches...»

«Je dois me préparer pour les matchs!» ai-je insisté.

«Et quand la saison se termine, tu t'en vas sans un mot, comme si je ne comptais pas pour toi, même un peu?»

«Bien sûr que tu comptes pour moi.»

«Alors pourquoi n'agis-tu pas comme tel? Pourquoi n'agis-tu jamais comme tel?»

La dure vérité, c'est qu'il y a toujours eu une partie de moi qui espérait que je finisse avec Claude. Je savais que ce n'était pas juste pour Jason, mais je n'ai jamais été totalement engagé dans notre relation. J'ai toujours eu un pied dehors.

«Rien, hein? C'est logique», a-t-il dit après mon long silence. «Qu'est-ce que ça veut dire?»

«Cela veut dire que je ne pense plus vouloir faire ça». «Faire quoi?»

«Ceci! N'importe quoi.» «Qu'est-ce que tu dis?»

«Je dis que je veux rompre.»

«D'accord. Comme tu veux», lui ai-je dit, ne voulant plus me disputer.

«Alors c'est ça, hein?»

«C'est toi qui as dit que tu voulais rompre.»

Je n'en suis pas sûre, mais je crois avoir entendu Jason se mettre à pleurer. «Très bien. Au revoir, Merri.»

«Au revoir, Jason», ai-je dit en mettant fin à l'appel.

Les larmes ont coulé sur mes joues avant que je ne puisse faire quoi que ce soit pour les arrêter. Si je n'avais pas parlé à Jason avant de partir, c'est parce que j'essayais d'éviter cela. La raison pour laquelle mes joues tachées de larmes avaient été diffusées dans tout le pays était que la saison était terminée et que je savais que nous finirions par arriver ici.

Jason avait été ma première relation homosexuelle. J'avais commencé à sortir avec lui lorsque je pensais que le fait d'être mignon et gay était suffisant pour entretenir un partenariat. Après un an, j'ai réalisé que ce n'était pas le cas.

Nous étions des personnes différentes. Si nous étions des stéréotypes, il serait le gay impertinent et fêtard tandis que je serais l'homosexuel refoulé . Ce n'était pas comme si j'avais honte de lui ou quoi que ce soit d'autre. Il avait du succès et il était sexy. C'est juste que je ne voulais pas que nos familles se réunissent à Noel.

La vérité, c'est qu'il méritait mieux que moi. Tout le monde le méritait. J'étais Un mauvais petit ami. Je travaillais tout le temps. Je n'aimais pas le PDA. Et j'étais accrochée à mon meilleur ami à qui je n'avais pas parlé depuis deux ans. Pourquoi quelqu'un voudrait-il être avec moi?

J'ai reniflé et j'ai essuyé les larmes de mon visage. J'avais créé cette situation et je devais maintenant y faire face. J'avais créé tout ce qui m'était arrivé de mal ces derniers temps, et j'allais devoir trouver un moyen de m'en sortir.

Alors, même si cela semblait intimidant, il n'y avait pas de meilleur endroit pour commencer que là où tout a commencé, avec Claude. Le connaissant, il s'est éloigné de l'équipe et de moi et n'a jamais regardé en arrière.

Je suppose que je devrais être reconnaissant qu'il se souvienne encore de mon nom. Claude avait une façon de bloquer tout ce qu'il n'aimait pas. Et depuis deux ans, j'étais sûre qu'il ne m'aimait pas.

Sentant mon téléphone sonner, je l'ai regardé, m'attendant à ce que ce soit encore Jason. Ce n'était pas le cas. C'était un message de Papa.

Des progrès avec Claude?

J'avais été honnête avec Claude en lui disant que Papa et moi voulions qu'il revienne. Bien sûr, nous avions chacun nos propres raisons, mais le désir était réel.

Si je voulais me sortir du pétrin dans lequel je me trouvais avec Claude, j'allais devoir commencer par quelques vérités. Parce qu'en plus d'être magnifique et un super athlète, il était aussi l'un des gars les plus intelligents que je connaissais.

Il devait savoir que je n'aurais pas débarqué à l'improviste comme je l'avais fait juste pour lui offrir une séance d'entraînement. Si je devais passer du statut d'homosexuel refoulé à celui d'homosexuel équilibré, j'avais beaucoup de travail à faire. Ce travail allait commencer avec Claude.

Pourquoi ma vie a-t-elle toujours été un tel drame ? Je suppose que j'étais vraiment un stéréotype. Mais cela s'est terminé ce soir .

Chapitre 6

Claude

Arrivé tôt au restaurant, je me suis assis à une table qui faisait face au mur de verre et à la porte. Ayant vu la voiture dans laquelle il était parti, je savais ce que je cherchais. Lorsqu'il est arrivé, j'ai senti une oppression dans ma poitrine et une boule dans ma gorge.

Je ne savais pas pourquoi je me sentais comme ça, mais c'était le cas. J'aimerais dire que c'était à cause de l'inévitable confrontation que nous aurions. Mais je connaissais ce sentiment. Cela aurait été du stress. Je ressentais quelque chose d'autre. Quelque chose que je n'avais pas ressenti depuis longtemps.

Je lui ai fait signe lorsqu'il s'est tourné vers moi, il a souri et s'est approché. Il avait l'air bien trop heureux d'être ici. Titus avait peut-être raison. Peut-être que cette conversation prenait une direction que je n'avais pas prévue. Qu'est-ce que j'en pense?

«Tu es là», dit-il en me regardant de l'autre côté de la table.

«J'ai dit que je le ferais.»

«Tu l'as fait. Et tu fais toujours ce que tu dis.»

«J'essaie.»

Merri acquiesca en souriant et me regarde d'un air gêné. «Tu vas t'asseoir?»

«Oui, bien sûr», dit-il en se glissant à côté de moi et en se montrant à nouveau maladroite. «Hé, tu te souviens de la pizzeria où nous allions?»

«Palermo's?»

«C'est vrai, Palermo's. Nous ne pouvions pas nous en passer.»

«Je me souviens. Quand tu as plié la tranche, la graisse a coulé sur le fromage».

«Et ce n'était pas qu'une petite quantité. On pouvait faire frire une autre pizza avec», dit-il en riant.

«Oui», dis-je en résistant à son voyage dans le passé.

«Alors, c'est pour ça que tu as suggéré ça pour qu'on parle de pizza?»

«Non. Non, ce n'est certainement pas pour cela que je t'ai fait venir.»

«Que puis-je faire pour vous deux?» nous demande le cuisinier assez corpulent.

«Un hamburger pour moi, Mike».

«Et pour vous?»

Merri prend le menu dans son support au centre de la table et le parcourt rapidement. «Tu sais quoi? Je vais prendre ce qu'il prend.»

«Deux hamburgers à point, à venir», dit Mike, sans l'écrire. «Tu le connais? me demande Merri.»

«C'est une petite ville. Tout le monde se connaît.»

«Qu'est-ce que c'est? Là où j'ai grandi, il y avait un peu plus de 10 000 personnes. Ce n'est pas beaucoup comparé à presque partout ailleurs, mais on peut passer toute une vie sans rencontrer tout le monde.»

«Oui, c'est un peu différent ici. Mon lycée comptait 100 élèves et c'était le seul à 40 miles à la

«Tu as rencontré tous les gens de ton âge le premier jour de l'école maternelle?»

«A peu près».

«C'est fou. Alors, tout le monde connaît vos affaires?»

«Il n'y a pas grand-chose qu'ils ignorent.»

Merri fit une pause.

«Comment ça se passe pour les rendez-vous?»

«Qu'est-ce que tu veux dire?»

«Est-ce que vous devez tous, à tour de rôle, sortir avec les mêmes personnes?» Contre mon gré, j'ai ri.

«Non, il n'y a pas d'obligation de rendez-vous ici».

«Mais il ne doit pas y avoir beaucoup d'options.»

«Oui, les options sont limitées».

«Alors, comment faites-vous?»

«Eh bien, si tu es moi, tu choisis de ne pas sortir avec quelqu'un avant d'être à l'université.»

«Je ne me souviens pas que tu sois sorti avec beaucoup de gens à l'école.»

«C'est pour cela que tu as demandé à parler, pour découvrir les rituels de rencontre des petites villes américaines?»

Merri avait l'air embarrassé.

«Non, ce n'est pas non plus ce dont je voulais parler». «Et ensuite?»

«Tu te souviens de cette fille avec qui je sortais en première année?» demande-t-elle en utilisant des guillemets.

J'ai gémi.

«Je te promets que ça va mener quelque part.»

«Oui, je me souviens d'elle. Sheryl ou quelque chose comme ça. N'est-ce pas?»

«Oui, Sheryl. Est-ce que je t'ai déjà dit pourquoi nous avons « rompu?»» dit-elle en utilisant d'autres guillemets.

«N'était-ce pas quelque chose à propos de « ne pas être à l'aise avec elle?»

«Oui, c'est ce que j'ai dit. C'est ce que j'ai dit.»

«N'était-ce pas la vérité?»

«Non, c'était vrai... Ecoutes, il y a une raison pour laquelle j'ai rompu avec Sheryl et avec Angie, et avec Margo. Il y a une raison pour laquelle j'ai rompu avec toutes les filles que j'ai «fréquentées»». dit-il

« Pourquoi ? Dis je en retenant involontairement ma respiration

«C'est parce que j'avais des sentiments pour quelqu'un d'autre à l'époque » Dit-il en me regardant d'un air vulnérable. Et je ne veux pas te faire peur parceque le temps a passé et les choses ont changé.»

« Pourquoi as-tu rompu avec elles Merri? demandais-je soudain, ayant vraiment besoin de savoir »

Il prend une grande inspiration…

« La raison pour laquelle j'ai rompu avec toutes ces personnes, c'est parce que j'avais des sentiments pour quelqu'un d'autre. Et je veux que tu saches que c'est plus pareil maintenant »

« Qui est merri ? »

«Toi Claude » dit-il en me fixant de ses doux yeux gris.

«Qui?»

«Toi, Claude», dit-il en me fixant de ses doux yeux gris.

Mon cœur battait la chamade en la regardant.

«Deux hamburgers, à point», dit Mike pour attirer notre attention.

«Merci, Mike», ai-je dit au futur beau-père de Titus.

«Oui, merci», dit Merri en détournant le regard.

Aucun de nous ne s'est regardé pendant un moment. En réajustant nos assiettes, Merri a rompu le silence.

«Je suis gay. Je voulais que tu le sache. J'ai pensé qu'il était important de le faire savoir ».

«Depuis combien de temps ressens-tu cela? J'ai demandé, ne sachant quoi dire d'autre à mon ex-meilleur ami qui venait de déclarer qu'il avait eu des sentiments pour moi.

«Depuis combien de temps sais-je que je suis attiré par les hommes ? Ou depuis combien de temps je sais que les femmes ne m'intéressent pas,?»

J'ai gloussé. « Les deux ».

«Je savais que j'étais attiré par les hommes quand j'ai commencé à imaginer Bobby Tilway nu. C'était mon meilleur ami à l'école primaire. Croyez-moi ,personne ne voulait cela » a-t-il plaisanté. « Et j'ai su que je n'étais pas attiré par les filles en première année université ».

«Qu'est-ce qu'il t'a dit ?»

Merri gémit. « Ahh tu vas me le faire dire,n'est ce pas ? »

« Dire quoi ? »

« Très bien. J'ai su que je n'aimais pas les filles le jour où je t'ai vue aux essais. J'ai eu quelques petites amies au lycée. Mais quand je t'ai vu,j'ai compris ce que j'étais censé ressentir »

«Wow!»

«Je t'ai fait peur?» demanda Merri avec vulnérabilité.

«Tu ne l'as pas fait. Mais cela explique beaucoup de choses.»

«Je n'en doute pas», dit Merri en se tenant les joues, sa peau claire devenant rouge.

«Ecoutes, je suis désolée pour ça».

«A propos de quoi?» «A peu près tout».

«Tu n'as pas pu t'empêcher de te sentir comme ça».

«Oui, mais je ne l'ai pas toujours fait avec autant de grâce.» «Tu parles de la fois où tu m'as fait un doigt d'honneur?»

«Oui, c'est ça. Quand j'ai pété les plombs, autrement dit la dernière fois que j'ai parlé à mon meilleur ami avant qu'il ne quitte l'école et ne disparaisse de ma vie.»

«Je m'en souviens bien.» «J'ai dit des choses».

«Tu l'as fait».

«Mais maintenant, je peux te dire la vraie raison pour laquelle je me suis énervé. C'est parce que j'avais enfin atteint un point où je ne pouvais plus faire semblant. J'étais…», dit-il en hochant la tête pour adoucir ses propos, «amoureux de mon meilleur ami, le joueur vedette de l'équipe de football de mon père, dont j'étais l'entraîneur adjoint».

«Tu as eu beaucoup de choses à faire», ai-je dit, ne sachant pas quoi dire d'autre.

«Il y a eu plusieurs choses», dit-il, l'air mortifié.

«Alors quand tu m'as informé que tu choisissais de prendre un diplôme anticipé, je ne l'ai pas bien pris».

«Tu m'as traité de putain de nèg…».

«S'il te plaît, ne le dis pas», dit-elle en me coupant la parole, les yeux fermés et le visage devenu rouge betterave. «Je sais ce que j'ai dit. Et je suis tellement, tellement, désolée.»

«Tu sais, j'ai beaucoup réfléchi à ce que tu as dit depuis. Ce que je n'ai jamais pu comprendre, c'est pourquoi tu es passé directement à la course.»

«Parce que je suis un putain de trou du cul», dit-elle, incapable de me regarder.

«Non, je suis sérieux. Tu n'avais jamais parlé de race avant. Pas une seule fois. Mais à ce moment-là, tu y es allée droit au but. Pourquoi?»

«Il n'y a pas d'excuse, mais je souffrais beaucoup. Ce que tu as dit m'a dévasté et tu me l'as dit comme si tu n'en avais rien à faire de ce que je ressentais. Alors, j'ai dit la chose que je pensais te blesser le plus.»

J'y ai réfléchi.

«Tu sais, quand j'étais enfant, et je parle de 8 ans, j'étais à la fête d'anniversaire d'un camarade de classe. Après le gâteau et la glace, nous courions tous comme des poulets à qui on aurait coupé la tête. On criait tous comme des banshees et à un moment, ma mère m'a prise à part.»

«En se mettant à mon niveau, elle m'a fait remarquer quelque chose que je n'avais pas remarqué jusqu'alors. Elle m'a fait comprendre que j'étais non seulement le seul Noir de ma classe, mais aussi le seul Noir de la ville.»

«Elle m'a dit que si les enfants blancs pouvaient se promener en faisant les imbéciles, moi je ne le pouvais pas. En tant que seul enfant noir à 40 miles à la ronde, tous les enfants blancs allaient me regarder et juger toute ma race en fonction de ce que je faisais. Elle m'a dit que je ne pourrais jamais être comme eux. Je devais toujours être meilleur.»

«J'ai porté cela pendant longtemps. Cela m'a vraiment façonné. Puis je suis allée à l'université et je me suis fait un ami pour qui la race ne semblait pas avoir d'importance. Elle m'a dit que je ne devais pas cacher qui j'étais. Je ne devais pas me cacher.»

«Et puis, après avoir appris à lui faire confiance et commencé à partager avec lui des choses que je n'avais partagées avec personne, il m'a rappelé que, même pour ceux pour qui la race ne semblait pas avoir d'importance, je serais toujours juste un nèg…»

«Ne le dites pas. Ne le dis pas, s'il te plaît», supplia Merri. «…Putain de nègre.»

Il baissa la tête, les larmes mouillant ses joues.

«Je ne t'en voudrais pas si tu ne me pardonnais jamais. Je ne me pardonnerais pas si j'étais toi. En fait, si tu veux que je parte, je partirai.»

«Mais je veux que tu saches que c'est la chose la plus honteuse que j'aie jamais faite. Peu importe ce que je traversais, il n'y avait aucune excuse pour ce que j'ai fait. Si tu pouvais trouver dans ton cœur la possibilité de me pardonner, je t'en serais reconnaissant. Mais je ne m'attends pas à ce que tu le fasses et je ne t'en voudrais pas si tu ne le faisais pas. Parce que je ne me pardonnerais pas si j'étais à ta place».

J'y ai réfléchi et j'ai pris mon hamburger.

«Tu m'as dit que tu l'avais dit pour me blesser. Eh bien, tu as réussi. Ça m'a fait mal», ai-je admis avant de prendre une bouchée.

«Je suis vraiment désolée.»

En le regardant pendant que je mâchais, je pouvais voir sa honte.

Il m'a fallu un certain temps pour accepter qu'il me dise cela. L'une des façons de le faire avait été de me dire qu'il ne comprenait pas le poids de ce qu'il avait dit. Car autant le fait d'être noir ou métis signifiait quelque chose pour moi, autant cela ne semblait pas avoir d'importance pour lui.

Mais il s'avère qu'il connaissait son poids. Et il l'avait balancé comme une massue. «Dois-je y aller?» demanda Merri docilement.

Je n'ai pas répondu parce que je ne savais pas.

«Si tu veux, je pars et tu n'auras plus jamais à entendre parler de moi. Dois-je y aller?» «Je n'ai pas encore décidé.»

«D'accord», répondit-il, incertaine de ce qu'il devait faire ensuite.

Lorsque suffisamment de temps s'est écoulé sans que je dise un mot, il a commencé à manger son hamburger. Bientôt, nous mangions tous les deux en silence.

«Alors, ce que tu as dit à propos d'une séance d'entraînement pour les Cougars est vrai?» lui ai-je demandé lorsque j'ai fini mon hamburger.

«C'est le cas. Tout ce que je t'ai dit l'est. Le coach pense qu'il te doit son travail et que tu pourrais aider les Cougars.»

«Et quand quittes-tu la ville pour votre prochaine réunion?»

«Tout ce que je t'ai dit est vrai, sauf ça», dit-elle en baissant les yeux.

«Pour être tout à fait honnête, je ne fais ce voyage que pour te voir. Nous pensons que tu es le meilleur espoir de l'équipe.»

«Je t'ai dit que je n'avais pas touché un ballon de football depuis notre dernier match, n'est-ce pas? » ai-je répondu en considérant son offre.

«Si les choses se passent bien, tu auras l'été pour te préparer. Je pourrais t'aider», proposa-t-elle timidement.

«Je ne sais pas.»

Merri a levé les yeux vers moi et a penché la tête d'un air interrogateur. «Ça veut dire que tu y penses?»

«Je vais y réfléchir.»

Merri s'affaissa, comme soulagée d'un lourd fardeau.

«C'est très bien, Claude. Merci», dit-il avec reconnaissance. En se glissant hors de la cabine et en posant de l'argent sur la table, elle a ajouté : «Je serai en ville pendant quelques jours. Prends le temps qu'il te faut. Sache que le coach et moi avons vraiment besoins de toi. …je veux dire que tu fasses partie de l'équipe. Tu sais, pour t'entraîner.»

«J'ai compris. Je vais y réfléchir», dis-je en serrant les lèvres.

Merri était sur le point de s'éloigner lorsqu'il s'est arrêté et m'a regardé avec des yeux vulnérables.

«Tu m'as vraiment manqué. J'espère, d'une manière ou d'une autre, même si tu refuses l'entraînement, que nous puissions redevenir amis.»

«Je vais y réfléchir», lui ai-je dit, pour la première fois depuis des années, en me rappelant les bons moments que nous avions partagés.

Chapitre 7

Merri

Je suis retourné à ma voiture, j'ai roulé jusqu'à ce que je sois hors de vue du restaurant, puis je me suis arrêté et j'ai pleuré. Ce que j'avais dit à Claude me hantait tous les jours depuis que je l'avais dit. Comment avais-je pu l'appeler ainsi? Je l'avais aimé. J'étais sûre d'être amoureux de lui. Pourtant, j'avais dit quelque chose qui ne m'avait pas traversé l'esprit avant de sortir de ma bouche.

Je me suis détesté pour ce que j'avais dit. Je me suis sentie figée à ce moment-là. J'étais sûre que c'était ce qui m'empêchait de tourner la page sur mes sentiments pour Claude. Je ne pouvais pas me pardonner et je ne pouvais pas laisser tomber.

Claude ne m'avait pas pardonné ce qui s'était passé, mais au moins nous en avions parlé. Enfin, ma vie pouvait avancer. Qui étais-je après la personne qui avait trahi mon meilleur ami? Je n'en étais pas sûr. Mais j'étais prêt à le découvrir.

De retour au bed and breakfast, je suis monté dans ma chambre et me suis couché. Après avoir regardé le plafond pendant un moment, épuisé, j'ai reçu un message.

Mon père m'a écrit : «Tiens-moi au courant de ce qui se passe avec Claude».

Je ne pouvais pas gérer cela maintenant. Papa n'avait aucune idée de ce qui s'était passé entre Claude et moi. Pour autant qu'il le sache, à un moment donné, Claude était son quarterback vedette et à l'instant suivant, Claude lui annonçait qu'il avait obtenu son diplôme et qu'il ne reviendrait pas.

Bien qu'il n'en ait jamais parlé, j'étais sûre qu'il savait qu'il s'était passé quelque chose entre nous. Comment aurait-il pu ne pas savoir qu'après le départ de Claude, je n'arrivais pas à regarder Papa dans les yeux?

Peu de temps après, j'ai cessé de faire semblant d'être quelqu'un que je n'étais pas. J'avais voulu travailler dans le football et j'avais pensé que mon coming mettrait fin à mes chances. Mais me voir refuser le seul emploi que j'ai toujours voulu serait ma pénitence.

En lui disant que j'étais gay, papa m'a écouté, m'a dit qu'il m'aimait et n'a plus jamais abordé le sujet.

Je ne sais pas s'il était dans le déni, mais rien n'a changé entre nous. Même lorsque j'en ai parlé publiquement, il a continué à discuter avec moi en entrant dans les vestiaires et n'a jamais permis à aucun joueur de me regarder bizarrement parce que j'étais là.

Après avoir obtenu le poste d'entraîneur principal des Cougars, il a dû relever de nouveaux défis. Le propriétaire de l'équipe était un fossile d'une autre époque. Papa ne pouvait plus me protéger comme avant.

Le fait d'être bon dans mon travail devait être une protection suffisante. Travailler deux fois plus dur que les autres me valait un respect bienveillant. Même le propriétaire devait garder ses remarques misogynes pour lui.

Si seulement cette caméra ne m'avait pas surprise en train de pleurer. Mais après avoir fait mon coming out et avoir pu garder mon emploi, c'était peut-être là ma véritable pénitence. Le propriétaire en aurait-il fait tout un plat s'il avait pensé que j'étais hétérosexuel? Probablement pas. J'ai déjà vu des joueurs de football pleurer. Cela arrive plus souvent qu'on ne le pense.

N'étant pas prêt à répondre au message de papa, j'ai mis mon téléphone dans ma poche et je suis descendu. Voyant quelqu'un dans la cuisine que je n'avais pas vu auparavant, j'ai deviné qui c'était.

«Tu es le garçon qui était à New York pour un enterrement, n'est-ce pas?» ai-je demandé à l'homme brun et bien bâti qui semblait avoir à peu près mon âge.

Il ne souriait pas tout à fait, mais on aurait dit qu'il essayait d'être amical. «Oui, je le suis. Et je suppose que vous avez parlé à ma mère.»

«Oui, quand je me suis enregistré.» «Tu es Merrill, n'est-ce pas?»

«Oui, mais tu peux m'appeler Merri», ai-je proposé.

«Cali», dit-il en me tendant la main.

«Enchanté», ai-je dit, remarquant soudain qu'il était extrêmement beau.

«Étiez-vous proche du défunt?»

«Non. C'était pour le père de mon partenaire. Je ne l'ai rencontré que quelques fois.» «Tu aimes New York?»

«Non. Mais c'est probablement à cause du frère de mon partenaire.»

«C'est dommage!»

«Il y a de tout dans ce monde», dit-il en quittant la cuisine.

Ne voulant pas rester seul, je l'ai suivi.

«Alors, comment se passe la vie nocturne dans le coin?» Cali s'est arrêtée en me regardant d'un air confus.

«Par ici?»

«Oui» Il ria.

«D'accord. Que dirais-tu de quelque chose qui puisse me faire oublier que je viens de rompre avec mon petit ami?» J'avais commencé à sortir avec Jason assez rapidement après avoir admis que j'aimais les hommes, alors je ne savais toujours pas comment fonctionnait le flirt.

Cali m'a regardé fixement pendant une seconde et a dit : «Je vais à une soirée de jeux dans quelques temps. Mon petit ami est toujours à New York, donc il n'y aura pas beaucoup de monde. Ça t'intéresse de te joindre à nous? Ce n'est pas grand-chose.»

«Oui!» J'ai dit que je ne le laissais pas finir. «Dis-moi où et quand. Je serai là.»

Cali a suggéré que nous fassions le trajet ensemble. Il n'était pas du genre bavard, mais il m'a raconté qu'il avait rencontré son partenaire alors qu'il était invité dans son bed and breakfast. Apparemment, il y a eu un drame, mais il n'est pas entré dans les détails.

Compte tenu de la petite ville, je me suis demandé ce que c'était pour lui d'être gay, ou quoi que ce soit d'autre. Il ne devait pas y avoir plus de centaines de personnes qui vivaient dans le coin. Avec une population de cette taille, il devait être le seul à sortir avec des hommes à des kilomètres à la ronde.

Je vivais en Floride et j'avais du mal à rencontrer des hommes gays . Bien sûr, cela pouvait être lié au fait que je travaillais dans le football et que j'étais en couple depuis un an. Mais je ne rencontrais pas de gays dans tous les mois.

Vivre dans un endroit comme celui-ci devait être exceptionnellement solitaire pour Cali. Même entouré de mon équipe et avec Claude comme meilleur ami, je ne pouvais pas nier à quel point je m'étais senti seul.

Je suis sûr que cela a un rapport avec la raison pour laquelle j'ai craqué. J'aurais pu être entouré d'une centaine de personnes à l'époque et je me serais quand même sentie incroyablement vide. Je ne peux qu'imaginer ce que Cali ressent ici.

En nous garant dans l'allée d'une magnifique maison à deux étages, nous avons été accueillis à la porte par Quin, un type qui faisait mon âge et qui n'était pas incontestablement pas hétérosexuel. Il est propriétaire de la maison avec son partenaire, Cage, un homme assez grand pour jouer au football.

On m'a ensuite présenté Lou. Il était le colocataire gay de Quin à l'université. Son partenaire était en retard. Ensuite, j'ai rencontré Kendall, dont le petit ami était à l'étage.

Qu'est-ce que c'est ça ? C'est pour ça que je n'ai jamais rencontré de gays là où je vivais ? Est-ce qu'ils vivent tous ici ?

«D'où viens-tu?» me demanda Quin en me tendant un verre. «Floride».

Ils se sont tous regardés. Compte tenu de la situation politique en Floride, je me doutais bien qu'il en était ainsi.

«Ce n'est pas aussi grave que cela en a l'air», ai-je dit en défendant ma nouvelle maison.

Lou, qui était apparemment le plus drôle, a répondu : «Pour qui? Parce que d'ici, ça a l'air vraiment mauvais. Et nous sommes dans le Tennessee.»

J'ai regardé tout le monde sans savoir quoi dire. Quin rétorque : «Sois gentil, Lou».

Lou a répondu : «Lamb chop, je suis toujours gentil».

«Soyez hétérosexuels et gentils», plaisante cage « N'oubliez pas qu'il vient de Floride »

Tout le monde a ri, moi y compris.

Pourtant , Cali a dit : « Allez, les gars, soyez gentils. Il vient de rompre avec son petit ami »

Il y'a une réaction collective de « ooohhhhh » , comme si le fait que je sois là prenait soudain tout son sens.

«Je suis désolée de l'apprendre. Veux-tu en parler?» dit Kendall avec l'empathie d'un thérapeute.

«Fais comme si tu n'étais pas en service, Kendall», taquina Lou.

«La douleur personnelle ne fonctionne pas comme une horloge», a répondu Kendall.

«Mais mes boissons le font. Où sont les bonnes choses? Il doit être 2 heures du matin quelque part», dit Lou en faisant un geste de saisie.

«Tu es dans une forme rare», dit Cage en buvant une gorgée. «Titus lui manque», explique Quin à Cage.

«Tu fréquentes la même école», dit Cage à Lou.

«Oui, mais entre l'école, son entreprise et ses fonctions de maire, je le vois à peine», dit Lou en faisant semblant de pleurer.

«C'est ce qui arrive quand on épouse quelqu'un qui fait de la politique», a ironisé Cage.

«Vous êtes marié», ai-je demandé, surpris.

«Non», répète Lou en faisant semblant de pleurer.

Cage a ajouté : «Quoi que vous fassiez, ne le demandez pas en mariage. Il dira probablement oui».

Tout le monde ricane.

«C'est vrai. Riez de ma douleur. Je vous déteste tous», dit Lou, bouleversé. «Mais tu sais que nous t'aimons», lui dit Quin en la serrant dans ses bras.

En parlant de mariage, Lou a commencé à tourner la table.

«Quand vas-tu enfin faire de celle-ci un homme honnête?», dit-il à Cage.

Quin lâcha Lou et se blottit à côté de Cage.

«Peut-être quand son père aura fini de rédiger notre contrat de mariage», dit Cage avec une pointe de tension.

«Tu lui fais signer un contrat de mariage?» demanda Lou à Quin. «Mon père le veut avant qu'il ne bénisse le mariage.»

«Tant mieux pour lui», répond Lou.

«Tu sais que Cage n'en a après toi que pour ton corps, n'est-ce pas? Et s'il se passe quelque chose entre vous deux? Quelle moitié aura-t-il?»

«Notre contrat de mariage stipule qu'il s'agit du fond», a plaisanté Cage.

«Mais je ne veux mon bébé que pour son intelligence».

«Aww, Cage», dit Quin en se retournant et en embrassant son petit ami.

Lou a fait un bruit de vomissement.

Je me suis tourné vers Cali qui avait été le seul à ne pas parler. Pensant que je cherchais une explication, il a dit : «Quin est un génie et son père est milliardaire.»

Je lui ai dit «Wow».

«Nous avons été impolis envers toi», dit Kendall en se tournant vers moi.

Lou a répondu : «C'est vrai. Je suis désolé, pourquoi nous sommes-nous moqués de vous, déjà?»

J'ai fait semblant de ne pas m'en souvenir.

«Ne faites pas attention à lui», dit Kendall.

«Qu'est-ce qui t'amène dans ce coin de pays?»

«Tu fuis la mafia?» demande Lou.

Cela n'a pas suscité la même réaction de la part de tout le monde. «Quoi? Trop tôt?» demande Lou en regardant autour de lui.

«Quoi qu'il en soit, dit Kendall, l'attention de tout le monde se porte à nouveau sur moi. «Je suis ici pour le travail», ai-je expliqué.

«Vraiment? Qu'est-ce que tu fais?»

«Je travaille dans le football».

Dès que je l'ai dit, tout le monde s'est tu. C'était comme si je venais de dire que j'étais un flic venu faire une descente.

Kendall regarde Cage et Cali.

«Quel aspect du football?»

«Je suis entraîneur adjoint des Cougars.» Comme personne ne parlait, j'ai demandé : «Vous suivez le football?»

C'est alors que je me suis retourné, entendant quelqu'un descendre les escaliers. Au début, je ne l'ai pas reconnu, ne l'ayant pas vu sans sa chemise. Mais j'ai vite compris. Ma bouche s'est ouverte.

«Quoi?» demande l'homme aux autres avec son désormais célèbre accent méridional. «Qui est- ce?» dit-il en parlant de moi.

«Vous êtes Nero Roman», ai-je dit sans pouvoir m'en empêcher. «Oui. Qui êtes-vous?» Il répond, avec un charme tout méridional.

«Je suis Merri Hail. Je travaille pour les Cougars. Et je suis une grande fan».

«Qui est-ce?» demanda Nero, cherchant une explication autour de lui alors qu'il nous rejoignait. «Il habite chez moi», explique Cali. «Il cherchait un moyen de se changer les idées après

une rupture, alors je l'ai invité ici. J'ai pensé qu'il équilibrerait les chiffres».

«Je vois», dit Nero, en me regardant fixement comme s'il se décidait pour quelque chose. «De toute façon, on joue à ce jeu ou quoi? Je sens qu'on va gagner. Tu es avec moi, Kendall?»

«Oh, Kendall!» dis-je en la reconnaissant.

«Tu es le petit ami de Néro qui étudie pour obtenir un doctorat en psychologie clinique.»

«Sérieusement, qui est-ce?» demande Nero à Cage.

«Tu l'as entendu. Il s'appelle Merri et il est entraîneur adjoint des Cougars. Pourquoi as-tu dit que tu étais en ville?»

«Je fais du recrutement», ai-je dit en sentant mes paumes transpirer.

Une fois de plus, le silence s'installe dans la salle.

Regardant autour de lui, Cage demande : «Et qui es-tu venu recruter?»

«Oh, attends! Tu es Cage Rucker, le frère de Nero. Tu as établi un record en D1 pour le plus grand nombre de passes en une saison.»

«Oui», a déclaré Cage avec modestie. «Alors, qui recrutes-tu?» demande Nero.

J'ai trébuché sur mes mots. «Ah, Claude. Claude Harper. C'est une petite ville. Vous le connaissez peut-être.»

Le groupe se regarde à nouveau.

Nero précise : «Vous avez dit que vous étiez des Cougars?». «Oui.»

«L'équipe de la NFL? » ajoute Nero.

«Oui», ai-je dit, déconcerté par les réponses de chacun. «Vous ne connaissez pas Claude?» Nero dit : «Oh, nous le connaissons. C'est pourquoi nous sommes tous un peu confus.» «Qu'est-ce que vous voulez dire?» demandai-je, incertain de ce qui se passait.

«Vous plaisantez encore? Je n'arrive pas à le savoir.»

Nero regarde Cage puis Cali. Les trois hommes avaient la bouche ouverte. «Est-ce que j'ai raté quelque chose?»

Cage se ressaisit et explique.

«C'est juste que certains d'entre nous dans cette pièce ont une certaine expérience du football. Même Cali a établi un record l'année dernière pour les yards bottés.»

Je me suis tourné vers Cali, stupéfait.

«Et nous connaissons tous Claude», poursuit Cage.

«Certains d'entre nous mieux que d'autres. Mais aucun d'entre nous ne saurait pourquoi un recruteur des Cougars le rencontrerait».

J'ai regardé tout le monde d'un air confus.

«Vous plaisantez encore».

«Non!» confirme Nero.

«J'ai joué avec lui au lycée et nous avons traîné ensemble quelques fois depuis qu'il est revenu. Et je n'ai aucune idée de ce dont tu parles.»

J'ai regardé autour de moi, perplexe.

«Aucun d'entre vous n'est au courant de ses dossiers?»

Tout le monde regarde Cali qui répond : «Je ne savais même pas qu'il avait joué à l'université».

«Alors, vous ne savez pas?»

«Savoir quoi?» demande Cage.

Je me suis tourné vers Cage. «Avec tout le respect que je te dois, tu étais un bon quarterback. Sans ta blessure, je suis sûr que tu aurais pu être le quarterback titulaire de la plupart des équipes de la NFL. Mais Claude est un quarterback au talent générationnel.»

«Claude Harper?» demanda Nero.

«Oui.»

«Au lycée, il jouait au poste de receveur», souligne Nero.

«Je le sais. Lors des essais, je l'ai vu lancer et j'ai dit à l'entraîneur de le tester en tant que quarterback. Il nous a permis de remporter trois titres consécutifs en D2».

«Claude Harper?» demande encore Nero.

«Oui! Vous ne savez pas à quel point il est bon. C'est probablement le meilleur quarterback que j'ai vu de ma vie.»

Comme personne n'a répondu, j'ai continué.

«Une fois, en finale de la conférence, nous étions menés de 6 points et il restait 20 secondes au chrono. Mon père, je veux dire, l'entraîneur appelle un jeu. Il l'écarte, appelle différents audibles pour la ligne offensive et les receveurs, et puis, au milieu de tout ça, il invente un jeu sur place.»

«Sur la ligne de touche, on se dit : «Qu'est-ce que vous faites?» Mais ensuite, ils ont pris le ballon, Claude a dansé entre la ligne défensive qui a traversé l'attaque comme une passoire. On se dit qu'il n'est plus là. Mais comme par miracle, une ouverture de la taille de la mer Rouge s'ouvre.»

«Comment? On ne sait pas. Tout ce qu'on sait, c'est que Claude est soudainement en train de courir à travers. Et il n'arrête pas de courir. On pensait qu'il allait aller jusqu'au bout jusqu'à ce que, de nulle part, un cornerback se retrouve juste au-dessus de lui.»

«C'est alors qu'une chose étonnante se produit. Il perd le ballon au contact de son propre corps. Le ballon remonte et notre receveur, qui se trouvait là d'une manière ou d'une autre, le récupère dans ses bras et le court jusqu'à la zone d'en-but.»

«La foule était en délire. Le receveur a reçu la balle de match. Il est devenu une légende pour avoir sauvé notre quarterback désastreux.»

«Mais le fait est que l'entraîneur et moi avons étudié son jeu. Le jeu demandé par Claude aurait placé le receveur exactement là où il devait être pour récupérer un ballon perdu par un quarterback qui

avait couru le terrain et avait accidentellement pris contact avec le ballon à cause de la pression exercée par un cornerback qui s'approchait.»

«Tout le jeu était intentionnel! Il a trouvé cette idée à la volée, à 20 secondes de la fin et alors que le match était en jeu. C'est incroyable! Et ce n'est même pas la seule fois», dis-je en sentant mes yeux brûler et mon nez se boucher.

«Je pourrais vous raconter toutes sortes d'histoires où il a donné l'impression de ne pas savoir ce qu'il faisait, où il a ignoré nos jeux et a appelé les siens, et où, parce qu'il l'a fait, nous avons gagné le match. Pourtant, si vous lui demandez s'il avait l'intention de faire tout cela, il vous répondra : «Non, je crois que j'ai juste eu de la chance». »

«Cet homme nous a permis de remporter trois titres de division. Personne n'a autant de chance. C'est le joueur le plus brillant que j'aie jamais vu dans ma vie.» Et c'est grâce à lui que mon père a son travail et que je suis entraîneur adjoint en NFL. Il est tout simplement incroyable! J'ai dit que je pleurais.

Il y a eu un silence.

«Claude Harper?» demande encore Nero.

«Oui, Claude Harper! L'extraordinairement brillant Claude Harper», lui ai-je dit avec un sourire aux larmes.

«Merde!» s'exclame Nero.

«Tu savais tout ça?» demande Cage à Cali. Cali reste sans voix.

«Je... Je... Non», dit-il, l'air troublé. «Vous inventez tout ça?» proteste Nero. «Non. C'est pour ça que je suis là.»

«Vous dites donc que Claude a fait tout cela, a gagné trois titres nationaux et n'en a jamais parlé à personne? demande Nero.

J'ai réfléchi à sa question.

«Je veux dire, quand on connaît Claude, je pense que ce n'est pas si surprenant», ai-je concédé. «Tu sais qui c'est?» dit Nero en pointant Cali du doigt.

«Qui? Cali?»

«Autrement dit, le frère de Claude», explique Nero.

«Quoi?», dis-je en me tournant vers le beau Blanc qui se trouve devant moi.

«Nous sommes demi-frères», explique Cali.

«Tu es son frère?»

J'ai demandé ce qu'il savait de moi et de ce que j'avais fait.

«Moi et Titus.»

«Claude a deux frères? Il ne m'en a jamais parlé», dis-je, ébranlée. «Vous étiez proches tous les deux?» demande Kendall.

«Je croyais que c'était le cas», ai-je dit en hésitant.

«Je pensais que nous l'étions aussi», a répondu Cali.

«Merde, il faut que je voie ça!» dit Nero en sortant de sa stupeur. «Je pense que c'est le cas pour tout le monde», confirme Cage.

Je me suis tourné vers eux.

«J'ai eu du mal à le convaincre de prendre en compte mon offre.»

«Qu'offrez-vous?», demande Nero.

«Une séance d'entraînement pour les Cougars».

«Qu'est-ce qu'il dit?» demande Cali.

«Il dit qu'il n'a pas touché un ballon depuis notre dernier match il y a deux ans.»

«C'est une réalité», souligne Cage.

«Ce que vous ne pratiquez pas, vous le perdez. Croyez-moi, je le sais.»

«Avec tout le respect que je vous dois, Cage, le talent de Claude est peut-être d'un autre niveau.» Je me suis tourné vers Nero.

«Tu as dit qu'il jouait receveur au lycée, n'est-ce pas? Parce que c'est ce qu'il m'a dit aussi. Mais c'était un quarterback tellement incroyable que j'ai parfois cru qu'il mentait.»

«S'il peut occuper un poste qu'il n'a jamais occupé et jouer à ce niveau, je ne pense pas qu'une pause de deux ans fasse une grande différence», ai-je conclu devant tout le monde.

«Cage, il faut que je voie ça», répète Nero.

«Moi aussi», acquiesce Cage.

«Comment faire pour que cela se produise?» Nero interroge le groupe.

Après une seconde de réflexion, j'ai dit : «Pourriez-vous organiser une mêlée? Je parie que si vous le faites entrer sur un terrain, tout lui reviendra», leur ai-je dit en pensant que cela pourrait aussi l'aider à se souvenir de l'amour qu'il avait pour le football… et pour moi.

«Je pourrais probablement le faire», a déclaré Cage.

«Serais-tu disponible pour jouer? demanda- t-elle à Cali.

«Oui, bien sûr».

«C'est donc moi, Nero, Cali. Nous pourrions probablement impliquer Titus.»

«Vous pourriez demander à quelques-uns de vos joueurs», suggère Nero.

«Vos joueurs?» demandai-je à Cage.

«J'entraîne l'équipe du lycée. J'ai entraîné Cali», a déclaré Cage en souriant. «Oh. Cool», dis-je en me sentant soudain très à l'aise.

«Oui. Je suis sûr que quelques joueurs seraient prêts pour ça. Ils me demandent depuis des semaines quand Nero va venir leur parler.»

«Maintenant, ils ont un entraîneur adjoint chez les Cougars», dit Nero en me faisant un signe avec un sourire.

«Je ne sais pas pourquoi ils voudraient m'entendre. Mais si c'était le cas, je serais bien sûr ravi de dire quelques mots»

«Alors c'est réglé», dit Cage.

«Demain, Claude se joindra à nous pour un petit match. »

«Comme je connais Claude, il ne sera pas d'accord avec ça», répond Cali.

«Mais apparemment, je ne connais pas Claude du tout. Alors qu'est-ce que j'en sais?»

«Je ne comprends pas», dis-je, encore très confus.

«Il ne parlait pas du tout de football quand il rentrait à la maison pour les pauses?»

«Ils ne savaient pas qu'ils étaient frères jusqu'à il y a quelques mois», explique Cage. «Ouais, ça semble être une chose dans notre ville», a ajouté Nero.

«Ahhh! C'est plus logique», ai-je dit, me sentant mieux à l'idée que Claude ne m'ait rien dit.

«Je pense que tu as raison, Cali,» dit Nero.

«Il ne viendra pas si nous lui disons pourquoi il vient.»

«Qu'est-ce que tu suggères?» demanda Cage.

Nero a répondu : «Pourquoi ne pas dire que nous faisons un truc de dernière minute pour l'anniversaire de quelqu'un? Qui a un anniversaire bientôt?»

«Le mien a eu lieu le mois dernier», a déclaré Cage.

«Parfait», déclare Nero.

«Nous dirons que tu voulais réunir les gars pour un match après l'anniversaire parce que tu te sentais vieux et nostalgique de tes jours de gloire», dit Nero en taquinant son frère.

«J'ai eu 25 ans», proteste Cage.

«Comme je l'ai dit, vieux», lui dit Nero en riant.

«Je te verrai dans deux ans», a dit Cage à Nero.

«Tu ferais mieux de faire trois», dit fièrement Nero.

«Ne me fais pas passer pour un vieux briscard comme toi».

Cage regarde tout le monde d'un air ennuyé. Ce faisant, Quin l'a pris dans ses bras et lui a embrassé la joue.

«Ne t'inquiète pas, je t'aimerai toujours.»
«Merci», dit-il en le regardant avec un sourire.

«Et j'aime être avec un homme âgé», plaisante Quin.

«Quoi?» Nero se réjouit de la taquinerie de Quin.
«Quin? Respect!» «Toi aussi?» protesta Cage.
«Je plaisante».

Cage changa de sujet. «Quoi qu'il en soit, nous avons notre plan. Je vais appeler Claude. Et après, est-ce qu'on peut se mettre à jouer, s'il vous plaît?» Dit-il avant de partir vers une salle tranquille.

«Oh, maintenant il est en colère», m'a dit Nero. «Ces deux-là vont essayer de nous damer le

pion.»

Cali expliqua : «Quand Cage et Quin jouent ensemble, ils sont vraiment difficiles à battre.» Kendall a ajouté : «Il est difficile de battre n'importe qui plus Quin. Je demande à ce que Quin

devienne mon partenaire.»

«Tu vas m'abandonner comme ça, partenaire?» protesta Nero, blessé.

«Après avoir mis Cage dans tous ses états? Je ne veux pas faire partie du bain de sang que tu as créé. Je veux gagner.»

Tout le monde a ri.

«Je suis censé être le compétiteur dans notre relation», explique Nero. «Tu es censé être la bonne personne».

«Je le suis. Mais je suis aussi intelligent», taquine Kendall.

«Je vois comment ça se passe. Ne t'inquiète pas, Lou et moi allons vous détruire tous les deux», dit Nero en entourant de ses bras musclés le colocataire de Quin.

Lou siffle et retire le bras de Nero. «On dirait que ça va être les intellos contre les sportifs». «Très bien. Vous pouvez tous aller en enfer», proclame Nero.

«Nous vous battrons tout aussi facilement», dit-il en nous entourant de ses bras, Cali et moi. «Avons-nous vraiment une chance?» ai-je demandé à Cali.

«Aucune chance», a-t-il répondu.

«Désolé, les gars», a murmuré Nero à nos oreilles.

Une fois que Cage est revenu et qu'il a confirmé que Claude serait présent à la mêlée, nous avons commencé les jeux. Bien que nous ayons perdu à tous les jeux, nous avons passé une bonne soirée.

Pendant tout ce temps, je me suis demandé pourquoi Claude n'était pas là. Après quelques verres, j'ai demandé à Cali.

«Claude ne vient pas à ce genre de choses», a-t-il expliqué.

«Nous l'avons invité», a déclaré Quin, qui nous a entendus.

«Il ne vient jamais.»

«Pourquoi pas?»

Quin haussa les épaules.

«Je ne sais pas.»

«Peut-être qu'il ne supporte pas toutes ces foutues trahisons», a lancé Nero en regardant son petit ami.

Kendall a répondu : «Désolé, je ne peux pas t'entendre à cause de tout ce qui se passe.»

«Tu l'as cherché toi-même», a ajouté Lou.

«Il nous a tous infligé cela», corrige Cage.

«Ami en feu», dit Quin en regardant son petit ami avec envie.

En regardant ce groupe interagir, j'ai réalisé ce qui manquait à ma relation avec Jason. Lui et moi ne nous amusions pas ensemble. Je sacrifiais des choses amusantes pour être avec lui. Ce n'est pas qu'il était ennuyeux. Nous nous amusions simplement de manière différente.

J'aimerais beaucoup faire partie d'un groupe comme celui-ci. Pourquoi Claude n'a-t-il pas accepté les invitations de Quin? Est-ce que c'est parce que tout le monde ici aimait les garçons et pas lui ?

Je sais qu'il aimait les réunions de groupe. À l'école, nous allions tout le temps à ce genre de choses. Je ne l'aurais pas décrit comme le boute-en-train de la soirée, mais il parlait plus que Cali ce soir.

Passer du temps avec Claude m'a manqué. Oui, il n'y a jamais eu un moment où je n'étais pas attirée par lui, mais c'était aussi mon meilleur ami. Nous nous amusions beaucoup ensemble. S'il était là ce soir, je l'imaginais se joindre aux taquineries et faire de son mieux pour cacher son côté ultra- compétitif.

Il aimait faire semblant d'être détendu pour tout, mais il y avait une raison pour laquelle il pouvait inventer d'incroyables jeux de football à la volée. Il voulait vraiment gagner. Il faisait juste comme s'il s'en fichait. Il pouvait peut-être le cacher aux autres, mais pas à moi.

En embrassant tout le monde et en les remerciant pour la meilleure nuit que j'avais passée depuis longtemps, j'ai continué à penser à Claude pendant que nous roulions vers le « bed and breakfast ».

«Merci de m'avoir invitée», ai-je dit à Cali.

«Pas de problème».

«Penses-tu que Claude viendra demain?» «Peut-être».

«Tu crois qu'il va annuler?» J'ai demandé à Cali, sans y penser.

«Il se montre toujours quand les gens ont besoin de lui. Mais vu que Cage lui a dit que c'était un truc d'anniversaire, je ne lui en voudrais pas.»

J'ai pensé à la première partie de ce que Cali a dit. C'était vrai. Claude avait toujours été là quand j'avais besoin de lui. Il m'avait été plus difficile de résister à l'envie de tomber amoureux.

En y repensant, était-il possible que les choses ne se terminent pas comme elles l'ont fait entre nous? À l'époque, j'étais tellement amoureux de lui que je ne voyais pas clair. Après une nuit passée à ses côtés, je me sentais ivre, sans qu'il soit nécessaire de boire de l'alcool.

En le laissant seul dans mon dortoir, je sombrais rapidement dans la tristesse. Il était une drogue à laquelle j'étais accro. Alors, quand il m'a dit qu'il me couperait complètement les vivres, j'ai paniqué. J'avais besoin de lui pour respirer, mais je ne pouvais pas l'avoir.

Le fait de revoir Claude faisait resurgir beaucoup de vieux sentiments. Plus âgée et un peu plus sage, je n'allais pas me laisser séduire par lui comme avant. Oui, je voulais qu'il revienne dans ma vie. Mon meilleur ami me manquait. Mais c'était tout ce que je recherchais.

Je ne voulais pas redevenir dépendant de lui. Je détestais être un drogué. Et en le perdant, je me suis perdue.

Non, je n'y retournerai pas. Notre équipe avait besoin d'un quarterback et j'avais besoin de mon meilleur ami.

Ayant été au plus près du pardon, je n'allais pas tout gâcher. Même si, par miracle, je lui plaisais, nous ne pouvions pas être ensemble. Il comptait trop pour moi. Je ne pouvais pas le laisser faire.

Chapitre 8

Claude

Lorsque j'ai reçu l'appel de Cage, je n'ai pas su quoi penser. M'invitait-il à sa soirée d'après-anniversaire parce qu'il m'avait vue faire du jogging près de chez lui? Ce serait humiliant si c'était le cas. J'avais beau vouloir me rapprocher de lui, j'étais toujours le seul Noir de la ville. Comme le disait ma mère, j'étais le représentant de ma race pour tous ceux qui vivaient ici. Je devais me comporter de manière respectable. C'était mon obligation et mon devoir envers mon peuple.

Je me suis sentie ridicule rien qu'en pensant à ces mots, mais j'ai beaucoup réfléchi à ce que ma mère m'a dit depuis qu'elle l'a dit. J'ai passé des années à disséquer et à remettre en question ses prémisses. J'en ai conclu que c'était vrai.

Cela signifiait que mes besoins passaient au second plan. Je voulais que Cage soit un ami. Au moins, j'avais désespérément besoin de me sentir connecté à quelqu'un. Mais je devais le faire dignement. Recevoir une invitation à la pitié parce qu'il m'a surpris en train de le harceler n'était pas digne.

Mais quelle que soit la raison pour laquelle j'ai été invitée, j'y suis allée. J'en avais besoin. C'était comme nager vers la surface pour respirer. Et je n'allais pas tout gâcher.

« Je vais te voir sur le terrain? » Titus m'envoya un texto alors que je m'apprêtais à partir.

« Tu y vas? » répondis-je. On s'y rend maintenant. Je pense que Cage fait sa crise du quart de vie».

« Ha! »

« Cali voulait s'assurer que tu viennes. »

« Cali? »

Titus a envoyé un émoji de haussement d'épaules.

Apparemment, tout le monde devait être là. Ayant récemment vu le frère de Cage, Nero, en ville, j'ai supposé qu'il serait là aussi. Cela allait être un bon moyen de me faire oublier Merri et son offre.

Ce qui m'a le plus convaincu d'accepter l'entraînement de Merri, c'est l'idée que je pourrais à nouveau faire partie d'une équipe. Mais peut-être que je n'avais pas besoin de l'aide de Merri pour cela. Peut-être que je pouvais trouver ce dont j'avais besoin ici sans lui.

Je te verrai là-bas», ai-je envoyé à Titus avec une impatience grandissante. Tu te souviens au moins comment on joue? Haha!», plaisante Titus.

C'est le sport avec le ballon rond et le panier, n'est-ce pas?

Il a répondu avec un emoji qui se roule par terre en riant. Il s'en faut de peu.

Je ne sais pas pourquoi je n'ai parlé à personne en ville de mon passé de footballeur. Serait-ce parce que je n'avais pas pris le jeu au sérieux? Non, ce n'était pas ça. Mais peut-être était-ce parce que je l'avais pris trop au sérieux.

Même si l'équipe s'appuyait sur moi, j'avais du mal à exprimer à quel point j'y tenais. Lorsque j'étais seul, je ne regardais jamais la télévision. J'étudiais les jeux et les parties que je trouvais sur YouTube. Il y a même eu des nuits où je n'arrivais pas à dormir parce que je revoyais sans cesse les jeux possibles dans ma tête.

Même si la façon dont Merri m'a traitée a joué un rôle dans ma décision d'obtenir mon diplôme plus tôt que prévu, je dois admettre que ce n'était pas le seul facteur. J'étais obsédé. Je ne l'ai jamais laissé paraître, mais je vivais et respirais le football. Gagner me procurait de l'exaltation et perdre me plongeait dans une spirale de désespoir.

Je n'en ai parlé à personne car c'était trop embarrassant. Ce n'était qu'un jeu. Je n'aurais pas dû le vouloir à ce point. Mais je l'ai fait. Je n'ai jamais voulu décevoir mon équipe. Et je ne voulais surtout pas décevoir Merri.

Merri avait changé ma vie. Il avait cru en moi avant que je ne croie en moi-même. J'aimais la façon dont je regardais à travers ses yeux.

C'est ce qui a rendu la fin de notre amitié si douloureuse. Ma mère m'avait fait croire que personne ne me verrait jamais au-delà de la couleur de ma peau. Et pendant un certain temps, le fait d'être avec Merri m'a fait croire qu'elle avait tort.

Et puis, au bout du compte, ce que je craignais le plus était vrai. Aux yeux des autres, je n'étais qu'un stéréotype, même pour la seule personne que je pensais ne pas être.

Mais il l'avait expliqué, n'est-ce pas? il avait dit ce qu'il avait dit parce qu'il était amoureux de moi. Je l'avais blessée en lui disant que je partais. En retour, il a dit des choses qu'il ne croyait pas.

Dans ces conditions, est-il juste de lui en vouloir?

De plus, si je suis honnête, j'admets que je lui ai dit que je partais dans l'espoir de le blesser. Pendant les semaines qui ont précédé la fin, elle s'est comportée en connasse avec moi. À un moment donné, non seulement il a cessé de m'envoyer des messages, mais il a également cessé de me parler lorsque nous étions aux mêmes événements.

Il a même cessé de me regarder dans les yeux. Ses yeux gris acier m'avaient manqué. Ne voyant plus mon reflet dans ces yeux, j'ai perdu le sens de qui j'étais.

Il m'a fait du mal. Je l'avais blessée. Et puis il a dit quelque chose qu'il ne pouvait pas retirer. C'est à ce moment-là que je suis parti.

Et pour être honnête, une partie de moi pensait qu'il allait me courir après. Après tout, tout cela n'avait-il pas commencé à cause de la façon dont il me traitait? Et n'était-ce pas lui qui avait poussé les choses trop loin?

Oui, je ne lui ai pas facilité la tâche pour s'excuser. Mais étais-je censé le faire? Je m'étais attaché à lui plus qu'à toute autre personne que j'avais rencontrée, et il avait dépassé les bornes. Il pouvait voir que j'avais du mal à faire confiance aux gens, n'est-ce pas? Pourtant, il avait trahi ma confiance.

N'avait-il pas réalisé ce qu'il avait fait? Il fut un temps où je pensais avoir besoin de Merri. Elle avait été ma source d'amis, ma source de courage et ma source de bien-être.

Mais était-ce encore vrai? Sans son aide, je me faisais enfin une vie ici. Cage m'avait invité à sortir sans que Merri n'intervienne. Peut-être que je n'avais pas besoin de lui comme je le pensais.

Alors, n'ayant plus besoin de lui et s'excusant deux ans trop tard, où en étions-nous? Je n'en étais pas sûr. Je mentirais si je disais que mon ami ne m'avait pas manqué. Ma vie n'avait pas été la même sans lui.

Avant que les choses ne tournent mal entre nous, nous étions inséparables. Nous nous parlions tous les jours. Nous prenions tous les repas possibles ensemble. Et je me sentais mieux après l'avoir

vue, même si c'était juste pour l'entendre se plaindre de ses «petites amies».

À ce propos, il est difficile de croire qu'il a été gay pendant tout ce temps. Cette pensée m'a fait quelque chose. Je connaissais à peine Merri sans sa petite amie. Et maintenant, il me disait que tout cela n'était qu'une comédie? Qu'il était amoureux de moi depuis le jour de notre rencontre? Les choses auraient-elles été différentes entres nous si je l'avais su à l'époque ?

Je n'ai jamais été homophobe, mais je n'étais pas aussi à l'aise avec ces choses qu'aujourd'hui. Après tout, mes deux frères ont des relations avec des hommes. Titus sortait avec son meilleur ami et Cali était avec l'homme qu'il allait probablement épouser .

Et si Merri était celUI avec qui j'étais censé être? Serait-ce si fou? Il avait dit qu'il était amoureux de moi. Et je l'avais certainement aimée. Mais l'aimais-je de la mêmc façon?

Mettant cette pensée de côté, j'ai fini de m'habiller pour la mêlée de Cage et j'ai pris la route. Cage l'organisait dans mon ancien lycée, où il était entraîneur et professeur d'éducation physique. En me garant, j'ai trouvé plus de voitures dans le parking que je ne m'y attendais. Il y en avait presque assez pour me faire croire qu'il y avait un match.

En sortant et en contournant le bâtiment, j'ai vu des spectateurs dans les gradins. Repérant Titus, je me suis dirigé vers lui.

«Qu'est-ce qui se passe?» Je lui ai demandé, ce qui m'a valu un regard interrogateur.

«Je ne savais rien de tout cela», dit-il d'un air soupçonneux.

«A propos de quoi?»

«Tu sais que si je l'avais su, je te l'aurais dit, n'est-ce pas?» «Si tu savais quoi?»

Titus désigne un homme assis dans les gradins.

«Merri!» Je me suis exclamée, sentant mon cœur se serrer.

«Qu'est-ce qu'il fait ici?»

«Je n'ai rien à voir avec ça», dit Titus en levant les mains sur la défensive et en s'éloignant.

En passant devant ce qui devait être l'équipe de football du lycée, j'ai vu Cage. En me dirigeant vers lui, tout le monde me regardait comme s'ils savaient quelque chose que j'ignorais.

«Hé, Cage», dis-je en hésitant.

«Je croyais que tu avais dit que nous ne serions que quelques-uns? demandai-je en faisant signe aux deux douzaines de personnes qui se trouvaient dans les tribunes.

«Oui, le bruit a couru que Nero serait là. Je suppose que certaines personnes n'ont rien de mieux

à faire un samedi», répondit-il avec un sourire.

«Je suppose», ai-je répondu, ne sachant toujours pas ce qui se passait.

«Claude, fils de pute! s'exclame Néron en s'approchant de moi et en m'accueillant d'une claque dans le dos. «Comment diable ne l'avons-nous pas su?»

«Savoir quoi?»

«Tout au long du lycée, nous avons joué avec une sorte de génie du football. J'ai grimacé dès qu'il l'a dit. Merri.»

«Oui, Merri», confirme Nero.

«Il te l'a dit», ai-je réalisé, comprenant soudain pourquoi Cage m'avait invité.

Ce n'était pas par pitié ou parce que je me construisais enfin une vie ici. C'était encore une fois à cause de Merri. Quelle était ma vie sans lui?

«Oui, il nous l'a dit», confirme Nero. «Et pourquoi devait-il le faire? Vous avez gagné trois championnats?»

«Ce n'est pas grave».

«Il y a un recruteur de la NFL qui est venu dans ce trou à rats pour vous recruter? Je n'ai même pas eu droit à ça et j'ai failli être le numéro un de la draft.»

«Ce n'est pas comme ça. C'est un ami. Nous avons une histoire.»

«Je parie que oui», dit Nero en regardant Merri.

«Il n'est pas mal non plus.»

«Ce n'est pas ce que je voulais dire.» se dit il dubitatif.

«Quoi qu'il en soit, voyons voir ton incroyable bras. Tu es le quarterback de mon équipe. Mon frère, tu es quarterback pour tes enfants.»

«Ecoutez, je n'ai pas joué au football depuis…»

«Depuis qu'il a remporté le championnat national de division II. Nous savons. Nous avons entendu», se moque Nero.

J'ai regardé Merri à nouveau.

«Comment vous êtes-vous rencontrés?»

«Ne te préoccupes pas de cela. Occupes-toi simplement de donner le ballon à l'un des meilleurs running backs de la NFL. Tu penses que tu peux le faire?» demande Nero en me mettant le ballon dans les mains avec un sourire charismatique.

Je n'ai pas répondu. Au lieu de cela, j'ai remarqué la sensation du cuir de la balle contre ma peau. J'avais oublié cette sensation. Quel avait été l'intérêt d'en toucher une si Merri n'avait pas été là pour le voir?

Je regarde à nouveau Merri, assise dans les gradins. Il me regardait. En portant mon attention sur les joueurs qui se regroupaient autour de leur quarterback, j'ai commencé à me sentir familier

«J'ai appelé à se blottir, alors que tout me revenait lentement à l'esprit.»

Nero, Titus, Cali et quelques élèves de Cage m'ont rejoint. J'ai demandé aux étrangers à quel poste ils jouaient et j'ai mis en place une formation. Nero était un running back, mais j'utiliserais sa vitesse en tant que wide receiver. Titus et deux des étudiants seraient ma ligne offensive. Et Cali, qui était l'un des meilleurs botteurs universitaires du pays, me servirait de receveur flottant.

En regardant l'équipe de Cage de l'autre côté de la ligne de mêlée, j'ai vu que ses élèves prenaient la chose aussi sérieusement que moi. Cage leur avait probablement dit qu'un recruteur de la NFL les observait. C'était assez proche de la vérité et cela signifiait qu'ils joueraient comme si leur carrière était en jeu. C'est génial!

«Down. Set. Hut!» J'ai crié.

L'herbe et les corps volaient partout. Avec Titus devant moi, j'ai trouvé la poche. Le regard oscillant entre Cali et Nero, j'ai attendu que Nero se soit débarrassé de son défenseur et j'ai lancé la balle. Tout le monde s'est arrêté pour regarder. Avec la vitesse de Nero, elle a dû parcourir une quarantaine de mètres avant de l'atteindre dans les mains.

«Touchdown!» hurle Nero en dansant dans la zone d'en-but.

Je me suis retourné pour trouver Merri. Il était resté debout pour regarder le passage. Alors que Nero exécutait la danse de célébration la plus atroce que j'aie jamais vue, Merri m'a regardé et a souri. Quelque chose s'est allumé en moi. Pour la première fois depuis des années, je me sentais vivant.

Titus a pris la tête de la défense. En nous indiquant où nous devions aller, nous nous sommes mis en position et nous nous sommes battus alors que la ligne d'attaque bien organisée de Cage nous freinait. Comme s'il s'agissait d'un échange de coups, le receveur de Cage s'est libéré de la couverture défensive de Nero et a marqué un touchdown.

«Restez sur lui», ai-je crié.

«Ce n'est pas mon travail», hurle Nero.

«Restez sur lui! J'ai insisté, sachant que Cage voulait prouver qu'il était toujours aussi bon qu'avant.

C'est alors que les choses sérieuses ont commencé. Enfermé dans un combat en tête-à-tête avec Cage, je me suis tourné vers Titus.

«Je veux que tu défendes, que tu glisses sur ton homme, que tu tournes, que tu reçoives et que tu coures. C'est compris?»

«J'ai compris». «Répètes-le».

«Défendre, glisser, faire tourner, recevoir et courir», a-t-il confirmé.

J'ai été impressionné. Ce ne sont pas des instructions que les joueurs de ligne offensive reçoivent souvent.

«Et ensuite, tu feras semblant de lui donner un laissez-passer et tu me trouveras, n'est-ce pas?» demanda Nero.

Je l'ai montré du doigt. «Leurre».

«Tu plaisantes?» retorqua Nero.

«Leurre! Répète-le.»

Nero soupira. «Leurre».

«J'ai ordonné de faire une pause et d'envoyer tout le monde à sa place.» J'ai crié «Hut» et j'ai regardé le jeu se dérouler.

Titus a défendu, maîtrisé son homme, couru, tourné et attendu. Il s'en est fallu de peu. Parce que Cage a envoyé ses deux défenseurs profonds après Nero, Titus était grand ouvert. Il l'a touché avec une passe en forme de balle, il a verrouillé ses mains autour du ballon et s'est frayé un chemin jusqu'à la zone d'en-but.

«Touchdown!» Nero hurle alors que Titus s'effondre, désespérément essoufflé.

Cage et moi avons croisé nos regards. Il était impressionné, n'ayant pas vu venir le jeu. C'est à ce moment-là qu'il s'est mis au travail, élaborant des jeux comme s'il s'agissait d'un match de championnat.

En utilisant les quatre terrains et notre faible défense, Cage a fini par marquer. Mais je ne faisais que commencer. Nous avons conçu un jeu pour que Cali marque, nous l'avons mis en place et nous l'avons exécuté.

«Touchdown! Tu as vu ça, mon frère? Tous les membres de notre équipe vont te marquer, et tu ne peux rien faire pour l'empêcher», a déclaré Nero, en pleine forme.

Bien que je ne l'aie pas dit, Nero avait compris mon plan. J'allais concevoir un jeu pour chacun de mes joueurs afin qu'ils aient tous une chance de marquer. Nero ne m'avait pas facilité la tâche en l'annonçant à leurs défenseurs, mais plus c'est difficile, mieux c'est.

Les quatre lycéens me regardant nerveusement, je leur ai montré mon poing fermé. Me tournant vers le premier d'entre eux, j'ai demandé,

«Avez-vous déjà marqué dans un match?»

«Je joue la ligne défensive et je chauffe le banc», dit-il en tremblant pratiquement. «Si vous courez, pouvez-vous atteindre la zone d'en-but?»

Sans un mot, il est parti en courant. J'ai dû le rappeler.

Nero ricane. «Heureusement qu'ils ne sauront pas à qui tu vas t'adresser ensuite».

«Ils ne le feront pas si vous êtes le quarterback. Sais-tu comment faire un transfert?»

En s'alignant sur la ligne de mêlée à gauche de Titus, tous les membres de l'équipe de Cage m'ont regardé, confus.

«En bas, prêt, hut», a crié Nero avant qu'ils ne comprennent ce qui se passait.

En me plaçant derrière lui, j'ai pris le ballon et j'ai couru. Ne sachant toujours pas ce qui se passait, la défense s'est effondrée vers moi. Les entraînant de l'autre côté du terrain, j'ai crié : «Hé!».

C'était suffisant pour que mon défenseur sur le banc se retourne. En tirant la balle à travers le champ, je l'ai frappé dans les mains. Je pensais que c'était trop fort, mais il s'est accroché. L'expression de son visage était incroyable. Je n'avais jamais vu quelqu'un rayonner avec autant de joie.

«Touchdown!» Nero a crié, a couru vers moi et m'a attrapé par le cou.

Le dernier des lycéens n'a pas été aussi facile. Pour lui, nous avons exécuté des jeux qui nous ont fait progresser de cinq mètres à la fois. Désormais acquis à l'idée, à un mètre de la zone d'en-but, nous avons tous bloqué le dernier de nos joueurs en train de marquer son touchdown.

Mon équipe a crié victoire. Je ne pouvais pas imaginer qu'ils s'amusent plus qu'ils ne l'ont fait aujourd'hui. Moi aussi, j'ai pris du plaisir, même si je ne l'ai pas montré. Il suffisait de savoir que j'avais réussi. Et ils s'amusaient bien sans moi.

«Mon frère, on dirait qu'il est meilleur que toi», a raillé Nero à l'adresse de Cage.

«Où était tout ça quand on en avait besoin au lycée?», m'a-t-il demandé.

«Nous avions un quarterback», lui ai-je rappelé. Il m'a jeté un regard plus agacé qu'amusé.

Lorsque Merri s'est avancé, Nero s'est tourné vers lui et lui a dit : «Je suppose que tu ne mentais pas.»

«Je ne l'étais pas», a déclaré Merri, rayonnant.

Le fait d'avoir Merri si près de moi m'a fait chaud au cœur. J'avais désespérément envie de lui demander s'il m'avait vu. Je ne l'ai pas fait, sachant que c'était le cas.

«Non, sérieusement, Claude», dit Titus, l'air choqué.

«Pourquoi n'as-tu jamais essayé d'être quarterback au lycée?»

Je l'ai regardé, puis j'ai regardé Nero et Merri.

«Je suppose que je ne voulais pas faire de vagues.»

«Alors, tu as laissé quelqu'un qui n'est pas aussi bon que toi avoir ce que tu méritais?» lanca

Titus

«Vous dites cela comme si c'était la première fois. Ma vie a consisté à danser sur la ligne entre être assez bon et être trop bon. Quand tu me ressembles, les gens ne peuvent pas te voir comme une menace. Les choses peuvent devenir dangereuses», dis-je avec un sourire forcé.

Et par «te ressembler, tu veux dire parce que tu es noir ?», demanda directement Titus.

J'ai regardé autour de moi, sans avoir besoin de reconnaître la vérité.

«Merde!» s'exclame Cali.

«Ça craint, putain!»

«On s'y habitue», ai-je dit en minimisant le poids que cela représentait pour moi.

«Tu ne devrais pas avoir à le faire», dit Cali avec colère.

«Merci», j'ai pris une grande inspiration.

«Ça te dérange si je sors?» Tous les gars se sont regardés.

Cage, qui nous a rejoints, répond : «Quin et les autres organisent un open bar chez nous. Nous espérions que tu te joignes à nous.»

«Je suis en fait assez fatigué. Cela fait longtemps que je n'ai pas joué. Je ne suis plus dans la même forme qu'avant».

«Oh, d'accord», dit Cage, déçu.

«Si tu changes d'avis, tu sais où nous sommes».

«Bien sûr», ai-je dit en souriant.

Quand tout le monde est parti, sauf Merri, elle demanda : «Tu es sûr de ne pas vouloir te joindre à eux? Cali m'a invitée à la soirée jeux hier soir. C'était un bon moment. C'est un groupe formidable.»

«Tu peux y aller si tu veux», lui ai-je dit, ne sachant pas comment elle les avait rencontrés. «Non, je me disais juste que tu pourrais en avoir envie».

«Je vais bien», lui ai-je dit, me sentant déjà bien plus exposée que je ne me sentais à l'aise. «Où vas-tu?» me demande Merri.

«Pas encore sûr».

Merri m'a regardé nerveusement.

«Ça te dérange si je reste avec toi?»

J'y ai réfléchi. Même si je voulais qu'il le fasse, je me demandais si je devais le laisser faire. «C'est très bien», ai-je dit en me dirigeant vers ma voiture.

«Je te conduit, donc…»

«Où loges-tu?»

«La chambre d'hôtes de Cali».

«C'est comme ça que tu t'es retrouvé à la soirée jeux», ai-je réalisé.

«J'ai demandé à Cali de me montrer la vie nocturne de la ville.» J'ai ri.

«Je suis désolé.»

«Ne le sois pas. Des boissons gratuites, des mecs sexy, et si on compte ce que Quin a fait sur nos cadavres de plateau de jeu, il y a eu de la danse. Une nuit ne peut pas être meilleure que ça?»

J'ai ri. «Eh bien, y a-t-il d'autres endroits de la ville que tu aimerais voir pendant que tu es ici?»

Merri sourit.

«J'ai vu sur un site Internet que cette région comptait plus de chutes d'eau que n'importe quelle autre région du pays.»

«Oui, j'ai lu cela quelque part», ai-je répondu, amusé qu'il me cite le site web de ma compagnie touristique.»

«Je n'ai pas fait de réservation, mais ce serait bien de voir certains d'entre eux». «Tu veux une tournée d'avant-saison?» ai-je précisé.

«Je ne veux pas passer pour un gros bonnet, mais je connais l'un des propriétaires. Je pourrais peut-être le convaincre de nous laisser faire.»

«J'espère que tu connais le gentil. Parce que l'autre peut être un vrai trou du cul.» Merri me regarda dans les yeux.

«Oh, je ne sais pas. Je pense que l'autre est plutôt gentil aussi. Tu devrais essayer d'être plus gentil avec lui. En tout cas, c'est ce que je fais», dit-il avec un sourire vulnérable.

Ma poitrine s'est serrée en entendant ses mots. Merri essayait de nous faire repartir à zéro. Je ne détestais pas cette idée. Et l'imaginer de nouveau dans ma vie me faisait du bien.

«Fais-moi savoir ce que ça donne», ai-je dit en retenant tout ce que j'avais envie de dire. En me dirigeant vers le bureau, je me suis garé et j'ai accompagné Merri jusqu'à la zone de stockage située derrière la cabine principale.

«Titus est celui qui fait habituellement les visites. »

«Alors, tu es le cerveau et il est la force», dit-elle d'un ton enjoué.

«On peut dire ça», ai-je répondu, tandis que mon corps réagissait à sa suggestion.

«Que penses- tu du fait d'être mouillé?»

«Tu ne sais pas combien de temps j'ai attendu que tu me demandes cela», dit-il en souriant. J'ai ri.

«Fais attention à ce que tu souhaites», lui ai-je dit. «Pourquoi? Tu vas me faire regretter?»

«Je pourrais», lui ai-je dit, sentant l'électricité crépiter entre nous.

«J'aimerais bien voir ça», dit Merri en plaçant son corps à quelques centimètres du mien. Sentant la chaleur battre entre nous, j'ai fait un pas en arrière.

«Tu as gagné.»

C'était un jeu auquel nous jouions. A l'époque, c'était entre deux amis hétérosexuels. Du moins, c'est ce que je croyais. Il avait toujours été prête à aller plus loin que moi. Maintenant que je savais qu'il était gay, je comprenais pourquoi. Mais c'était à l'époque. La question était de savoir pourquoi j'allais initier le jeu maintenant que je savais qu'il était gay mais il avait dit qu'il était amoureux de moi.

Je n'étais pas cruel. Je ne jouais pas avec les émotions des gens. Alors, pourquoi avais-je flirté à mon tour?

Incapable de mettre la question de côté, Merri m'a aidé à récupérer l'un des canoës et, ensemble, nous l'avons transporté jusqu'à la rivière voisine.

«C'est incroyable!», s'exclame Merri en s'émerveillant de la scène qui s'offre à nous. s'exclame Merri en s'émerveillant de la scène qui s'offre à nous.

«Tu comprends pourquoi je suis revenu?» demandai-je en souriant.

Merri a essayé de répondre de manière convaincante, mais n'y est pas parvenue.

«Oui, j'ai compris maintenant.»

Il était évident que ce n'était pas le cas. Du moins, pas d'après le paysage. Et c'était logique parce que ce n'était pas vrai. J'étais rentré chez moi à cause de lui. Il m'avait fait du mal, et je ne pouvais pas le supporter.

Autant j'avais aimé la façon dont je regardais Merri, autant je savais qu'il ne m'avait jamais vraiment vu. J'en étais sûr parce que je ne l'avais jamais laissé faire. Je ne l'ai laissé à personne.

Que se passerait-il si je le faisais? Et si, pour une fois, je laissais entrer quelqu'un? Qu'est-ce que cela me ferait? Comment cela changerait-il les choses?

«Tu ne plaisantais pas sur le fait d'être mouillé», a dit Merri après que je lui ai expliqué comment nous allions monter dans le canoë.

«Il fut un temps où je n'arrivais pas à t'empêcher d'aller dans l'eau. Tu te souviens quand tu es allée nager alors qu'il y avait des centimètres de neige sur le sol?» lui ai-je rappelé.

«C'était à Big Bear. Je le regrette encore aujourd'hui. C'est un miracle que j'aie encore mes deux tétons.»

J'ai ri.

«La rivière n'est pas si froide», lui ai-je dit en enlevant mes chaussures et mes chaussettes, en entrant dans l'eau et en tenant le canoë.

«J'ai des flashbacks», dit-il en faisant de même et en me suivant à l'intérieur.

Avec un minimum d'éclaboussures, nous sommes tous les deux montés à bord et avons attrapé une pagaie.

«On a l'impression de pagayer sur l'Amazone ou quelque chose comme ça.» «Semblable. Mais moins d'anacondas accrochés aux arbres».

«Tu as tous des serpents accrochés aux arbres ici?» dit Merri, en cherchant dans la canopée de branches qui nous ombrage.

J'ai ri.

«Où est l'homme de plein air qui me traînait d'un camping à l'autre?» demandai-je au type assis dos à moi.

«D'accord. Confession. Je t'ai emmené chez eux parce que je voulais que tu sois seul. Je déteste le camping. Je déteste ça!»

«Non, c'est faux», ai-je dit, ne le croyant pas une seconde.

«C'est vrai. Si jamais je dois faire caca dans un autre trou que j'ai creusé, ce sera trop tôt», dit- il, sans quitter les arbres des yeux.

«Non. Ce que tu détestes, c'est faire caca dans les bois. Ou d'oublier ton duvet et de devoir dormir à même le sol.»

«Oh, vous pensez toujours que j'ai accidentellement oublié mon sac de couchage?» «Qu'est-ce que tu veux dire?»

«Qu'est-ce qui s'est toujours passé après que je t'ai dit que je l'avais oublié?» J'y ai repensé.

«Tu t'en es plaint». Merri s'esclaffa.

«Après cela».

«C'était sans fin. Tu n'arrêtais pas de te plaindre», ai-je dit avec sincérité.

«Je l'ai fait, après que tu m'aies invité à partager le tien».

J'ai fait une pause.

«Donc, tu as intentionnellement oublié ton duvet pour dormir sur le mien.»

«Le rêve était d'entrer dans ton sac de couchage, mais tu ne l'as manifestement pas fait.

«Je pensais que tu plaisantais lorsque tu l'as suggéré», ai-je dit, me souvenant

parfaitement des incidents.

Merri a haussé les épaules, a abandonné sa recherche de serpents et a pagayé.

«Donc, à chaque fois que nous avons fait du camping, tu as essayé d'entrer dans mon sac de couchage?»

Merri a cédé. «Peut-être pas à chaque voyage. Mais j'y pensais».

«Wow!»

«Oui, j'étais un peu taré à l'époque», a décidé Merri. J'ai fixé l'arrière de sa tête.

«Mais tu ne l'es plus?»

«Cela dépend de la personne à qui l'on s'adresse. Mon ex pourrait avoir un avis sur la question. Vous pourriez être d'accord tous les deux».

«Je ne pense pas que tu aies été une imbécile», ai-je admis.

«Je l'étais. Surtout pour toi», dit-il en se retournant.

«Tu as eu tes moments. Ou, plus précisément, un moment. Mais sinon, tu étais le meilleure amie que j'ai jamais eu.»

«Jusqu'à ce que je fasse tout foirer», dit-elle en détournant le regard.

«Jusqu'à ce que tu fasses une erreur», ai-je convenu.

«Mais les erreurs, ça arrive.» Il se retourne à nouveau.

«C'est très gentil de ta part. Et peut-être qu'un jour tu me pardonneras?» «Ne poussons pas le bouchon trop loin», ai-je dit en plaisantant.

«D'accord», dit-il en détournant le regard, gênée.

«Je plaisante. Qu'est-il arrivé à ton sens de l'humour?» Merri s'est tourné vers moi.

«Je suis vraiment désolée de ce que j'ai dit. Tu ne sais pas à quel point j'y ai réfléchi. Je sais que tu n'as pas demandé à ce que je ressente pour toi ce que j'ai ressenti, mais je l'ai ressenti. J'étais tellement amoureux de toi. Tu ne sais pas à quel point.»

«Tu étais la dernière chose à laquelle je pensais avant de m'endormir et la première chose à laquelle je pensais en me réveillant. Savoir que je te verrais faisait partie de ma journée. Et quand je ne le faisais pas, ou que tu devais annuler, mon monde s'écroulait.»

«Merri, je n'en avais aucune idée.»

«Comment as-tu pu? Je ne te l'ai pas dit. Je pouvais à peine me l'avouer à moi-même. Tout ce que je savais, c'est que le soleil se levait et se couchait autour de toi. Et ensuite, parce que je ne pouvais pas le garder dans mon pantalon, j'ai tout foutu en l'air.»

«J'étais perturbée bien avant que tu ne dises ce que tu as dit», lui ai-je dit sincèrement.

«Tu plaisantes? Tu étais la personne la plus unie que je connaissais. Je voulais être comme toi.» «Tu n'aurais pas dû. Tu sais que je n'ai même pas dit à mes frères que je jouais au football?» Merri a détourné le regard, pensive.

«Oui, qu'est-ce qui se passe? J'ai dit que tu nous avais fait gagner des championnats, et personne n'en avait entendu parler. Comment as-tu pu ne le dire à personne? Tous les élèves de mon école primaire savaient que nous avions gagné la première année, et je n'étais que le gars de l'eau.»

«Et masseur».

«J'étais votre masseur. Si tu ne l'avais pas dit, je n'aurais jamais proposé de masser les pieds d'autres footballeurs.»

J'ai ri. «Désolé pour ça».

«Non, ne le sois pas», dit-il en souriant.

«Mais sérieusement, pourquoi n'en as-tu parlé à personne?»

J'ai arrêté de pagayer et j'ai regardé vers le bas. «J'ai du mal à laisser entrer les gens.»

«Pourquoi? »

«Parce que si les gens en savent trop sur vous, ils peuvent s'en servir pour te faire du mal.» Merri est restée silencieux.

«Avant de te rencontrer, j'avais du mal à faire confiance à qui que ce soit.»

«Et puis j'ai brisé ta confiance», dit-il, disant quelque chose que je ne pouvais pas nier. Merri s'est rapproché de moi. Lorsqu'il s'est agenouillé à quelques centimètres de moi, il a dit : «Je suis vraiment désolée, Claude. Je le suis vraiment et sincèrement. J'étais tellement amoureux de toi. I…»

C'est alors que je l'ai embrassé.

[Suggestion de compagnon de lecture : Vous avez aimé? Vous connaissez quelqu'un qui l'aimerait aussi? Partagez ce livre avec eux maintenant parce que vous allez vouloir en discuter avec eux dès que vous aurez terminé. ☺]

Chapitre 9

Merri

Les lèvres de Claude étaient sur les miennes. Comment étaient les lèvres de Claude sur les miennes? Combien de fois en avais-je rêvé? Combien de fois m'étais-je fait plaisir en pensant à cela?

La sensation était tout ce que j'avais imaginé. Ses lèvres pleines et fermes étaient chaudes et douces. La chaleur a traversé mon corps. Je me suis sentie étourdie.

Lorsque j'ai vu sa main se diriger vers moi, sans doute pour me serrer la nuque, je me suis éloignée. Je ne sais pas pourquoi, mais je l'ai fait. Fixant ses yeux surpris, je n'ai pas pu parler.

«Désolé», dit-il rapidement, en détournant le regard, peinturluré d'embarras.

«Oh! Ahh! Pas de soucis, mon pote!» J'ai répondu plus maladroitement que je n'ai jamais répondu à quoi que ce soit dans ma vie.

Pas de souci, mon pote? Est-ce que j'ai vraiment dit ça? Est-ce que l'embrasser m'a transformé en Australien? Qu'est-ce que j'étais en train de faire?

Je me suis retourné comme si de rien n'était et j'ai attrapé ma pagaie. En état de choc, j'ai avancé en pagayant. Claude n'a rien dit. Il est possible que mon cerveau ait été court-circuité.

Alors que j'énumère mentalement les symptômes d'une attaque cérébrale, Claude rompt le silence.

«Cette rivière ne fait pas partie de la tournée. Comme je l'ai dit, c'est mon frère qui s'en charge habituellement.»

«Oui, je voulais te poser la question», dis-je, trouvant ainsi une échappatoire à ce qui venait de se passer.

«Tu as des frères... qui ne te ressemblent pas vraiment?»

«Ah bon?»

Je me suis retournée, me demandant s'il plaisantait. Ce n'était pas le cas.

«Je veux dire, vous avez tous ces fossettes, mais je pourrais dire la même chose de Cage et de

Nero. Est-ce que tout le monde ici est de la même famille?» «Pas que je sache.»

«Alors, vous ne vous ressemblez pas tant que ça.»

«Huh», soupira Claude.

«Et il y a cette autre chose?» J'ai abordé la question avec douceur. «Quelle autre chose?»

«Tu sais ce qui te différencie de Titus et de Cali? »

«Tu veux dire que je suis noir et qu'ils ne le sont pas?»

Je me suis retourné, l'air surpris.

«Attends, tu es noir? Ouah! Je suppose que je ne vois pas les couleurs.»

«C'est nouveau?» plaisanta Claude.

«En fait, oui. C'est une nouvelle politique. Et ça rend l'habillage très difficile.» Claude ria.

«Mais puisque tu en parles, qu'est-ce que c'est que ça?»

«Nous avons le même père biologique. Le petit ami de Titus distribuait des tests ADN à la recherche du père biologique de Titus et a trouvé Cali et moi à la place.»

«Sais-tu qui est ton père?»

«Nous avons un nom, mais il n'apparaît dans aucune recherche. «As-tu parlé de lui à ta mère?»

«C'est elle qui nous a donné le nom. Les mamans de Titus et de Cali n'ont rien voulu dire à son sujet.»

«Tu es curieux de le savoir?»

En me retournant, Claude a haussé les épaules.

«Il serait bon de le savoir pour des raisons de santé. Mais vu que nos mères ne veulent pas parler de lui, il vaut peut-être mieux ne pas savoir.»

«Penses-tu qu'il aurait pu être un joueur de football?»

«Tu veux dire que Titus, Cali et moi jouons tous peut-être à cause de notre père?»

«Oui, c'est vrai. Et Titus et Cali ne détiennent-ils pas aussi des records de conférence?» «Ils en ont».

«Alors, à moins que toutes vos mères soient athlétiques, sa graine n'a pas pu tomber loin de l'arbre.»

«Je suppose. Mais j'ai l'impression qu'il y a autre chose. Quelque chose que nous ne voudrions pas savoir.»

«Intéressant». J'ai réfléchi un moment, puis j'ai dit : «En parlant de choses intéressantes, as-tu réfléchi à l'entraînement avec les Cougars? »

«Sur le terrain aujourd'hui, j'y ai beaucoup pensé.»

«Et?» demandai-je, sentant un frisson d'anticipation me parcourir.

«Cela fait deux ans», a-t-il admis.

«Je te l'ai dit, je peux t'entraîner comme je le faisais pendant l'intersaison.»

«Je ne sais pas.»

«C'est juste un entraînement. Ce n'est pas comme si toute votre vie reposait dessus, comme c'est le cas pour d'autres personnes. Si, d'une manière ou d'une autre, les choses ne se passent pas comme je le pense, tu pourras reprendre ta vie ici. Tu pourras recommencer à faire les tournées les plus nulles de l'histoire de l'homme.»

«Tu trouves que ma tournée est nulle?» demanda Claude, feignant d'être offusqué.

«Bon sang, oui. Tu m'as dit comment s'appelle cette plante?». demandai-je en montrant un buisson au bord de la rivière.

«Non, tu ne me l'as pas dit. Tu m'as montré des serpents dans les arbres? Pas un seul. Tu as commencé en promettant du danger et de l'excitation. Depuis?» J'ai fait semblant de bâiller.

«Tu t'ennuies, hein?»

«Un peu», ai-je répondu avec contentement.

«Est-ce que je t'ai dit que les serpents d'ici nagent?»

«Ils quoi?» demandai-je, sentant mon cœur bondir dans ma gorge.

«Ils nagent. Dans des rivières comme celle-ci. D'ailleurs, en voilà un là-bas?» «Où? » demandai-je en me retournant.

«Oh non!» dit Claude en secouant violemment le bateau.

«Vous ne…»

«Oh non!» répèta Claude avant d'attraper les deux côtés du canoë et de nous faire basculer. L'eau froide et infestée de serpents traversait mes vêtements et me brûlait la peau. Je pouvais sentir la longueur d'un anaconda imaginaire s'enrouler autour de moi, essayant de m'avaler tout entier. «Ahhh! » ai-je crié, oubliant comment nager.

Lorsque quelque chose a touché le bas de mon pied, ma tête a failli exploser. Il s'est avéré que c'était le sol. La rivière n'était pas si profonde. Mais cela n'avait pas d'importance.

Nageant comme si ma vie en dépendait, j'ai atteint le bord de la rivière. Me traînant sur le rivage, j'ai roulé jusqu'à ce qu'il y ait une distance entre moi et la rivière.

«C'est pas drôle!» J'ai crié à Claude

Il ne pouvait pas m'entendre à cause de son rire.

«C'est ça, tu me dois une fière chandelle. On va faire une séance d'entraînement. Tu seras sur le terrain de football d'aujourd'hui à 9 heures du matin, et tu vas courir jusqu'à ce que tu ne puisses plus marcher. Je suis sérieux.»

«D'accord, d'accord. Peu importe. Je serai là», dit-il en se ressaisissant.

«Oh, tu as dit ça comme si tu avais encore le choix», ai-je dit, légitimement agacé. «Est-ce que je t'ai dit que les serpents dorment souvent dans la terre près du rivage?» «Ahhh!» ai-je crié, j'ai couru pieds nus, J'ai enlevé ce qui était sur moi.

Claude, à nouveau, se mit à rire. «C'est pas… drôle!»

Une fois que Claude a retrouvé son calme, il a finalement réussi à me faire remonter dans le bateau. Je ne pouvais pas lui en vouloir. Après tout, le voir rire à gorge déployée m'avait fait chaud au cœur.

Cela faisait longtemps que je ne l'avais pas vu rire comme ça. Ce devait être avant que je ne craque et que les choses ne dégénèrent. En me souvenant de cela, j'ai décidé de faire comme si notre baiser n'avait pas eu lieu.

Pour autant que je sache, Claude était et avait toujours été hétérosexuel. Il n'avait jamais manifesté d'intérêt pour moi ou pour un autre garçon . J'en suis sur parce que je l'ai observé . Ses yeux ne s'illuminaient pas lorsqu'il me voyait, comme je savais que les miens s'illuminaient lorsque je le voyais. Je n'avais jamais allumé son feu.

Sachant cela, il serait dangereux de s'engager sur cette voie avec lui maintenant. J'avais perdu la tête la dernière fois que je m'étais autorisé à ressentir quelque chose pour lui. Et il y avait encore une chance qu'il finisse dans notre équipe. Donc, quelle que soit l'expérience qu'il cherchait à faire avec

moi, elle n'était pas la bienvenue. Je voulais une relation professionnelle et personnelle avec lui. C'est tout. Rien d'intime.

En terminant l'excursion et en ramenant le canoë, j'ai fait remarquer que nous n'avions vu qu'une seule chute d'eau.

«Je dis simplement que ce n'était pas ce qui était promis sur le site web. Le plus grand nombre de chutes d'eau du pays. C'est ce qui était écrit.»

«Tu veux la visite complète? Achetez un billet», insista Claude.

«Tu ferais mieux d'espérer que je ne laisse pas de commentaires. Et si tu attends un pourboire, bonne chance», ai-je dit en le taquinant.

Sur le trajet jusqu'au « bed and breakfast », pour la première fois depuis des années, j'ai eu l'impression de retrouver mon meilleur ami. Nous avons discuté. Au début, nous avons parlé de ma dernière année à l'université. Plus tard, la conversation a porté sur mon travail d'assistant de papa.

«Il m'a demandé si vous vous entendiez bien tous les deux, en faisant référence aux histoires que je lui avais racontées à l'école.»

«Bien sûr. Il a été plutôt bon ces derniers temps. C'est comme s'il avait finalement laissé tomber ce qu'il voulait que je sois et m'avait acceptée telle que je suis.»

«C'est bon?»

«C'est mieux que l'alternative, qui serait que je ressente sa déception à chaque fois que j'entre dans une pièce».

«Je ne vois pas ce qui pourrait le décevoir.»

«Merci. Mais j'ai toujours eu l'impression que s'il avait dû choisir entre nous deux, il t'aurait choisi comme enfant.»

«J'en doute».

«C'est parce que lui et toi êtes si semblables. Aucun de vous deux n'exprime jamais ce qu'il ressent aux personnes qui lui sont chères. La façon dont il parlait de toi quand tu n'étais pas là, je ne pouvais pas la comparer. Claude n'a que des A et a mené notre équipe à plusieurs championnats. Je n'arrive même pas à te faire mettre ta vaisselle dans l'évier», dis-je en imitant papa.

«Désolé», dit Claude.

«A propos de quoi?» J'imite à nouveau mon père.

«D'être si parfait? D'être le plus beau spécimen jamais mis sur un terrain de football?» J'ai fait une pause.

«Tu sais, une partie de moi pense qu'il m'a envoyé ici juste pour récupérer son fils prodigue.»

«Ton père t'a envoyé ici?» s'étonna Claude.

«En partie».

Claude souffla, mettant fin à ses questions.

Restant silencieux pendant la dernière minute de notre trajet, lorsque nous nous sommes garés devant le bed and breakfast, j'ai posé ma main sur la poignée de la porte.

«Alors, on se voit demain?» Je lui ai demandé, me sentant aussi nerveux que le premier jour où je l'ai rencontré.

«Je serai là», a-t-il dit en souriant.

Mon Dieu, comme j'aimais le voir sourire. C'était presque autant que j'aimais l'embrasser. Dommage que je ne puisse plus jamais laisser cela se reproduire.

«C'est bien. Prépare-toi à travailler», lui dis-je avant de le laisser derrière moi et de me diriger vers ma chambre.

Après m'être débarrassé de mes vêtements encore humides, je me suis allongé dans mon lit, me demandant ce que je devais faire. J'ai envisagé de répondre aux messages de papa. Le problème, c'est que je ne savais pas quoi lui dire.

Claude n'avait pas encore accepté de s'entraîner avec les Cougars. Pour l'instant, il me laissait seulement l'échauffer. Mais si cela se passait bien, peut-être alors?

Après avoir établi un programme pour l'échauffement de demain, j'ai conduit jusqu'au restaurant local, observant une poignée de personnes qui entraient et sortaient. J'ai réfléchi à ce que cela pourrait être de vivre ici. Traîner avec Cali et les autres avait été plus amusant que je ne l'avais été depuis des années. Si Claude ne faisait pas partie de l'équipe et qu'il me le demandait, pourrais-je m'installer ici?

Je me suis couché tôt et j'ai appelé Claude le lendemain pour m'assurer qu'il venait toujours. «Hey Merri, quoi de neuf?» me demande-t-il en me saluant comme il le fait depuis des années.

«Vous êtes arrivés?»

«Merri, il est 8h15.»

«Tu sais ce que dit l'entraîneur», lui ai-je rappelé.

«Si tu es à l'heure, tu es en retard?»

«Exactement!»

«Et quand ai-je déjà été en retard?»

«Deux ans, c'est long. Les choses changent».

«Si je me souviens bien, c'est à cause de toi qu'il a inventé cette expression. Alors, tu y es déjà?»

«À l'époque, j'entretenais peut-être une relation malsaine et à long terme avec le fait d'arriver à l'heure. Mais, comme je l'ai dit, en deux ans, les choses changent». «Je ferais mieux de ne pas me présenter avant toi.»

«Impossible. Je passe la porte tout de suite», ai-je dit en me retournant dans le lit.

«Tu passes la porte maintenant?»

«C'est ce que j'ai dit».

«Quelle est la couleur de la porte?»

«Qu'est-ce qu'il y a? » ai-je dit en me redressant.

«Tu m'as entendu. Si tu passes la porte maintenant, dis-moi la couleur de la porte.»

«Qu'est-ce que tu fais, tu me testes?» J'ai dit, en me levant et en trouvant mon pantalon.

«Je m'impaticnte?»

Je me suis habillée et j'ai dit : «Non, je suis juste profondément offensée que tu doutes de moi comme ça.»

«Je n'entends toujours pas la couleur», fait remarquer Claude.

«C'est parce que je suis en train de traiter ce que cela veut dire que tu as si peu d'estime pour moi que tu poses cette question», ai-je dit en me dépêchant de quitter ma chambre pour monter les escaliers.

«Tu ne dis toujours rien.»

«C'est parce que… marron», ai-je lâché dès qu'il a été en vue. «Et il y a un vitrail en forme de goutte d'eau en son centre.»

Je me suis assise sur les marches en silence, reprenant mon souffle.

«D'accord. Dis à Cali que je lui passe le bonjour.»

«Quoi?»

J'ai regardé en bas des escaliers vers la cuisine et j'ai aperçu Cali en train d'envoyer un texto sur son téléphone. Il a levé les yeux vers moi.

«Claude te salue», lui ai-je dit. «Merci.»

«C'est avec lui que tu échanges des textos?» ai-je demandé à Cali.

«Depuis le début de la matinée», souligne Cali.

«Petit-déjeuner?» demanda-t-il en retournant à la cuisine.

«J'étais réveillé», ai-je dit à Claude.

«Oui, c'est toi qui m'as appelé. J'ai été très impressionné. Il fut un temps où tu avais du mal à te lever à 11 heures.»

«J'ai un travail maintenant», ai-je précisé.

«Tu avais un travail à l'époque.»

«L'entraîneur a compris. Il était d'accord avec ça». «Etait-il?»

Claude avait raison. Mon père ne l'a jamais été. «Sois juste à l'heure, d'accord», lui ai-je dit.

«Si tu es à l'heure, tu es en retard», m'a-t-il dit, après avoir réussi à contrarier ma matinée. «Au revoir, Claude.»

J'ai mis fin à l'appel et j'ai continué à m'asseoir dans les escaliers. Je n'ai pas pu m'empêcher de sourire. C'était comme au bon vieux temps. Cela m'avait tellement manqué. Comment se sentirait-on quand nous retournerions tous les deux à nos vies?

Même si mon père voulait que Claude revienne, ce dernier ne s'était pas trompé. Même si Claude avait été très bon hier, il n'avait pas atteint le niveau de la NFL. Cela ne veut pas dire qu'il ne peut pas y arriver. Mais il avait l'air d'être un peu lent.

Papa voulait le voir aussi vite que possible. Il a dit qu'il saurait s'il était toujours le même s'il le voyait sur le terrain. Ce qu'aucun de nous n'avait prévu, c'est qu'il ne ramasserait pas un ballon de football en deux ans. C'est une longue période pour être éloigné d'un sport qui récompense les progrès quotidiens.

Je me suis levé et je me suis dirigé vers la cuisine. Avec Cali, j'ai trouvé une sélection de céréales, de fruits et de pâtisseries.

«Nous avons des crêpes, des œufs brouillés et des saucisses. Ça t'intéresse?» demanda Cali. «Tout cela me paraît bien», ai-je admis.

«Alors donnes-moi quelques minutes».

«J'ai compris.» J'allais remonter dans ma chambre pour me préparer quand je me suis arrêtée. «Tu connaissais Claude au lycée?»

«Il avait quelques années d'avance sur moi, mais je le connaissais de vue. C'était le seul enfant noir de notre école.»

«Sais-tu s'il a eu une enfance difficile?»

Cali secoue la tête, incertain. «Pour autant que je sache, tout le monde l'aimait bien. Pourquoi?» «J'essaie toujours de comprendre pourquoi personne ne savait qu'il avait joué au football à l'université.»

«J'essaie de comprendre cela aussi.»

«T'a-t-il déjà donné des conseils sur le football?»

«Il n'en a jamais parlé.»

«A-t-il déjà assisté à l'un de tes matchs?» «Pas que je sache.» J'y ai réfléchi.

«Je ne peux pas imaginer faire les choses qu'il a faites et n'en parler à personne?» «Je pensais que j'apprenais à le connaître», admet Cali, l'air attristé.

En le regardant, je pouvais voir qu'il était sincèrement blessé que Claude ne lui ait rien dit. «Mais je suis sûr que vous savez d'autres choses, n'est-ce pas? Vous devez vous parler assez souvent.»

«Nous parlons», dit-il sans me regarder.

«Alors peut-être que c'est juste ce sujet qu'il n'aime pas aborder». «Quelque chose me dit que ce n'est pas que ça».

«Qu'est-ce que tu veux dire?»

«Quand on tire sur un fil, c'est ça?» demanda-t-il, cherchant à obtenir une confirmation. «Il doit se sentir très seul.» J'ai demandé si ce que j'avais fait en était la cause.

Cali a mélangé les ingrédients au lieu de répondre.

«Quoi qu'il en soit, je serai de retour dans quelques instants. Je ne peux pas être en retard.» «Tu es en retard!» me fait remarquer Claude alors que j'entre en trottinant sur le terrain. «Trafic», ai-je suggéré.

«Vraiment?» demande Claude, surpris.

«Oui. J'ai croisé une autre voiture sur le chemin et…» J'ai fait le geste de faire exploser ma tête. «Ça t'a troublé?»

«Je ne savais pas trop quoi faire de moi.»

«Je vois», dit Claude, amusé. «Au fait, as-tu demandé la permission pour que nous soyons ici?»

J'ai regardé autour de moi le bâtiment scolaire et le parking vides. «Fallait-il que je le fasse?» demandai-je sincèrement.

Claude rit d'un air sarcastique et sort son téléphone. «Je vais faire savoir à Cage que nous sommes là.»

«Tu vois, c'est le genre de partenariat que nous pourrions avoir. Le Yin et le Yang», ai-je dit en faisant un geste entre nous. «Je suis l'homme des idées et tu es celui de l'exécution».

M'ignorant, il lit sur son téléphone : «Il a dit que nous pouvions l'utiliser». «Génial! Tu t'es échauffé?»

Claude ouvre la bouche, cherchant une réponse.

«Je lui ai demandé de s'étirer et de me faire un tour de piste, en lui indiquant la circonférence du terrain.»

Sans un mot, Claude s'est mis au travail. Ensuite, je lui ai montré ce qu'il devait faire pendant la séance d'entraînement. Bien qu'il ait pris deux ans de congé, il n'était pas mal.

Ses temps de sprint étaient encore bons pour un quarterback. Et sa capacité à changer de direction, même si elle n'est plus ce qu'elle était, n'est pas loin.

«As-tu fait du sport ces deux dernières années?»

«Cela dépend. Tu considères le café comme un sport?» «C'était au Starbucks à l'heure de pointe?»

«C'était sur la terrasse arrière de ta chambre d'hôtes.» Je l'ai regardé avec un regard

«Ne sois pas ridicule».

«Pour un type qui a renoncé à la vie, tu n'es pas si mal en point que ça.»

«Je n'ai pas renoncé à la vie.»

«As-tu soulevé un objet plus lourd qu'une fourchette au cours des deux dernières années?»

«J'ai transporté tout notre matériel de tournée dans notre nouveau bureau.»

Je l'ai fixé à nouveau. En détournant le regard, j'ai dit : «Je prends ça pour un non.»

C'est au tour de Claude d'être agacé. Ce n'est pas grave, car Claude est toujours plus performant quand il a quelque chose à prouver. Et quand, après une série de sprints éoliens, il est trempé de sueur, il enlève son tee-shirt.

Bon sang de bonsoir! Il avait soulevé quelque chose de plus lourd qu'une fourchette. Parce que cet homme était déchiré. D'une manière ou d'une autre, il avait un meilleur corps que lorsqu'il était le quarterback titulaire d'une équipe championne de Division II.

De plus en plus excitée en le regardant, j'ai détourné les yeux. Cela a aidé en bas, mais ma peau claire n'était pas à la hauteur de ce que je ressentais. En me retournant, j'étais rayonnante. Claude a ri... ce salaud.

«Comment ton peuple a-t-il pu voler toutes ces terres?» m'avait demandé Claude.

«Tout ce que tu penses se lit sur ton visage», m'avait-il taquiné, après m'avoir vu virer au rouge.

«Non, sérieusement, comment? »

«Nous ne pouvons pas tous avoir un teint parfait comme toi», avais-je répondu, laissant entrevoir mes véritables sentiments pour lui.

«Je ne dirais pas qu'il est parfait», a-t-il déclaré, feignant l'arrogance.

Même si je savais que Claude m'avait simplement fait passer un mauvais quart d'heure, il avait touché un point sensible. J'enviais la belle peau brune de Claude. Si je pouvais la lui couper et la porter, je le ferais. Je veux dire, je ne le ferais pas. Mais le teint de cet homme était si lisse et si beau, alors que j'étais comme une bague d'humeur tellement j'étais pâle. C'était vraiment injuste!

«Reposes-toi et refais les sprints», ai-je ordonné avant de me diriger vers les gradins. Faisant ce que je lui ai dit, Claude a repris son souffle pendant quelques minutes, puis s'est

remis à courir. Il n'a jamais fallu grand-chose pour que Claude travaille dur. Il avait toujours été prêt à courir jusqu'à ce qu'il s'effondre.

En regardant son corps puissant sprinter d'une ligne de terrain à l'autre, je me suis demandé si je faisais bien de le faire s'entraîner pour l'équipe. Il n'avait pas encore dit s'il en avait envie. Je ne savais même pas s'il aimait encore jouer au football, ou s'il l'avait déjà fait.

Il a dû en apprécier certains aspects. Personne ne peut devenir aussi bon que lui sans faire des heures que personne d'autre ne voit. Mais pourquoi me laissait-il lui faire subir cela maintenant?

«Qu'est-ce qu'il y a ensuite?» demande Claude en s'approchant, le souffle court.

«La prochaine étape est que tu me dises que tu veux t'entraîner pour les Cougars», ai-je dit stoïquement.

«Qu'est-ce que tu veux dire?»

«Je veux dire que je veux que tu me dises que c'est quelque chose que tu veux faire». «Je suis là, à faire ces sprints éoliens, n'est-ce pas?»

«Oui, mais est-ce que tu veux l'être?»

Il m'a regardé d'un air agacé.

«Si nous avons terminé, faites-le moi savoir. Je rentrerai chez moi.»

«Si nous avons terminé? Non. Qu'est-ce que tu veux dire? » ai-je demandé, confus.

«Je veux dire, tu es venu ici, tu m'as fait une grande offre, tu m'as dit à quel point tu étais amoureux de moi, et maintenant tu me demandes si je veux être ici?»

J'ai plissé les yeux et secoué la tête, essayant de comprendre ce qui se passait.

«Je ne sais pas quoi répondre à cela. Oui, c'est ce qui s'est passé.»

Il m'a regardé, frustré. «Alors j'ai fini.»

«Whoa! D'où ça vient?»

«Je t'ai embrassé!», a-t-il crié en fonçant sur moi.

«Oh! Oui», ai-je dit en détournant le regard.

«Ouais!»

En grimaçant, j'ai demandé : «Peut-on faire comme si tu ne l'avais pas fait?» Claude m'a regardé, bouche bée, avant de se résigner.

«Oui, c'est ça. On s'en fout. Peu importe.»

Voyant qu'il était bouleversé, j'ai essayé de lui expliquer.

«J'essaie en fait d'être bon. J'essaie de faire ce qu'il faut ici».

«En faisant comme si rien ne s'était passé?»

«Ce n'est pas ce que tu fais?». ai-je demandé, en faisant référence au fait qu'il ne parlait à aucun de ses amis de la partie de sa vie qui m'impliquait.

La colère de Claude se dégonfle et se transforme en résignation. «Peu importe», m'a-t-il dit, sans plus s'avancer.

«Écoute», ai-je dit en reprenant mes mots. «Je veux juste que tu fasses ça pour les bonnes raisons. Tu as abandonné le football assez facilement. Si tu fais l'entraînement, je veux que tu le fasses parce que tu veux y être, pas parce que je le veux.»

«Je veux dire qu'une partie de moi hurle que je devrais prendre ce que je peux obtenir quand il s'agit de toi. Mais on sait comment ça s'est passé la dernière fois. Donc, je veux juste savoir, est-ce que l'entraînement est quelque chose que tu veux?»

Claude bascule sur ses talons, réfléchissant sincèrement à la question. Au bout d'un moment, il dit : «Si quelqu'un m'avait demandé cela il y a une semaine, j'aurais dit que ce n'était pas le cas. Mais ta présence ici m'a rappelé les choses que j'aimais. Et je suis né pour jouer au football.»

«Quand je suis dans un terrain avec la balle dans la main, je me sens vivant. Rien d'autre ne compte. Cela me manque. Et si tu me dis que je pourrais retrouver cette sensation, alors je le veux».

Un sourire s'est dessiné au fond de moi. «Alors, allons-y.»

«Tu penses que je suis prêt?» demande Claude, dubitatif.

«Je pense que tu seras l'un des meilleurs quarterbacks de l'histoire de la NFL. Et je pense qu'ils le verront».

«Mais c'est si rapide».

«Papa a demandé à te voir dès que possible.»

«Et tu penses que je ne vais pas me ridiculiser?»

«Claude, tu ne pourrais pas t'embarrasser si tu essayais. Alors, qu'en dis-tu? Es-tu prêt à le faire?»

Claude détourne le regard, pensif.

Voyant son hésitation, j'ai dit : «Allez, Claude, dis que tu es prêt à le faire». «Je suis prêt», répond-il docilement.

J'ai souri. «J'ai besoin de l'entendre plus fort que ça.»

J'ai dit : «Es-tu prêt?» «Je suis prêt», dit-il un peu plus fort.

«J'ai dit, tu es prêt?», ai-je crié.

«Je suis prêt», s'est-il écrié en souriant.

«Alors faisons-le!» J'ai dit, en attrapant ses épaules et en le secouant avec enthousiasme.

Avec Claude à bord, nous avons fait des exercices de passes jusqu'à ce que son bras soit fatigué, puis nous sommes rentrés à la maison. C'est en faisant mes bagages que j'ai compris. Tout ce que j'avais toujours voulu était maintenant en jeu. Le propriétaire de l'équipe voulait que je démissionne. Comme je ne l'ai pas fait, il a commencé à chercher des excuses pour me renvoyer.

Si j'amenais Claude et qu'il ne se débrouillait pas bien, non seulement cela pourrait être l'excuse que le propriétaire voulait, mais Claude pourrait décider qu'il en avait fini avec moi. Il pourrait être contrarié parce que j'ai réussi à lui faire confiance et que je l'ai laissé tomber à nouveau.

Si les choses ne se passaient pas bien, je pouvais tout perdre. Et surtout, je pourrais perdre

Claude.

La peau me picotant comme si elle était en feu, je me suis préparé à passer à la caisse. En dépensant un billet d'avion aller-retour pour Claude, j'ai réfléchi à ce que cela signifiait. J'avais trois jours pour le convaincre de ne pas disparaître à nouveau de ma vie. Comment allais-je m'y prendre?

Claude, qui ne partageait jamais rien de personnel, m'avait confié qu'il avait du mal à faire confiance aux gens. D'une certaine manière, j'avais réussi à ce qu'il me fasse à nouveau confiance. Mais si les choses ne fonctionnaient pas comme je l'avais convaincu, aurais-je brisé sa confiance? Cette fois-ci serait-elle la goutte d'eau qui fait déborder le vase? Le perdrais-je pour toujours?

Mon cœur battait douloureusement pendant que je faisais mes valises. Ne pouvant pas me détendre, je n'ai pas dormi. Le matin, en me tirant du lit, j'étais épuisée. En allant chercher Claude pour nous conduire à l'aéroport, j'avais l'impression de perdre la tête.

Comme je ne pouvais me concentrer sur rien, j'étais sensible à tout. Comme le fait qu'il ne m'ait pas invité à rencontrer la seule personne de sa vie dont il m'avait parlé. Pendant les trois années d'université passées ensemble, je n'avais pas rencontré sa mère. Cela m'avait fait penser qu'il me la cachait. Mais en réalité, me cachait-il d'elle?

En chassant cette idée de mon esprit pendant que nous roulions vers l'aéroport, j'ai réussi à ne rien dire d'insensé jusqu'à ce que nous soyons dans l'avion. Les portes étant verrouillées et notre voyage inévitable, mes insécurités ont pris le dessus.

«Je tiens à préciser que nous n'allons pas à Miami», lui ai-je dit alors que notre avion approchait de la piste d'atterrissage.

«Je sais», a-t-il répondu avec désinvolture.

Alors que nous approchions de notre destination, j'ai dit,

«Notre équipe est basée dans la région de Panhandle. Il n'y aura rien d'extraordinaire dans les environs».

Claude m'a regardé d'un air amusé.

«Tu viens de voir d'où je viens. Je suis d'accord sur le fait qu'il n'y a rien de fantaisiste. » «Pensacola est un peu différente de ta ville?»

«Comment cela?»

J'ai réfléchi à l'hostilité de la ville à l'égard des homosexuels. Cela ne rendait pas l'endroit très agréable à vivre pour moi. Mais cela affecterait-il Claude ?

Oui, il m'avait embrassé. Mais qu'est-ce que ça veut dire ? Ce n'était pas comme si je lui plaisais, n'est-ce pas ? Et même si , par miracle, c'était le cas, je ne pouvais pas laisser mon esprit aller dans cette direction. Je ne pouvais pas supporter de me tromper sur ce point aussi.

«C'est la Floride. Tu as entendu parler de l'homme de Floride, n'est-ce pas?» Claude balaie sa main devant lui comme un titre de journal.

«Vous voulez dire comme l'homme de Floride qui cambriole une station-service avec un alligator?»

«C'est ça!»

«Ou l'homme de Floride qui jette un alligator par la fenêtre du drive-in de Wendy's?»

«Oui».

«Ou l'homme de Floride qui se fait dévorer vivant alors qu'il tentait de dévaliser une station-service au drive-in de Wendy's avec un alligator?»

«Tu le connais», ai-je confirmé.

«Maintenant, imagines que ces gens portent leur chemise pendant qu'ils font ces choses, et c'est ça Pensacola.»

«J'ai compris. Et je suppose qu'ils ne sont pas non plus fans des Noirs.»

«Oh, c'est une évidence», ai-je dit en essayant d'être drôle.

«J'ai compris», a dit Claude, qui n'a pas trouvé cela aussi drôle que je l'espérais. «Honnêtement, je ne sais pas comment ils traitent les Noirs là-bas. C'est probablement aussi

mauvais que n'importe où ailleurs. Il y a des bons et des mauvais partout, n'est-ce pas?»

«Oui, c'est ce que je me disais», dit Claude en se retirant un peu.

J'ai regardé par le hublot de l'avion en essayant de me remettre d'avoir été un crétin insensible. «C'était dur d'être noir dans l'Oregon?» demandai-je en me retournant vers lui.

Claude y a réfléchi.

«Cela aurait pu être pire. Le fait que nous soyons dans une ville universitaire nous a aidés. Mais j'essaie de ne pas chercher ce que je ne veux pas voir.»

«Alors, tout allait bien là-bas?»

«Je veux dire, j'ai eu quelques personnes qui m'ont demandé de toucher mes cheveux.»

«Sérieusement?» demandai-je en grimaçant.

«Il y en a eu quelques-uns».

«Je suis désolé», ai-je dit, m'excusant au nom de tous les Blancs du monde.

«Écoute, si c'était la pire chose qui me soit arrivée pendant que j'étais là-bas, je m'en serais accommodé», a-t-il déclaré avec un sourire sarcastique.

«Quelle a été la pire chose?» ai-je demandé, nerveusement. Il m'a juste regardé fixement.

«Putain!» ai-je dit, réalisant ce que je venais de dire.

«Je suis vraiment désolé, mec.»

«J'ai compris».

«C'est juste que, depuis le temps que je te connais, je voulais vraiment toucher tes cheveux. Je ne savais pas comment demander...» J'ai haussé les épaules avec envie.

Claude m'a regardé un instant, puis a éclaté de rire.

«Je peux le faire maintenant?» ai-je dit, en l'attrapant.

«Lâche-moi», dit-il en s'éloignant.

«Claude, je peux toucher tes cheveux?» le taquinais-je. «Descends!» m'a-t-il dit en me repoussant.

Je me suis contenté de feindre la déception.

«Cela n'améliorera pas les relations interraciales», ai-je plaisanté.

«Tu es un idiot.»

Je me suis montré du doigt.

«Florida Man». Claude ria.

Entendre Claude rire m'a fait du bien. C'était toujours le cas. Il avait la capacité magique de me faire croire que tout irait bien.

En atterrissant à Pensacola, j'ai immédiatement envoyé un message à Papa pour l'informer que Claude avait accepté de faire la séance d'entraînement. J'avais attendu jusqu'à maintenant, craignant que Claude ne change d'avis. Je savais que c'était possible, compte tenu de ce qui s'était passé entre nous. Mais avec l'avion au sol et lui à Pensacola, je me sentais enfin libre de mettre les choses en branle.

«L'entraîneur dit qu'il est en train de mettre les choses en place. Il doit se coordonner avec le directeur général et quelques autres personnes. Il me fera savoir quand il aura le jour et l'heure».

«Qu'est-ce qu'on fait en attendant? Tu m'as trouvé une chambre d'hôtel?» Mon cerveau, sensible à la panique, s'est mis en marche.

«Merde! Tu en voulais une?» ai-je demandé sincèrement.

«Je pensais que tu resterais avec moi. Sur le canapé, je veux dire. C'est bien? Je te jure que c'est confortable. Ou alors, je peux prendre le canapé.»

Claude m'a regardé fixement.

«Non, je peux dormir sur le canapé.» Je pouvais deviner ce qu'il pensait.

«Si tu veux une chambre d'hôtel, je peux t'en trouver une. Je me suis dit qu'il n'y avait pas grand-chose à faire à Pensacola et que tu préférais rester avec moi. Mon appartement n'est ni grand ni chic, mais au moins tu connaîtras quelqu'un.»

«Ce n'est pas grave. Tu es bien chez toi», dit-il avec un sourire bienveillant.

Ce n'est qu'en le regardant dans ses yeux chaleureux que j'ai pensé à ma place. J'avais tellement cherché à le faire venir que je n'avais pas réfléchi à ce qu'il attendait.

En rentrant chez moi, j'ai retenu mon souffle.

«Ce n'est pas grand-chose», ai-je dit en le faisant entrer.

Il a balayé du regard mon appartement d'une chambre, sans rien dire.

«Ce que j'ai appris lorsque j'ai obtenu le poste, c'est que les entraîneurs adjoints ne gagnent pas beaucoup d'argent», ai-je admis.

Ce n'est pas que mon appartement soit mauvais ou en désordre. Il était juste petit et encore non meublé. Il disposait du nécessaire – un canapé confortable, une télévision de 60 pouces et une PlayStation. Mais lorsqu'il s'agissait de donner l'impression qu'une homosexuel vivait dans mon appartement, il manquait quelque chose.

Claude s'est assis sur le canapé.

«Confortable», confirme-t-il en tapotant les coussins gris.

«Il est également assez large. J'ai souvent dormi dessus. Quand je le fais, je dors toute la nuit. Ce n'est pas mal».

«Cool», dit-il en sourdine.

J'ai regardé mon espace pour la première fois avec un regard neuf. C'était vraiment assez terne. Mon ex avait dit que c'était ma chambre d'étudiant. Plus précisément, il avait dit qu'on aurait dit qu'un enfant vivait ici. Et je m'en serais offusqué si je n'avais pas été en train de manger des céréales au-dessus de l'évier avec une fourchette en plastique lorsqu'il l'a dit.

«Je n'ai pas encore eu l'occasion de le meubler». «Depuis combien de temps vis-tu ici?»

«Environ un an», ai-je admis.

«Mais tu sais comment c'est pendant la saison de football. Je suis en déplacement la moitié du temps. Et quand je suis ici, tout ce que je veux, c'est m'endormir sur le canapé en jouant à la PlayStation.»

«Je suppose que certaines choses ne changent jamais», a-t-il déclaré en souriant. «Je suppose que non», ai-je dit en me détendant.

Après avoir posé son sac de voyage, nous sommes sortis pour aller chercher quelque chose à manger. Ce serait ma première chance de le convaincre de ne pas me quitter pour toujours. Il fallait que je choisisse précisément le bon endroit.

«C'est un bar sur le thème du Tennessee?» demanda Claude en scrutant les décorations qui tapissent les murs.

«Bluegrass Bourbons», ai-je dit fièrement.

«C'est un bar à whisky. Tu ne te sens pas chez toi?»

Claude regarde tout autour de lui, de la plaque d'immatriculation qui indique «TN2STEP» aux tonneaux de whisky miniaturisés dans la vitrine éclairée.

«Cela me fait ressentir quelque chose», dit Claude en hésitant.

«Tout est frit ici. C'est incroyable.»

«Ont-ils une salade?»

«Une salade frite! Mais vous devriez essayer le poisson-chat. C'est tellement bon», dis-je avec enthousiasme.

«Quand est-ce que je m'entraîne?»

«Je suis sûre que ce n'est pas avant quelques jours», ai-je dit en prenant mon téléphone. En lisant le message de papa, j'ai dit : «C'est demain matin à 9 heures.»

«Wow, c'est rapide», répondit Claude nerveusement.

«C'est vrai», admettais-je en entendant les bruits de pas assourdissants qui annonçaient la fin de notre amitié.

«Peut-être que ce n'est pas le meilleur endroit. Nous viendrons ici pour notre dîner de célébration lorsque tu seras dans l'équipe», ai-je dit, renforçant encore ses attentes.

En partant de là, nous avons trouvé le restaurant le plus sain possible. Claude a commandé deux blancs de poulet sans peau sur de la laitue, tandis que j'ai mangé quelque chose de savoureux. Une heure plus tard, nous sommes allés au parc pour le détendre.

Il ne servait à rien de faire des exercices après avoir lancé le ballon. Il n'allait rien retirer d'un entraînement 18 heures avant la séance d'entraînement. Le mieux que nous puissions espérer, c'était qu'il passe une bonne nuit de sommeil. C'est donc ce que nous avons fait.

De retour chez moi avant la tombée de la nuit, j'ai installé Claude avec des draps et un de mes oreillers, puis je me suis mise au lit. J'avais désespérément besoin de dormir, et encore une fois, le sommeil n'est pas venu. Lorsque le soleil est entré par la fenêtre, j'ai eu l'impression de devenir fou.

Toute la nuit, j'ai pensé à ce qui se passerait si les choses ne se passaient pas bien aujourd'hui. Je venais de récupérer Claude. Je n'étais pas prêt à le perdre à nouveau. Il fallait que tout se passe parfaitement. Je n'étais pas sûre de ce que je ferais si ce n'était pas le cas.

En me tirant du lit, j'ai retrouvé Claude dans le salon. Il était assis sur le canapé, habillé, avec ses draps pliés et son oreiller à côté de lui.

«Tu as bien dormi?» demandai-je, comme si j'avais avalé une grenouille. «J'ai quelques heures devant moi», répond-il, l'air peu reposé.

«Le canapé n'était pas confortable? demandai-je, paniqué.

«Non, c'était bien», m'a-t-il rassuré. Puis il a fermé les yeux, a pris une grande inspiration et a dit : «Réflexions».

Je ne savais pas trop pourquoi, mais le fait qu'il dise cela m'a fait me sentir un peu mieux. «J'ai compris. Comment te sens-tu? Tu te sens prêt?»

Sa tête a à peine bougé et il a hoché la tête. Il n'allait pas me laisser entrer. Même maintenant, alors que je me sentais sur le point d'exploser, il était une boîte verrouillée d'émotions. Rien ne pouvait en sortir.

Ou peut-être que j'accordais plus d'importance à cette question qu'elle n'en méritait. Peut-être qu'il se fichait vraiment de savoir si les choses se passaient bien à l'entraînement. Peut-être qu'il avait vu assez de moi et de ma vie d'enfant pour savoir qu'il ne voulait pas en faire partie, ni du football.

«Tu peux prendre ton petit-déjeuner?» ai-je demandé, sachant que je ne pourrais rien avaler si j'essayais.

«Quelque chose de léger. Et peut-être un café. J'ai l'habitude de courir le matin. Et si je faisais un ou deux kilomètres et que je m'arrêtais quelque part en chemin? Cela m'aiderait à me vider la tête.»

«Je peux t'accompagner», ai-je proposé, sachant que je m'effondrerais au bout d'un pâté de maisons, mais voulant être avec lui.

«Non, j'ai besoin de me remettre les idées en place pour la séance d'entraînement. Combien de temps faut-il pour aller là où nous allons?»

«Vingt minutes?»

«Alors je serai de retour dans une heure.»
«D'accord», ai-je dit en le regardant partir.

Je n'avais surtout pas besoin de temps pour réfléchir. Au lieu de cela, j'ai dressé une liste de tout ce que Papa et le directeur général attendaient de Claude. C'était une liste exhaustive. Ou, plus exactement, j'étais épuisé, et les mots que j'écrivais créaient une liste.

De qui je me moque? Cela n'allait pas me distraire de quoi que ce soit. Au lieu de cela, je me suis assis sur le canapé, j'ai allumé la PlayStation et je me suis endormi. Je savais pourquoi je m'étais endormi. Le canapé sentait Claude. C'était comme si ses bras m'entouraient.

«Merri,» dit Claude en me réveillant.

«Ne devrions-nous pas sortir?»

J'ai regardé l'horloge au-dessus de la télévision.

«Nous avons quarante minutes», ai-je dit en grognant.

«Être à l'heure, c'est être en retard», m'a-t-il rappelé.

En le regardant, j'ai aimé son apparence. Je veux dire, j'ai toujours aimé son apparence. Ce que je voulais dire cette fois, c'est qu'il avait l'air prêt.

«Oui, nous devrions y aller.»

En m'habillant et en prenant la route, j'étais encore trop fatigué pour être stressé. Mais en entrant dans le stade, j'ai compris. C'était le moment ou jamais. Dans quelques heures, le reste de ma vie serait fixé. Soit je me retrouvais au chômage et Claude disparaissait à nouveau de ma vie. Ou bien j'aurais tout ce que j'ai toujours voulu. Ma poitrine se serra à cette idée.

«Claude!» dit Papa en lui serrant la main avec un sourire.

«Tu te sens prêt?»

Claude a offert à Papa un sourire à un million de dollars.

«Comme je ne le serai jamais.»

«C'est bien. J'attends beaucoup de toi», dit Papa, qui ne m'a jamais dit cela.

«Je ferai de mon mieux.» «Cela devrait suffire.»

Oui, papa avait retrouvé son enfant préféré.

«Tant mieux pour lui», ai-je pensé avec sarcasme.

«J'emmène Claude sur le terrain. Qui va s'occuper de la séance d'entraînement?» «Vincent», dit Papa en me faisant un signe de tête.

«Bonne chance.»

«Merci», ai-je dit en même temps que Claude. Ils me regardent tous les deux.

«Oh, tu veux dire lui. C'est vrai. Je n'ai pas beaucoup dormi. Décalage horaire.»

Claude a penché la tête, me rappelant que le Tennessee et la Floride n'étaient qu'à une heure de route l'un de l'autre.

«Suis-moi», lui dis-je en l'escortant jusqu'au bord du terrain d'entraînement.

«Vincent est notre entraîneur de quarterback. Papa exécute beaucoup des mêmes stratégies que celles qu'il a exécutées avec toi. t'en souviens-tu?»

«En grande partie». «Cela aidera».

Il m'a demandé si cela allait bien et m'a regardé d'un air inquiet.

Comment devais-je réagir? Devais-je lui dire que, malgré ce que je m'étais promis de faire, je devenais pratiquement aveugle à cause du stress de savoir s'il allait ou non me quitter à nouveau?

«Je vais bien. Reste concentré. Tu sais tout ce que Vincent va te faire faire. Tu les as toutes faites une centaine de fois à l'entraînement. Et ne t'inquiète pas, tu vas être géniale», ai-je dit sincèrement, sachant que c'était vrai quel que soit le résultat.

«Merci», a-t-il dit avec un de son sourire éclatant. C'était suffisant pour me faire croire que tout irait bien.

En me retirant sur la ligne de touche, j'avais l'estomac noué par la nervosité. En regardant Claude et Vincent parler, j'avais du mal à respirer. Pendant que Claude exécutait la routine, j'ai levé les yeux vers les tribunes. Il n'y avait que Papa, le directeur général et le propriétaire de l'équipe.

«Putain!»

Je pense qu'il était naïf de ma part de penser qu'il ne le serait pas. Pourtant, un garçon peut rêver. Ce n'était pas comme s'il en voulait à Claude parce que nous avions un passé. Le vieil homme n'en saurait rien. Tant que Claude faisait ce qu'il était capable de faire et que papa l'appuyait, tout irait bien pour Claude.

Au bout d'une heure et demie d'efforts, Vincent a apporté son presse-papiers rempli de notes aux décideurs. En retrouvant Claude sur le terrain, mon cœur a battu la chamade.

«Qu'est-ce qu'il a dit?» lui ai-je demandé.

C'était le moment. Soit ma carrière était terminée, et j'allais perdre Claude pour toujours, soit ce n'était pas le cas. J'ai lutté pour respirer.

«Il m'a dit: bon travail et attends-moi ici», raconte Claude, encore trempé de sueur. C'est mieux que «dégage», ai-je plaisanté, sentant une lueur d'espoir.

«Je suppose».

«Comment penses-tu avoir fait?»

«Je n'ai pas réussi à me démarquer à plusieurs reprises. Je pense aussi que mes passes n'étaient pas très bonnes. J'aurais dû m'entraîner davantage. Je ne sais pas à quoi je pensais en venant ici. Je ne suis pas en forme pour la NFL. Oui, je suis assez bon pour lancer le ballon avec des amis. Mais je ne pense pas que j'étais prêt pour ça», a-t-il dit, se montrant plus vulnérable que je ne l'avais jamais vu depuis trois ans que nous sommes amis.

Sans réfléchir, j'ai attrapé sa main.

«Hé, regarde-moi. T'as déchiré, putain. Tu m'entends? Même les deux tiers de toi sont meilleurs que 100 % des autres. Tu es le meilleur quarterback que j'ai jamais vu, et s'ils ne peuvent pas le voir, qu'ils aillent se faire foutre», ai-je dit en le pensant.

Claude a levé les yeux. Ses yeux étaient doux et tendres. Je voyais un côté de lui que je n'avais jamais vu auparavant. Cela m'a donné des fourmis dans les jambes.

«Tu es le meilleur», lui ai-je dit.

«Vraiment. Je le pense vraiment. Je n'ai jamais rencontré d'homme meilleur que toi.»

«Merci», dit-il sincèrement.

Puis j'ai fait quelque chose que je n'aurais pas dû faire. Sur le terrain, devant tous les spectateurs, je l'ai serré dans mes bras. Il ne s'agissait pas d'une accolade de type « bro » avec nos poings entre nos poitrines pour s'assurer que tout le monde savaient que nous étions gays. C'était une étreinte longue et persistante qui parlait de choses non dites.. C'était intime et chaleureux. En inspirant, son parfum masculin a balayé mes inquiétudes et m'a fait penser que ce n'était peut-être pas la fin.

«Merde!» J'ai entendu quelqu'un derrière moi.

J'ai rapidement lâché Claude et je me suis retourné. C'était le propriétaire de l'équipe et il avait l'air dégoûté. Se tournant vers le directeur général, il a dit : «Vous m'avez fait venir ici pour regarder cette merde? Sortez-les d'ici», avant de s'éloigner.

La panique m'envahit. «Qu'est-ce qu'il y a?»

«Merci d'être venu», dit le directeur général en s'approchant de Claude.

«Qu'est-ce qui vient de se passer? » Ai-je demandé, sachant que quelque chose avait changé. Tout le monde ne serait pas venu rencontrer Claude s'ils ne pensaient pas qu'il s'était bien débrouillé. Ne me laissant pas faire, j'ai couru devant Papa et je me suis présenté devant le propriétaire.

«Qu'est-ce qui se passe? Vous savez qu'il était bon.»

Le propriétaire m'a regardé avec des yeux de vieillard calculateurs et injectés de sang et m'a dit : «Notre équipe n'a pas besoin d'un autre Mary», puis il est passé devant moi.

«Qu'est-ce que ça veut dire?» ai-je demandé avant de comprendre. C'était l'étreinte, une étreinte entre bro.

«Tu ne le considères pas parce que tu penses qu'il est gay … Tu penses que parce que je suis gay et que je l'ai étreint, il est gay aussi…espèce de bigot »

Le propriétaire s'est figé et m'a regardé, choqué. Il y'avait une règle non écrite avec les bigots. Ils ne peuvent pas en être tenus pour responsables . Eh bien, on s'en fout ! J'ai continué.

« Parce que je suis gay et tu nous a vus nous éteindre » , ai-je dis en insinuant sur le ridicule de la situation, « tu penses qu'il est gay aussi. Et c'est pour ça que tu ne veux pas qu'il fasse partie de l'équipe, espèce de bigot !

Abasourdi, le propriétaire s'est retourné vers Papa, Vincent et le gérant, puis vers moi. Pendant une seconde, j'ai cru qu'il allait reculer. Ce que j'avais dit était vrai et il le savait.

Mais lorsque des animaux blessés sont acculés, ils n'abandonnent pas. Ils attaquent.

Se raidissant, il se ressaisit. Comme si je ne l'avais jamais dit, il a répondu : «Je le renvoie parce que votre ami ne peut pas faire une passe, qu'il est aussi lent que la mélasse et qu'il ne peut pas faire un pas de côté pour sauver sa vie».

«Il peut le faire. Il a juste besoin de plus de temps pour se préparer. Avant que je n'aille là-bas, il n'avait pas touché un ballon de football depuis deux ans».

«Quoi?» dit le vieil homme, soudain sur la défensive.

«C'est vrai. C'est comme ça qu'il est doué pour les congés. Imaginez à quel point il sera bon une fois que quelqu'un travaillera avec lui.»

J'ai cru le tenir. Ses crocs s'étaient rétractés. Son venin avait disparu. Se tournant calmement vers moi, il m'a dit,

«Alors je suppose que tu aurais dû y penser avant de programmer la séance d'entraînement, n'est-ce pas?» Il m'a dit que tout ce qui se passait était de ma faute.

Après m'avoir fait basculer sur mes talons, le vieil homme s'en est allé. Je ne savais pas quoi dire d'autre. Me tournant vers Papa, je me suis dirigé vers lui.

«Tu m'as demandé de l'amener dès que possible.»

Devant Claude, il dit : «Mais tu ne m'as pas dit qu'il n'avait pas touché un ballon depuis deux ans. Qu'est-ce qui t'a pris de l'amener ici? Tu savais que ce salaud cherchait n'importe quel prétexte pour nous rendre la vie plus difficile. Tu n'avais pas à l'aider.»

«Mais tu m'as dit de l'amener dès que possible», ai-je répété, sentant ma résistance s'évanouir. «Je l'ai fait. Mais parfois, il faut réfléchir, fiston», a-t-il dit comme si j'étais le plus grand idiot du monde.

Papa se tourna vers Claude et lui tend la main.

«Merci d'être venu, Claude. C'était vraiment un plaisir de te voir. Je suis désolé que ça n'ait pas marché», dit-il avec une vraie déception dans son sourire.

«Vous aussi, Coach», répond Claude, comme si pour lui, rien de tout cela n'était grave.

Une fois que tout le monde a offert à Claude son sourire crispé et est parti, je me suis tournée vers mon ancien meilleur ami. Les larmes aux yeux, j'ai dit : «Je suis désolé.»

«On peut y aller?» fut sa seule réponse.

Aucun de nous deux n'a dit un mot pendant que nous retournions à ma voiture. Le silence s'est prolongé jusqu'à ce que j'ouvre la bouche pour parler et qu'il me coupe la parole.

«Peux-tu avancer mon vol de retour? Si c'est possible, j'aimerais partir ce soir.» Un frisson m'a envahi. Tout ce que je craignais se réalisait.

«Mais pourquoi? Tu n'as rien qui t'oblige à rentrer précipitamment, n'est-ce pas? Tu peux rester avec moi. Nous pourrions rattraper le temps perdu», dis-je, sentant mon monde s'effondrer.

«Merri, je dois partir. Peux-tu changer mon vol de retour ou dois-je en acheter un autre?»

«Je peux le changer», lui ai-je dit en essayant de cacher les larmes qui coulaient sur mes joues. De retour chez moi, nous n'avons pas parlé. Après avoir changé son vol de retour et l'avoir

regardé rassembler ses affaires, je lui ai dit : «Laisse-moi au moins t'inviter à dîner. On peut faire ça?» «Je vais y aller», a-t-il répondu comme si tout cela ne signifiait rien pour lui.

«Je t'emmène à l'aéroport.» «J'ai commandé un Uber.»

«Alors, c'est ça?» demandai-je, ne pouvant plus cacher mes larmes.

Claude n'a pas répondu. Il a juste dit «Au revoir, Merri» et est sorti de ma vie.

Ce n'est qu'à ce moment-là que j'ai lâché tout ce que je retenais. Je suis tombée par terre et j'ai pleuré. Je pensais que j'avais eu mal la première fois qu'il m'avait quittée. Mais ce n'était rien comparé à ce que je ressentais maintenant.

Chapitre 10

Claude

Pourquoi me suis-je laissé convaincre? J'ai été idiot de croire que tout ce que Merri me disait était vrai. Je savais que je n'étais pas aussi bien qu'avant. Je le sentais. Pourtant, j'ai choisi de le croire. Je lui ai fait confiance alors que je savais que la seule personne en qui je pouvais avoir confiance, c'était moi-même.

Maintenant, j'ai l'impression qu'on me déchire l'intérieur. Ce n'est pas ce que je voulais. Je ne l'avais jamais voulu. Mais en y goûtant, je l'ai désiré comme je ne l'avais jamais fait auparavant.

Qu'est-ce que je voulais tant? Était-ce pour réintégrer une équipe de football? Était-ce pour avoir à nouveau l'impression de compter? Je n'en savais rien. Tout ce que je savais, c'est que j'avais mal et que je ne savais pas comment arrêter la douleur.

Sur le chemin de l'aéroport, j'ai tenu bon. Il en a été de même lorsque j'ai attendu mon vol et que j'ai embarqué dans l'avion. Je n'ai eu que quelques heures pour me rappeler comment j'avais échappé à ces sentiments auparavant, et j'ai fait de mon mieux pour repousser mon chagrin d'amour et ma déception.

Lorsque j'ai atterri dans le Tennessee, j'ai réalisé que cela ne fonctionnait pas. Aucune de mes techniques d'engourdissement ne fonctionnait. Je pouvais encore tout ressentir, l'indignité, la solitude, tout cela flottait juste sous la surface.

À tout moment, j'avais l'impression que j'allais exploser. La seule chose qu'il me restait à faire était de prétendre que rien de tout cela n'était arrivé. Je n'en parlerais à personne. J'essaierais de ne plus y penser.

«Comment ça se passe en Floride?», m'a dit Titus dans un texto alors que je prenais le bus depuis Knoxville.

«Merde!»

Je n'allais pas pouvoir faire comme si rien ne s'était passé. Tout le monde le savait. Merri en avait parlé à tout le monde, s'assurant ainsi que je ne pourrais jamais échapper aux questions. Mon seul répit serait de me cacher dans ma chambre, et cette idée me donnait envie de m'arracher la peau des os.

J'étais pris au piège. Merri m'avait piégé. Je ne pouvais plus fuir mes sentiments. Recroquevillée dans un coin comme une enfant effrayée, j'ai levé les yeux vers eux.

Le monstre était sombre et terrifiant. Sans pitié, il m'a dévoré. N'ayant nulle part où aller, je me suis laissé tomber en avant sur mon siège de bus et j'ai braillé.

Ce n'est pas seulement pour la séance d'entraînement que j'ai pleuré. C'était pour tout. Pour avoir entendu mon meilleur ami m'appeler comme il l'avait fait. C'était pour la douleur que j'ai ressentie en refoulant ma solitude. C'était pour l'enfant de huit ans qui ne pouvait pas s'amuser avec ses amis parce qu'on lui avait mis sur les épaules la réputation de toute sa race.

Avec les larmes qui coulaient, on avait l'impression qu'elles n'allaient pas s'arrêter. Mais le trajet en bus entre Knoxville et la maison était long. En descendant du bus à l'arrêt le plus proche, à 20 miles de la ville, je me suis réfugiée sur le banc le plus proche, j'ai posé mes coudes sur mes genoux et mon visage dans mes mains.

J'avais gâché tant de choses. Quelle était ma vie? Qui avais-je? Comment avais-je pu me retrouver seul?

J'ai regardé mon téléphone quand il a sonné, le texte de Titus disait : «En tout cas, Lou dit que quand tu commenceras à jouer pour les Cougars, il organisera une prise de contrôle de la société de tournée».

Quelques secondes plus tard, il écrit : «Maintenant, il me dit que je n'étais pas censé te dire ça».

Quelques secondes plus tard, il dit qu'il n'aura plus jamais de relations sexuelles avec moi si je ne vous dis pas qu'il n'a pas dit cela. Donc, il n'a absolument pas dit ça».

Quelques secondes plus tard, «Hey Claude, c'est Lou». Titus ne fait que plaisanter. Tu sais qu'il aime bien plaisanter. Comment se passe la séance d'entraînement? Es-tu déjà leur quarterback titulaire? Pas d'arrière-pensée derrière la question. «Il demande un ami».

En lisant le dernier message de Titus, je n'ai pas pu m'en empêcher. J'ai ri. C'était suffisant pour me rappeler que mon monde n'était pas en train de s'écrouler.

Je me suis redressée et j'ai pris une grande inspiration. Regardant à nouveau mon téléphone, j'ai appelé Titus.

«Claude, comment ça se passe?»

«Pour être honnête, ce n'est pas terrible.»

«Qu'est-ce qui se passe?» demanda mon frère, inquiet.

«Pourrais-tu venir me chercher à l'arrêt de bus de l'aéroport?» «Tu es de retour?»

«Oui».

«Je serai là dès que possible», m'a-t-il dit, avec suffisamment de tristesse dans la voix pour me dire que je n'aurais rien d'autre à expliquer.

J'étais soulagée. Je pourrais peut-être faire comme si rien ne s'était passé. Peut-être pourrais-je retrouver ma vie d'avant.

N'avais-je pas enfin été inclus dans le cercle social de Cage? Ne pouvais-je pas transformer cette invitation en une vie qui valait la peine d'être vécue? Si je pouvais passer cette journée sans en parler, je pourrais prendre les choses au jour le jour. Un jour, tout cela ne serait plus qu'un lointain souvenir.

Lorsque le camion de Titus s'est arrêté, j'ai été soulagée de voir qu'il n'y avait que lui à bord. J'aimais bien Lou, mais il était souvent un peu trop. Il n'aurait pas pu s'empêcher de poser des questions sur tous les détails de ce qui s'était passé. Je ne pouvais pas supporter cela maintenant.

Je voulais juste qu'on me ramène chez moi sans avoir à parler de quoi que ce soit. Je voulais tourner la page sur tout ce qui s'était passé. C'est ce que je voulais… ce qui a rendu la suite si surprenante.

«Comment fais-tu?» demandai-je à mon frère, rompant le silence.

«Comment faire quoi?» demande sobrement Titus.

«Comment fais-tu pour que la vie te paraisse si facile?»

Il m'a regardé, surpris.

«Tu penses que ma vie est facile?»

«Non. C'est justement ça. Tu es un joueur vedette de ton équipe de football, tu es copropriétaire d'une entreprise, tu es maire de cette ville, tu as un petit ami, et pourtant tu as ce formidable groupe social. Cela ne doit pas être facile de faire tout cela. Pourtant, tu donnes l'impression que c'est le cas».

«Je suis heureux que tu le penses. Et tu as raison, c'est beaucoup. Mais tout est plus facile quand on est prêt à demander de l'aide. Je sais que je ne peux pas gérer tout ça tout seul. Mais j'ai des gens comme toi et Lou pour m'aider. Je sais que tu seras là si j'en avais besoin. Tout comme je

serais là pour toi».

En entendant ses paroles, je baissa les yeux.

«Je n'ai pas fait partie de l'équipe. Ils ont dit que je n'étais pas assez bon». «Ça craint», dit Titus avec empathie.

«Oui».

Au bout d'un moment, Titus dit : «Puis-je te poser une question?» «Qu'est-ce que c'est?»

«Pourquoi n'as-tu dit à personne que tu jouais au football à l'université? demande Titus avec délicatesse.

J'ai ouvert la bouche pour parler. J'allais dire : «Je ne sais pas». Mais je me suis arrêté, sachant que ce n'était pas la vérité.

«J'ai du mal à m'ouvrir», lui ai-je dit honnêtement. «Pourquoi cela?»

«Dieu sait. Je pourrais dire que c'est à cause de quelque chose que ma mère m'a dit quand j'avais huit ans. Ou parce que je n'ai pas eu l'impression d'avoir quelqu'un en qui je pouvais avoir confiance en grandissant. Ou peut-être parce que je ne sais pas qui je suis et que je ne veux pas que les gens le voient.»

«C'est dur», dit Titus en hochant la tête avec empathie.

«Je ne veux plus être comme ça.»

«Être comme quoi?»

«Distant. Seul. Je ne veux plus tout porter sur mes épaules. Je veux pouvoir m'ouvrir.» «Alors, pourquoi ne pas le faire?»

«Je ne sais pas comment faire. J'ai essayé. J'essaie de partager les choses. J'ai même établi des règles qui m'obligent à rompre avec mes habitudes. Mais chaque fois que je me trouve dans cette situation et que je sais que j'en ai l'occasion, je choisis de ne pas le faire. Je ne peux pas le faire.

«Bien sûr que tu peux», dit Titus d'un ton encourageant.

«Je ne peux pas. Crois-moi, j'ai essayé. J'ai essayé avec Merri.» «Et que s'est-il passé?»

«Il a demandé si nous pouvions faire comme si rien ne s'était passé. »

Titus réfléchit un instant.

«Tu aimes bien Merri, n'est-ce pas?»

«Oui», ai-je admis.

«Je veux dire, dans le sens où j'aime Lou.» J'ai acquiescé. «Oui.»

«Il avait l'air d'un bon gars».

«Il a ses bons côtés».

«Tu crois qu'il ressent la même chose pour toi?»
«Je pense bien.»

«Tu lui as dit ce que tu ressentais?»

«Tu veux dire avec des mots?» Titus rit.

«Oui, avec des mots».

«Je ne suis pas très doué pour ça.» «Tu devrais t'entraîner.

«Qu'est-ce que tu veux dire?»

Titus haussa les épaules, retrouvant son ton habituellement optimiste. «C'est comme le football, n'est-ce pas?»

«Comment cela?»

«Tu n'as pas commencé comme un bon quarterback, n'est-ce pas?» «Non.»

«Et comment es-tu devenu bon?» «Travail acharné, étude et entraînement».

«Exactement. Combien de fois t'es-tu entraîné à dire aux gens ce que tu ressentais pour eux?» Alors que j'ouvrais la bouche, j'ai ressenti une douleur dans la poitrine. Rien que d'y penser,

c'était insupportable.

«Quoi? Trop?» demande Titus en me jetant un coup d'œil sur la route.

J'ai soufflé satiriquement.

«D'accord, c'est trop pour l'instant. C'est comme si une passe parfaite de type «Hail Mary» était trop attendue la première fois que tu as pris un ballon de football. Mais tu peux faire une petite passe, n'est-ce pas? Et si le receveur recule un peu plus à chaque fois et que tu continues à t'entraîner, tu finiras par y arriver».

«Donc, tu dis que si j'avais assez pratiqué, j'aurais pu dire à Merri ce que je ressentais?»

«Je dis que si tu t'entraînes, tu peux encore le faire», dit-il en souriant.

«Comment pratiquer l'ouverture?»

Titus serra les lèvres, cherchant une réponse.

«On commence par de petites choses comme les compliments. Combien de fois fais-tu des compliments aux gens?»

«Je les donne quand je pense que les gens les méritent.» «Ce qui, je suppose, n'est pas très fréquent?»

Je gloussa.

«Je le suppose seulement parce que je n'en ai jamais entendu de ta part. Donc, j'espère que c'est le cas.»

«Qu'est-ce que tu racontes? Je te fais des compliments tout le temps.» «Nommes en un».

J'ai ouvert la bouche, puis j'ai gloussé.

«Ne t'inquiètes pas. Je ne le prends pas personnellement. C'est juste ce que tu es.»

«Mais tu ne devrais pas avoir à trouver des excuses pour expliquer que je suis un mauvais frère.»

«Je n'ai pas dit ça. Tu es le meilleur frère que j'aurais pu espérer. Ne le dis pas à Cali, mais tu es mon préféré», dit-il en rougissant.

«Merci.» J'ai fait une pause.

«Toi aussi.»

Titus m'a regardé et m'a demandé : «Moi aussi, quoi?». «Tu veux que je le dise?» lui ai-je demandé, confus.

«Oui, Claude! C'est bien ce que je disais. Il faut que tu t'entraînes. Et comme je viens te chercher, ce qui fait de moi évidemment un grand frère, ça devrait être une petite passe.»

«Tu es aussi un bon frère», ai-je concédé.

Titus sourit. «Merci, Claude. J'apprécie vraiment que tu le dises.»

«C'est vrai», ai-je confirmé.

«Tu as été un bon frère pour moi.»

«Merci. Alors, à quel point c'était douloureux à dire?»

«Ce n'était pas si mal», ai-je admis.

«Maintenant, fais-le encore un millier de fois et dans quelques années, tu pourras peut-être dire à Merri qu'il a de beaux cheveux», taquina Titus.

«Va te faire foutre», ai-je dit en plaisantant.

«Qu'est-ce que c'est? C'est trop. Que dirais-tu d'une chevelure satisfaisante? Penses-tu que dans quelques années, tu pourrais y arriver?»

«Va te faire foutre, Titus», ai-je dit en souriant. Il ria.

Titus avait beau être logique, cela ne changeait rien à la situation dans laquelle je me trouvais. Grâce à

Merri, tout le monde savait où j'étais allé et j'allais devoir dire à tout le monde que j'avais échoué.

«Comment s'est passé ton voyage?» me demande ma mère en arrivant à la maison.

«Tu as aidé ton ami?»

«Je l'ai fait», lui ai-je dit.

«C'est bien. Tu t'es envoyé en l'air?» «Maman!»

«Je me suis dit que si tu t'éclipsais pour « aider » un « ami » dont tu n'as jamais parlé auparavant, mon petit garçon allait enfin voir de l'action».

«Oh mon Dieu, maman! Et je ne me suis pas enfuie en douce. Je t'ai dit où j'allais.» «Bien sûr», dit Maman en souriant.

En la regardant fixement, sachant qu'elle n'avait pas tout à fait tort, je me suis demandé si c'était à cause d'elle que je n'arrivais pas à partager quoi que ce soit avec qui que ce soit. Je ne me suis jamais demandé si elle m'aimait ou non. Mais, comme Lou, le petit ami de Titus, Maman était beaucoup.

«Je vais dans ma chambre», lui ai-je dit avant de prendre mon sac de voyage et de monter à l'étage.

Allongé dans mon lit, regardant les petites ombres projetées par le soleil couchant sur le plafond texturé, je me demandais ce que j'étais censé faire ensuite. En un jour, j'avais perdu à la fois la carrière et l'homme que je désirais tellement que je ne pouvais pas l'admettre.

Et n'est-ce pas parce que je ne pouvais pas l'admettre que je les avais perdus? Si j'avais pratiqué au lieu de nier mes sentiments, n'aurais-je pas aujourd'hui tout ce que j'ai toujours voulu?

Si j'avais une seconde chance de tout refaire, je ferais tout différemment. Dommage que je n'aie pas eu cette chance… Ou l'ai-je eue?

Chapitre 11

Merri

Le sommeil. J'avais besoin de dormir. Et une fois que je me suis traîné hors du sol et que je me suis mis au lit, je l'ai eu. Lorsque je me suis réveillé, j'ai vu les choses sous un autre angle.

Littéralement. J'étais tellement épuisé que lorsque je me suis réveillé, il était minuit passé. Ayant passé 48 heures avec 45 minutes de sommeil, j'avais beaucoup de choses à rattraper.

«Oh, merde! Claude», dis-je en me souvenant de tout ce qui s'était passé.

Il était parti furieux contre moi. Et comme la dernière fois, il avait le droit de l'être. Étais-je capable de ne pas lui faire de mal? Qu'est-ce qui me poussait à continuer à faire ça?

Était-ce parce que je le désirais ardemment? Mon obsession pour lui m'a-t-elle fait perdre la raison?

Oui, il n'était pas prêt pour l'entraînement. Je le voyais bien. Il n'en était pas loin, mais il n'y était pas encore. Si j'avais été plus patient et si j'avais peut-être réfléchi à l'impact de mes actions sur lui, j'aurais pu faire de meilleurs choix.

Mais j'avais tout gâché. J'avais tout gâché. Et il n'y avait pas de retour en arrière possible. N'ai-je pas été licencié moi aussi? En cherchant mon téléphone, je m'attendais à recevoir un

message disant exactement cela. Je n'en avais pas. Je ne sais pas trop pourquoi. N'avais-je pas traité mon patron de misogyne devant tout le monde? N'était-ce pas un motif de licenciement, même si c'était vrai?

Quelle que soit la raison pour laquelle je n'avais pas encore été licenciée, j'étais sûr que ce n'était plus qu'une question de temps. Non seulement le propriétaire de l'équipe ne voulait plus de moi, mais j'avais laissé tomber l'entraîneur. Claude était vraiment la meilleure chance que papa avait de garder son poste. Le fait d'avoir précipitée Claude dans l'entraînement avait bousculé tout le monde. Maintenant, tout le monde était mécontent, et c'était de ma faute.

«Merde!» J'ai murmuré dans l'obscurité.

Je ne savais pas quoi faire. Comment me sortir de cette situation? Comment faire pour que les choses s'arrangent?

Je n'ai pas quitté le lit cette nuit-là. Au lieu de cela, j'ai réfléchi. Au lever du soleil, je me suis rendue compte que je n'avais pas mangé depuis des jours. Je ne dirais pas que j'avais de l'appétit, mais j'avais envie de ne pas mourir… à peine.

Sérieusement, comment m'étais-je mise dans ce pétrin? J'étais complètement perdue. Étais-je simplement brisée? Étais-je incapable de faire quoi que ce soit de bien?

N'ayant rien d'autre dans mon réfrigérateur que des condiments, j'ai fait de mon mieux pour me ressaisir et trouver quelque chose à manger. Il n'y avait pas beaucoup d'endroits ouverts à cette heure-

En quittant mon immeuble, en direction du quartier historique de Pensacola, mon esprit s'est mis à vagabonder. Qu'est-ce que cela devait être de vivre ici il y a cent cinquante ans? Y avait-il un homme qui marchait sur le même chemin, qui pensait la même chose que moi?

Entouré de bâtiments en pierre et de boutiques pittoresques, j'ai trouvé le café où j'avais l'habitude de prendre mon petit-déjeuner. En attendant qu'il ouvre, j'ai repensé à la dernière fois que je suis venue ici. C'était il y a plusieurs mois, après une nuit chez mon ex. Il m'avait demandé si je voulais voir son endroit préféré pour le petit-déjeuner. C'était ça. Alors chaque fois que je le voyais, j'y pensais.

«Merri?» Une voix familière m'a fait me retourner.

«Jason?» ai-je dit, en regardant fixement dans les yeux de mon ex. Immédiatement énervé, Jason croisa les bras d'un air de défi.

«C'est moi qui t'ai présenté cet endroit. C'est mon endroit. Je ne partirai pas.»

«Je vais y aller», ai-je concédé, sachant qu'il avait raison.

En m'éloignant, j'ai réfléchi à ce que cela signifiait de le rencontrer maintenant. Ce n'est pas comme s'il venait ici tous les jours. Il voyageait presque autant que moi.

«Attends, je peux te parler une seconde?» demandai-je en me retournant. Il expira à bout de forces. «Quoi?», dit-il d'un ton cassant.

Je baissa la tête.

«Je n'ai pas bien géré les choses avec toi».

«Sans déconner», affirma-t-il.

«C'est vrai. Et je pense que je voudrais m'excuser pour cela.» Jason m'a regardé, confus. «Qu'est-ce qui se passe ici?»

«Je m'excuse d'avoir été une merde avec toi, d'avoir été une merde en général», ai-je dit, les yeux brillants.

Jason m'a regardé sans ménagement. Cela a duré jusqu'à ce qu'il rejette la tête en arrière et gémisse, agacé.

«Même si j'aimerais que tu te sentes comme une merde, tu n'es pas une merde, Merri.»

«Tu dis ça parce que tu ne me connais pas. Je gâche la vie des gens. Je suis un connard égoïste», ai-je admis, ne parvenant pas à retenir mes larmes.

«Non, tu ne l'es pas.»

«Mais je le suis», ai-je insisté.

«Merri, c'est déjà assez difficile de ne pas te détester en ce moment. Ne m'oblige pas à dire des choses gentilles sur toi. Tu m'as fait du mal. Ça me demande beaucoup de ne pas te laisser te faire du mal.»

«Je suis désolée. Tu vois, je ne suis pas bon.»

«Veux-tu savoir quel est ton problème, Merri?»

«Qu'est-ce que c'est?»

«Tu es vide», dit-il d'un ton accusateur.

«Quoi?»

«Tu m'as entendu. Tu as ce trou à l'intérieur de toi que tu essayes de combler avec des choses. Tu penses que si tu es le parfait gay, les dieux du football t'aimeront, et ça comblera ce trou. Eh bien, j'ai essayé de combler ce trou, Merri. J'ai essayé très fort. Mais ce trou est plus grand que nous deux».

Jason s'est arrêté alors qu'une vieille femme passait devant lui, le regardant fixement.

«C'était une métaphore», lui a-t-il crié. Il s'est tourné vers moi.

«Tu sais ce que je voulais dire.»

«Je n'en suis pas sûr», ai-je répondu honnêtement.

Il me regarda en serrant la mâchoire. Se calmant, il m'expliqua.

«Tu ne te sens pas comme une personne à part entière. Probablement parce que ton

père ne t'a jamais accepté tel que tu es. Alors maintenant, tu vas passer le reste de ta vie à courir après ce que tu n'as pas pu obtenir quand tu étais enfant. Et quand une chose ne peut pas te l'apporter, tu mets toute ton attention sur autre chose, comme, oh, je ne sais pas, l'acceptation d'une bande de joueurs de football dans une ligue qui n'en a rien à faire de toi.»

«Ou un meilleur ami hétérosexuel que je n'arrive pas à oublier», ai-je réalisé.

Jason m'a regardé, la bouche ouverte.

«Bien sûr qu'il y a quelqu'un d'autre. Je savais qu'il y avait quelqu'un d'autre. Et j'aurai du savoir qu'il était hétéro bien sûr. Plus tu dois te battre pour l'obtenir, mieux c'est, n'est-ce pas ? Tu ne peux pas simplement aimer le gars en face e toi qui te l'offre. Il faut se battre pour que ce soit réel».

Jason grimaça.

«Je déteste quand mon thérapeute a raison.»

Je regarde mon ex, stupéfait. «Si c'est vrai, qu'est-ce que je fais? Parce que je suis vraiment à court d'idées».

«J'ai une idée. Cela peut sembler fou. Mais au lieu de te concentrer sur ce dont tu as besoin, pourquoi ne pas essayer de faire quelque chose pour quelqu'un d'autre pour changer? Et pas parce que cela va te rapporter quelque chose. Mais parce que cela les aidera. Tu as déjà essayé?» demanda-t-il d'un ton narquois.

Jason a regardé autour de lui puis s'est retourné vers moi.

«Tu sais quoi, je ne veux même plus manger ici. Tu peux le prendre. J'ai trop de choses à faire pour m'occuper de ça», dit-il avant de se retourner et de partir en trombe.

En regardant Jason s'éloigner, je suis restée bouche bée. J'aurais voulu croire que le tableau sombre qu'il avait dressé de moi n'était pas vrai, mais il me paraissait réel. Ce qu'il avait dit n'était-il pas la raison pour laquelle j'étais obsédée par Claude?

Dès que je l'ai vu, c'est sa différence qui m'a attiré vers lui. Je n'étais qu'un petit blanc blanc chétif d'une petite ville de l'Oregon. Lui, c'était un Noir incroyablement cool, athlétique, beau et bien dans sa peau En plus, il était hétérosexuel.

Si j'arrivais à me faire aimer de quelqu'un comme lui, cela ne prouverait-il pas que ce que mon père a dit de moi n'était pas vrai? Le fait d'avoir Claude comme meilleur ami ne prouverait-il pas ma valeur? Alors quand mes sentiments pour lui ont menacé de tout gâcher, j'ai pété les plombs. J'ai perdu la tête, car qui étais-je sans lui?

Oh mon Dieu, Jason avait raison. Je ne suis qu'un trou noir qui cherche à se remplir. Est-ce que j'aimais

Claude, ou est-ce que j'aimais juste l'idée de lui? Je n'en suis plus sûre. La seule chose dont j'étais sûre, c'est que j'étais affamé. Alors, dès que le restaurant de Jason a ouvert ses portes, j'ai commandé un plat de chaque sorte et j'ai essayé de combler un autre trou.

Ayant reçu beaucoup d'éléments de réflexion, je suis rentré chez moi après mon repas et j'ai réfléchi à tout cela. Cela a duré jusqu'à ce que je m'endorme, à peu près à l'heure à laquelle je m'étais

endormie la veille. Apparemment, ne pas dormir pendant 48 heures peut perturber les horaires de sommeil.

Mais, d'une certaine manière, c'était une bonne chose. Me réveiller après la tombée de la nuit et me coucher avant midi m'a permis de passer beaucoup de temps seul. Cela m'a aidé à comprendre certaines choses. D'abord, je n'avais pas utilisé Claude pour me sentir mieux dans ma peau. Lui et moi passions vraiment de bons moments ensemble. Nous riions quand nous étions ensemble et nous avions des centres d'intérêt communs.

Cela ne veut pas dire que ce que Jason avait dit n'était pas vrai. C'était vrai. Le fait d'être avec

Claude m'a validé d'une manière que je ne peux pas expliquer complètement.

Mais n'est-ce pas une erreur? N'est-il pas bon de se sentir chanceux d'être avec la personne avec laquelle on est? N'est-ce pas un signe que votre relation va durer?

Je me suis peut-être trompée lorsque j'ai fait de Claude tout ce que j'étais et pas seulement une partie de moi. Si Claude était tout, le perdre signifiait que je perdrais tout. Il devait y avoir une partie de moi qui restait sans lui. Et, comme Jason l'a dit, je devais commencer à le traiter comme un ami et pas seulement comme la personne qui me validait.

Oh merde, j'ai foutu tellement de choses en l'air. Mais j'avais fini de me complaire dans cette situation. Je ne voulais plus être ce type. Je voulais être meilleur, pour Claude. Même s'il ne voulait plus être ami avec moi, je voulais l'aider à être heureux. Qu'est-ce qui rendrait Claude heureux?

Alors que je me battais pour réaligner mon horaire de sommeil, j'ai pensé à cela. Le jour où je me suis réveillé à 9 heures du matin, j'ai eu une réponse. Bien qu'il ait été réticent à le dire, il avait admis qu'il voulait rejouer au football. J'avais torpillé ses chances de jouer pour les Cougars, mais je continuais à croire qu'il était un talent générationnel.

S'il était correctement formé et revenait au niveau où il était lorsqu'il nous a permis de remporter notre troisième titre de Division II, il ferait partie d'une équipe de la NFL. La question est de savoir comment les recruteurs de la NFL pourraient le voir jouer et le recommander à leurs équipes. S'il

était encore étudiant, je pourrais inviter les recruteurs aux matchs. Mais comme il a obtenu son diplôme plus tôt que prévu, il n'est plus éligible à l'université.

C'est à ce moment-là que j'ai compris. Je savais exactement comment je pouvais amener les recruteurs de la NFL à le voir. Et je savais qui pouvait faire en sorte que cela se produise.

«Oh mon Dieu, qu'est-ce qu'il y a?» a dit Jason lorsqu'il a répondu à mon appel.

«J'ai réfléchi à ce que tu m'as dit. Et je voudrais m'excuser encore une fois d'avoir été un si mauvais petit ami pour toi. Tout ce que tu as dit sur moi était vrai. J'ai un grand vide, et tu ne peux pas le combler. Personne ne peut le faire.»

«Je pense que c'est pire quand tu le dis», dit Jason, indifférent à mes excuses.

«En tout cas, j'ai décidé de commencer à me concentrer sur les besoins des autres et pas seulement sur les miens.»

«C'est un progrès», a-t-il déclaré en se réjouissant. «Et j'aimerais commencer par t'aider.»
«Vraiment? Cela devrait être bon. Vas-y.»

«Et si je te disais que j'ai un candidat à la NFL qu'aucune des autres agences de recrutement ne connaît, mais qui serait le premier choix de la draft s'ils le connaissaient?»

Jason fit une pause.

«C'est à propos du garçon hétérosexuel, n'est-ce pas?» J'ai grimacé.

«Oui, mais c'est aussi le meilleur quarterback que tu verras jamais.»

«Cela ne ressemble pas du tout à quelque chose pour moi. Cela ressemble beaucoup à quelque chose que tu veux que je fasse pour toi», prévient Jason.

«Ce n'est pas le cas. Enfin, ça l'est un peu. Mais pas parce que je vais en tirer quelque chose. Ce type est vraiment le meilleur quarterback que j'aie jamais vu de ma vie. C'est grâce à lui que mon père a obtenu le poste chez les Cougars».

«Attends, c'est le gars dont tu parlais dans l'équipe de ton université? Celui qui jouait des tours de passe-passe?»

«Les jeux d'astuce qui ont permis de remporter trois titres nationaux.»

«Merri, il s'agissait de titres de Division II. Moi et le banc de Harvard, nous pourrions en gagner un», a-t-il dit avec dédain.

«D'accord, mais il a gagné tous les matchs devant lui. C'est tout ce qu'on peut faire, non? Battre les équipes que l'on joue? Et c'est ce qu'il a fait. Penses à ce qu'il aurait pu faire s'il avait joué en Division 1.»

«Et pourquoi n'était-il pas en première division?»

«Parce qu'en première année, c'était la première fois qu'il jouait quarterback.» «Quoi?»

«Oui. Il s'est inscrit dans l'équipe en tant qu'aspirant et n'a pas pensé à s'inscrire au poste de quarterback. Il l'a fait uniquement parce que, eh bien, je l'ai forcé à le faire».

«Quelles sont ses statistiques?» «Globalement ?».

«Non, Merri. J'ai besoin de ses statistiques réelles.»

«Si je tu les transmets et que tu les apprécies, pourrais-tu envisager de l'inclure dans ta présentation de joueurs d'avant-saison?»

«Le showcase est réservée aux étudiants qui n'ont pas été appelés sous les drapeaux», expliqua Jason.

«Mais t'aidez à l'organiser. Tu pourrais faire une exception.» «Merri, pourquoi fais-tu cela?»

«Pourquoi est-ce que je te donne l'opportunité d'une vie? ai-je dit, en me mettant en mode vendeur pur et dur.»

«Allez, Merri, je suis sérieux.» J'ai fait une pause.

«C'est parce que je veux faire quelque chose qui l'aide et pas seulement moi. Claude était mon meilleur ami. Il était bon avec moi, et je n'ai pas toujours été bon avec lui. Mais il est talentueux et mérite d'avoir une chance de réaliser son rêve. Si je peux faire cela pour lui, peut-être que cela compensera le fait que je n'ai pas été très bon.»

«Alors, c'est toujours pour toi?»

«Autant que pour toi. Soyons réalistes, si tu trouves le joueur que personne d'autre ne peut trouver et qu'il explose, tu deviendras l'agence de recrutement sur laquelle les équipes s'appuient. Nous pourrions tous en bénéficier. Mais je fais ça pour lui.»

Jason était silencieux à l'autre bout du fil. Je pensais l'avoir perdu jusqu'à ce qu'il me dise, «Envoies-moi ses statistiques. Si elles correspondent à ce que tu as dit …»

«Elles le sont».

«Alors je vais voir ce que je peux faire.»

«Merci, Jason. Et je suis vraiment désolé que les choses n'aient pas fonctionné entre nous.»

«Oui, c'est ça. Peu importe», répond-il avant de raccrocher.

En compilant tout ce que j'avais sur Claude, je l'ai envoyé par courrier électronique à Jason. Cela a pris quelques jours, mais il a fini par me répondre : «Pas mal. Je vais voir ce que je peux faire».

C'était la première étape. La deuxième étape allait être beaucoup plus difficile. Je devais convaincre Claude d'arrêter de me détester assez longtemps pour envisager une autre offre.

Chapitre 12

Claude

Titus avait raison. La pratique rend les choses plus faciles. Je n'en étais pas encore à la phase des compliments, mais j'en étais à celle de l'acceptation des invitations. Alors quand Cage m'a invité à la prochaine soirée de jeu de Quin et lui, j'ai dit oui. Plus que ça, j'y suis allé.

Presque tout le monde était là. C'était un bon moment. Mon équipe a même gagné un match.

Apparemment, c'était presque un miracle parce que personne n'a jamais battu l'équipe deQuin. Je ne sais pas ce qu'il en est, mais d'après Nero, cela m'a valu une adhésion à vie au club. Je me sentais mal pour Quin, cependant. Tout le monde faisait tellement de cas de la victoire de
mon équipe qu'elle ne pouvait pas se sentir bien.

Quoi qu'il en soit, en rentrant chez moi, toujours sous l'emprise de l'alcool, j'étais content de moi. Je faisais des progrès. Je m'ouvrais, ne serait-ce qu'un peu.

Et ma vie s'en trouvait déjà améliorée. Maintenant, la seule chose dont je devais me préoccuper était..,

«Merri! » ai-je hurlé en ouvrant la porte d'entrée et je l'ai trouvée à la table de la cuisine en train de parler à maman.

«Qu'est-ce que tu fais là?»

Il grimaça.

«Tu fais tout foirer?»

« Ton «ami» me disait justement que tu l'avais «aidé». Tu t'es entraîné pour une équipe de la NFL?» demanda maman, choquée.

«Désolé», dit Merri avec un air triste.

«J'aurais dû me rendre compte qu'elle ne savait pas. J'ai juste pensé…»

«Non, Merri, ce n'est pas ta faute. C'est la mienne. Oui, Maman, c'est l'ami à qui j'ai rendu visite. Il était en ville il y a quelques semaines pour me demander de m'entraîner pour l'équipe de la NFL dont il est l'assistant. Je ne sais pas pourquoi je ne te l'ai pas dit.»

Maman m'a regardé d'un air absent. «Alors, si je comprends bien, tu avais un ami à l'université? Pendant tout ce temps, j'ai cru que j'avais élevé un paria. Combien d'autres amis as- tu eus? Claude est-il au moins ton vrai nom?»

J'ai gloussé.

«C'est le nom que ma mère me donnait.»

«C'est vrai? Parce que je ne sais même plus.»
«Maman, je peux parler à Merri seul?»

«Donc, tu admets que ton ami a un nom. Et tu n'as pas pensé à la mentionner pendant tout ce temps.»

«S'il te plaît, maman».

Elle s'est levée. Elle s'est approchée de moi et m'a dit : «Rappelle-toi ce que j'ai dit à propos de la fenêtre de la chambre», puis elle s'est dirigée vers l'étage.

Seul avec Merri, je me suis tourné vers lui.

«Qu'est-ce que tu fais ici?» ai-je demandé, en essayant de ne pas paraître dur.

«J'avais besoin de te parler.»

«Tu sais, ils ont inventé ce qu'on appelle un téléphone.» «J'ai pensé que tu méritais de l'entendre en personne.»

J'ai réfléchi à ce qu'il disait, j'ai hoché la tête et j'ai répondu : «Au fait, tu es beau.»

Il a fallu une seconde pour qu'il réagisse. Quand il l'a fait, c'était comme un cerf qui regarde les phares d'un camion.

«Quoi?» finit-il par demander.

«J'ai dit que tu étais beau», ai-je répété avec un sourire nerveux.

Merri secoua la tête, essayant de remettre les choses en place.

«Je suis désolé. Tu m'as déconcerté pendant une seconde. Je n'avais jamais entendu ces mots sortir de ta bouche auparavant. Il m'a fallu un moment pour comprendre ce qu'ils signifiaient.»

«Qu'est-ce que tu racontes? Je t'ai déjà dit que tu étais beau.»

Merri a fait semblant de réfléchir avant de dire : «Non, tu ne l'as pas fait. Sinon je m'en souviendrais.»

«Alors, je ne t'ai jamais fait de compliments avant?». demandai-je, surpris.

Merri a fait comme s'il se souvenait de quelque chose, puis a dit : «Non! Pas une seule fois. Même pas la fois où j'ai porté un smoking qui me faisait ressembler à James Bond.»

«Oh, je m'en souviens», ai-je dit en souriant.

il m'a regardé fixement, attendant quelque chose.

«Et?»

«Et quoi?»

Merri soupira.

«Rien. Ecoutes, je suis ici parce que je veux te faire une autre proposition.»

«Le propriétaire des Cougars est-il revenu sur sa décision? » demandai-je, sentant un picotement dans ma poitrine.

«Oh. Non. C'est toujours un misogyne et un con.»

«Oh!»

«L'offre que je veux faire concerne un show case de présaison.»

«Un show case de présaison?»

«Oui, c'est vrai. Il y a une exposition pour les joueurs non recrutés qui se tient au milieu de la présaison. J'ai tiré quelques ficelles, et je pense que je peux t'y faire participer.»

«Pourquoi as-tu fait ça?» demandai-je, ne sachant quoi penser.

«Parce que, même si tu prétends ne pas vouloir jouer pour la NFL, je pense que tu le veux. Je pense que tu le veux vraiment. Et j'ai peut-être tout gâché avec les Cougars, mais tu peux encore réussir dans une équipe. Tu pourrais devenir le meilleur quarterback de l'histoire de la ligue, mais je ne serais pas ton assistant coach», dit-il avec un sourire triste. »

Je ne savais pas ce que je devais en penser. L'une des seules raisons pour lesquelles je jouais au football était pour Merri. J'avais voulu me montrer à lui. Que serait le football sans lui?

«Mais tu as entendu le propriétaire de ton équipe. Je suis lent dans mon poste et je ne peux même pas faire un pas pour sauver ma vie.»

«Oui, mais il pense aussi que les gays ne devraient pas être impliqués dans le football. Je ne dirais donc pas qu'il est une source d'information fiable.»

«Mais je le sens. Je sens la lenteur», ai-je admis. «Et cela nous amène à l'autre partie de mon offre». «Laquel?»

«J'aimerais que tu restes chez moi pendant l'été, le temps que je te forme. Je suppose que tu n'es pas obligé de rester chez moi. Tu peux rester n'importe où. Mais mon appartement est gratuit. Et comme j'ai toujours accès aux installations des Cougars, je pourrais m'en servir pour te préparer.»

«Pour l'été?» «Jusqu'au showcase».

«J'ai une entreprise à gérer»

«C'est vrai, tu as raison», dit-il en se souvenant.

«Ton frère pourrait-il te remplacer? Je veux dire, s'il savait à quel point c'est important pour toi?»

«En supposant que je le veuille?»

«Bien sûr, je comprendrais tout à fait que tu ne le fasses pas. Tu as une vie ici. Tu as des amis et une mère qui a du cran. Au fait, pourquoi m'a-t-elle demandé si j'étais douée pour escalader les fenêtres?»

J'ai haussé les épaules comme si je ne savais pas.

«Tu as raison. J'ai une vie ici. Du moins, je pourrais en avoir une.»

«Je comprends», dit-il en essayant de cacher sa déception.

«Mais le petit ami de Titus a déjà commencé à préparer une prise de contrôle de l'entreprise. Il pourrait donc me remplacer pendant mon absence.»

«Vraiment?» demande Merri, enthousiaste.

«Peut-être. Et je ne pense pas que je puisse me permettre d'avoir mon propre logement pour l'été, étant donné que je ne travaillerais pas, alors je devrais rester chez toi.»

Merri a refoulé sa réaction et a dit : «Tu seras le bienvenu».

«Tu penses vraiment que tu peux m'inclure dans au showcase?»

«Mon ex possède une agence de recrutement. Lui et moi sommes les membres fondateurs de la mafia du football gay. Il pourrait te faire entrer.»

« Pourriez-vous ? » dis-je en riant ?

« Non pas que je dise que tu es gay. Je dis juste que tu as une jolie bouche, M le quaterback »

Je me suis figé

« Je plaisante ! C'était une blague. C'est ce que disent tous les sudistes gays et flippants dans les films ? Je pense pas que tu aies une jolie bouche. Enfin, si, mais… Tu sais quoi, faisons comme si j'avais arrêté de parler après la mafia du football gay

« J'ai compris », ai-je dit en me détendant .

« Alors, qu'en dites-vous ?

J'y ai réfléchi.

«Fais-le!» Ma mère a crié de l'étage.

Merri et moi nous sommes regardés, choqués.

Il a dit «Wow!»

Et je me suis excusé d'être d'accord avec lui.

«Je vais y réfléchir», lui ai-je dit avant de le répéter face à l'escalier.

«Je vais y réfléchir.»

«Fais-lui savoir que s'il a besoin d'un endroit où rester…»

J'ai coupé la parole à ma mère avant qu'elle ne puisse terminer.

«Je suis sûr qu'il a une place, Maman. N'est-ce pas, Merri?» demandai-je, soudain incertain.

«Oui, c'est vrai. Je suis encore chez Cali.»

«D'accord. Parce que si tu as besoin d'un endroit, tu peux rester ici.» «Nous serions heureux de t'accueillir», rajouta maman.

«Merci, Mlle Harper», a répondu Merri avant d'ajouter : «Je vais y aller. Mais je veux que tu saches qu'il n'y a pas de pression. Si tu veux vraiment jouer pour une équipe de la NFL, c'est ta meilleure chance. Et je sais que si tu le veux, tu peux l'avoir. Je ferais tout ce qui est en mon pouvoir pour m'en assurer», a-t-il déclaré avec un sourire.

«Je parlerai à Titus et je te tiendrai au courant.» «Demain?»

«Demain», ai-je confirmé avant de la raccompagner.

Après l'avoir regardée se diriger vers sa voiture et partir, je suis retourné dans la cuisine pour y trouver maman. Je m'attendais à ce qu'elle en fasse toute une histoire, mais elle ne l'a pas fait.

«Il avait l'air gentil.»

«Il a ses moments».

«Tu souris», fit-elle remarquer.

«Le suis-je?»

«C'est vrai», dit-elle en souriant.

«C'est à propos du football ou de lui?»

J'ai haussé les épaules et je suis monté dans ma chambre.

Le lendemain matin, je me suis rendu au bureau en sachant que Titus y serait. Nous avions encore quelques choses à faire pour préparer notre nouvel endroit avant le début de la saison et, n'ayant pas cours le lundi, il avait accepté de nous aider.

«C'était sympa hier soir», lui ai-je dit alors que nous installions la vitrine pour nos t-shirts. «C'est vrai! Et tu sais que tu es devenu une légende, n'est-ce pas? On ne pensait même

pas qu'il était possible de battre Quin à un jeu. Tu as peut-être ébranlé toute sa vision du monde.» «Si tu le dis», ai-je concédé.

«Alors, il s'est passé quelque chose de drôle quand je suis rentré à la maison.»

«Qu'est-ce que c'était?»

«J'avais un invité.»

Titus s'est arrêté de travailler et m'a regardé fixement.

«Qui?»

«Merri!»

Titus pencha la tête d'un air perplexe.

«Et?»

«Et il était là avec une offre.»

«De son équipe?»

«Non. Il a un ex qui peut me faire entrer dans une showcase.» «C'est incroyable.»

«Mais il faudrait que je passe l'été avec lui pour m'entraîner». «Le feras-tu?» demanda Titus avec enthousiasme.

«Je ne sais pas. J'ai des responsabilités ici… avec toi.» «Tu parles de cet endroit?»

«Oui!»

«Lou et moi, pouvons nous en occuper pendant ton absence», dit-il en souriant.

«Il a déjà parlé de la façon dont il pourrait s'impliquer dans l'entreprise. Je pense qu'il essaie de me convaincre de l'inviter à vivre avec moi.»

«Oh, c'est vrai. Il sera diplômé au printemps.» «Oui», dit Titus nerveusement.

«Et?»

«Je veux dire, je l'aime. Pourquoi ne l'inviterais-je pas à emménager? Il aime la ville. Il aime Quin et Quin sera ici. C'est logique, non?»

«Et qu'en penses-tu?» Titus souffla.

«Nerveux! Je veux dire, c'est un grand pas, n'est-ce pas?»

«L'aimes-tu?»

«Sans aucun doute».

«Penses-tu que tu t'entendras si vous vivez ensemble?»

«J'espère que oui. Je sais que nous nous amusons quand nous sommes ensemble. C'est juste que ça fait beaucoup de l'avoir à mes côtés tous les jours.»

«J'ai compris», ai-je admis.

«Et toi? Tu penses que tu pourrais vivre avec Merri? Pour l'été, je veux dire? Tu penses que vous vous entendriez bien?»

«À l'université, nous étions tous les deux inséparables. «Comme Lou et moi».

«Je suppose qu'aucun de nous n'aura de mal à s'adapter», ai-je suggéré.

«Je suppose que nous ne le ferons pas», dit Titus en souriant.

«Vas-tu inviter Lou à emménager?»

«Je suppose que je vais devoir le faire. Tu sais, avec ton séjour en Floride pour l'été et tout ça», dit-il en souriant.

J'ai pris Titus dans mes bras.

«Merci. Je t'aime bien.»

«Je t'aime bien aussi, mon frère», m'a dit Titus, me donnant l'encouragement dont j'avais besoin pour partir.

Il n'a pas fallu longtemps pour que l'entraînement avec Merri nous donne l'impression d'être de retour à l'université. Nos journées étaient remplies de sprints et d'exercices de passes, tandis que nos nuits étaient consacrées à la PlayStation.

Mais malgré tous les efforts que je faisais pour m'entraîner, je n'avais pas l'impression de progresser. Merri a remarqué la même chose et a parlé de plateau. Il n'a cessé de me rassurer en me disant que j'y arriverais. Mais quand le temps a passé et que je n'ai pas progressé, j'ai commencé à douter de tout.

«C'est bien de voir que je peux encore te battre à quelque chose», dit Merri en m'écrasant à

Mario Kart.

«Si j'avais joué tout le temps au lieu d'avoir une vie, je serais aussi bon.»

«Je dis que c'est des conneries! Parce qu'il n'y avait aucune chance que tu aies une vie sans moi. Tu oublies que je te connais.»

«D'accord, tu as raison. Après avoir obtenu mon diplôme, j'ai passé la plupart de mes nuits à lire.»

«Oh mon Dieu, je suis vraiment désolée», dit-il peiné.

«Me quitter t'a forcé à lire?»

«Tu le dis comme s'il s'agissait d'une condamnation à perpétuité», ai-je fait remarquer, amusé.

«Mais ce n'était pas le cas? Je veux dire, n'était-ce pas aussi mauvais?»

«Tu es un idiot.»

«Regarde-toi, tu es pleine de compliments.»

Je me suis alors figé. Même si j'avais essayé, j'avais aussi échoué à l'autre chose que j'étais venu pratiquer ici.

«Sérieusement, tu es un bon gars pour m'avoir permis de rester ici.»

«Ne t'inquiètes pas. Ça me fait plaisir. C'était soit t'inviter, soit recevoir une plante. Je ne sais toujours pas lequel des deux a le plus de personnalité», plaisanta-t-il.

«Je te remercie pour cela. Mais, non, sérieusement, j'apprécie vraiment ce que tu fais pour moi.»

«Bien sûr, il n'y a pas de problème. Tu m'as manqué. Ça fait du bien de t'avoir à nouveau avec moi», dit-il avec un de ses jolis sourires.

En le voyant, puis en voyant son regard, mon cœur a soudain battu la chamade.

L'ambiance avait changé. Je le sentais.

«En parlant de ce qui est agréable... » a t-il commencé

«Oui», ai-je répondu, espérant savoir où cela allait nous mener. «Je pense que nous avons besoin d'une pause.»

«De quoi?» demandai-je nerveusement.

«Notre routine. Je n'ai pas pu m'empêcher de remarquer que tes statistiques n'augmentent toujours pas.»

J'ai détourné le regard, déçue qu'il fasse allusion à cela.

«J'ai remarqué cela aussi. Tu veux que je rentre à la maison?»

«A la maison? Non! Pourquoi suggérer cela? Je parlais d'une pause dans l'entraînement.»

«Oh! Tu veux dire un jour de repos».

«Oui, un jour de repos. Qu'est-ce que j'ai dit?»

«Eh bien, ce que j'ai entendu, c'est que tu pensais que j'étais nul et que tu me laissais tomber.»

Merri ria de façon sarcastique.

«Claude, le jour où je t'abandonnerai, appelle quelqu'un, parce que j'ai cessé de respirer», dit-il avec vulnérabilité.

Je rougis.

«Alors, qu'est-ce que tu suggérais?»

«Quelque chose qui te fera oublier l'entraînement.»

Je fis une pause.

«Tu veux dire, comme un rendez-vous?» demandai-je, le cœur serré.

Il m'a regardé avec surprise.

«Oh, non. Pas un rendez-vous. Définitivement pas un rendez-vous.»

En entendant ses mots, mon cœur s'est brisé.

«Oh.»

Voyant ma réaction, Merri a rétropédalé.

«Je veux dire, ce n'est pas comme si je ne voulais pas sortir avec toi. Tu sais ce que j'ai ressenti pour toi.»

«Alors, qu'est-ce que c'est?» demandai-je avec vulnérabilité.

«Je veux dire que nous devrions nous concentrer sur ta préparation, n'est-ce pas?» «C'est vrai. Parce que c'est la seule raison pour laquelle tu m'as invité ici», me suis-je rappelé.

«Ce n'est pas la seule raison», dit-il en me donnant de l'espoir.

«Mais te donner cette opportunité est important pour nous deux. Et si on gardait les choses comme elles étaient avant? Au moins pour l'instant. Je veux vraiment faire ça pour toi, Merri. Et je ne veux pas tout gâcher.»

«Bien sûr. Ne faisons pas tout foirer.»

Il a acquiescé, l'air plus triste que je ne l'étais.

Nous avons programmé notre jour de congé qui n'incluait certainement pas un rendez-vous pour le lendemain. Nous nous étions entraînés sept jours sur sept depuis mon arrivée. Une pause s'imposait.

Pendant que Merri faisait la grasse matinée le lendemain, j'en ai profité pour reprendre mes courses matinales. Avec tout le sprint que j'avais fait, les 10 miles me semblaient faciles. Cela signifiait que mon esprit était libre de toute pensée. Ce qu'il a fait, c'est que j'aurais aimé que Merri et moi ayons un vrai rendez-vous.

Depuis mon arrivée, j'avais décidé que Merri ne ressentait plus ce qu'il ressentait pour moi. il ne le pouvait pas. Après l'avoir embrassé, il avait refusé d'en parler. Il m'avait demandé si nous pouvions faire comme si rien ne s'était passé. Imaginez que je veuille parler de quelque chose et que Merri ne le veuille pas. À quel point mon baiser a-t-il dû le dégoûter?

Après avoir terminé ma course de deux heures qui n'a guère contribué à m'éclaircir les idées, je suis rentré à la maison pour retrouver Merri réveillé et inquiet de savoir où je me trouvais.

«Je croyais que tu étais rentré chez toi», dit-il en plaisantant. Du moins, j'ai cru que c'était une blague.

«Non, j'ai décidé de faire le tour de la ville. Je n'ai pas eu l'occasion d'en voir grand-chose.» «Il n'y a pas grand-chose à voir.»

«C'était quand même bien de me familiariser avec l'endroit où je vis». «Je suppose», concéda-t-il en détournant le regard, pensif.

En rejoignant Merri pour un petit-déjeuner tranquille dans un restaurant du quartier historique, j'ai décidé qu'aujourd'hui serait aussi un jour de triche. Non seulement j'ai mangé des gaufres, mais j'ai aussi mangé du poulet frit et un grand verre de lait. J'étais rassasiée lorsque nous avons quitté l'établissement à midi.

En retournant chez lui, j'ai vu qu'il avait quelque chose en tête. Je savais que c'était l'endroit idéal pour lui demander ce qu'il pensait et peut-être lui faire un compliment, mais je ne l'ai pas fait. Je ne sais pas trop pourquoi.

Ma pratique de l'ouverture se déroulait aussi bien que mes entraînements de football. Pour une raison ou une autre, je ne progressais ni dans l'un ni dans l'autre. J'allais devoir faire mieux.

Je le savais. Je devais faire plus d'efforts sur le terrain et avec Merri.

Ce n'est pas comme si je ne pensais pas immédiatement à la beauté de Merri chaque matin lorsqu'il quittait sa chambre. Comme à l'université, il se comportait comme s'il était allergique aux chemises. Lorsque nous étions à la maison, il n'en portait jamais. Et ce type avait le corps d'un demi-dieu.

Je ne parle pas d'Hercule, bien sûr. Merri était bien plus petit que cela. Mais ses lignes maigres et son ventre ordulant me donnaient des idées. Et après des semaines à le fixer, je me suis posé des questions sur moi-même .

Pourquoi l'avais-je embrassé? Avais-je été emporté par le moment? Est-ce que je donnais à Merri ce que je pensais qu'il voulait? Je n'en étais pas sûr. Mais si je pouvais en parler à Merri, je pourrais peut-être le découvrir.

De retour chez lui, Merri a enlevé sa chemise et nous nous sommes assis dans le canapé. Nous avons regardé le dernier film d'action sur Netflix, sans réfléchir, profitant pleinement de notre jour de congé.

«Pourquoi n'as-tu jamais meublé cet endroit?» demandai-je en balayant du regard les murs vierges et le sol vide.

«Qu'est-ce que tu veux dire?» J'ai un canapé, une télévision et un lit.

« Qu'y a-t-il d'autre?»

«Que dirais-tu d'un tableau? Ou du moins un poster d'un tableau?»

«Cela impliquerait de se lever, d'aller au magasin d'affiches et de décider quoi acheter. Qui a le temps pour ça?», dit-il en s'asseyant sur le canapé pour regarder un film.

«Ne l'as-tu pas meublé parce que tu ne savais pas combien de temps durera ton emploi chez les Cougars?»

«C'est le cas», confirma-t-il.

«Quelle est la durée du contrat de ton père?»

«Le contrat est censé durer quatre ans, mais il comporte une clause de résiliation Si l'équipe le licencie, elle devra quand même le payer. Moi, pas tant que ça. Je me retrouverais sans rien.»

«Je pense toujours que tu devrais décorer l'endroit», ai-je insisté.

Il m'a regardé avec curiosité.

«Pourquoi?»

«Vivre ainsi, c'est comme si tu attendais de commencer ta vie. tu la vis. C'est ça. C'est ta vie. Engages-toi. Mets quelque chose sur les murs. Tu pourras toujours l'emporter avec toi si tu pars.»

Notre conversation s'est arrêtée là. Je ne pouvais pas savoir ce que Merri pensait. Je n'aurais pas eu à le deviner si je lui avais posé la question. Mais une fois de plus, je suis resté silencieux.

Qu'est-ce qui ne va pas chez moi? Je connaissais les petits pas que je devais faire, et je n'y arrivais même pas. Peut-être que j'étais destiné à être seul. Si ce n'est pas être seul, au moins avoir l'impression de l'être.

Merri était un type formidable. Je me sentais plus à l'aise avec lui qu'avec n'importe quelle autre personne que je connaissais. Pourtant, je ne pouvais même pas lui demander comment il se sentait. Pourquoi? Qu'est-ce qui n'allait pas chez moi?

Ce film terminé, nous en avons regardé un autre. Passant ensuite à une émission de télé-réalité, Merri a annoncé qu'il m'emmènerait quelque part où je pourrais voir la beauté de laville.

«Nous perdons la lumière du jour», lui ai-je dit, appréciant son idée. «C'est très bien. La vue est meilleure la nuit.»

«Je me suis demandé ce qu'il préparait.

«Est-ce que c'est quelque chose pour laquelle je devrais m'habiller?»

«Tu auras besoin d'un pantalon? Nous serons à l'extérieur, alors oui, tu en auras besoin.» J'ai gloussé.

«Non. Je voulais dire... Tu sais quoi, peu importe. Je vais prendre une douche», lui dis-je.

«J'aurais tendance à dire qu'il ne faut pas tarder, mais je ne plaisante pas», dit-il en me

souriant.

«Peu importe», lui ai-je répondu, rejetant sa dernière remarque sur la longueur de mes douches.

Me promettant d'entrer et de sortir le plus vite possible, je suis sorti de la salle de bains trente minutes plus tard pour constater que Merri n'y était pas.

«Ce n'est pas de ma faute si nous sommes en retard», me suis-je dit en retournant dans la salle de bains pour finir de me préparer.

«Mon Dieu!», dit Merri en frappant à la porte de la salle de bains.

«Ne suis-je pas censé être l'homosexuel ?»

«J'étais prêt il y a trente minutes», ai-je dit en sortant de la salle de bains pour la trouver torse nu.

J'ai pensé sans le dire : «Wow!»

«Où allons-nous déjà? lui ai-je demandé alors qu'il entrait dans la salle de bain en me dépassant.

«Tu verras», m'a-t-il dit en refermant la porte derrière lui.

En entrant dans le salon, j'ai regardé la cuisine. Elle avait quelque chose d'inhabituel. Elle contenait de la nourriture. Mais pas n'importe quelle nourriture. Il y avait des choses qui feraient un drôle de non-rendez-vous.

«Où allons-nous?» Je lui ai redemandé lorsqu'il a quitté la salle de bains cinq minutes plus tard.

«Tu vois, c'est comme ça qu'on prend une douche. Laisse-moi m'habiller et on y va», dit- il, l'air incroyable, enveloppée dans une serviette.

Nous avons récupéré le panier sur le comptoir de la cuisine et nous nous sommes dirigés vers sa voiture.

«Alors, tu ne vas vraiment pas me dire où nous allons?» demandai-je, à la fois nerveux et excité.

«Je t'ai dit que j'allais te montrer la ville.»

«Qu'est-ce que cela signifie?» demandai-je, mon pouls s'accélérant avec l'intrigue.

Il m'a regardé avec un sourire diabolique.

«Tu verras. »

En roulant vers la côte et loin du soleil couchant, nous nous sommes retrouvés à côté d'une falaise. Nous l'avons traversée et nous nous sommes arrêtés dans ce qui semblait être un parc national, nous avons garé la voiture et sommes sortis.

«Où sommes-nous?» demandai-je, confus. «Il s'agit des Bay Bluffs. C'est une réserve». «Il a l'air fermé», ai-je observé.

«C'est pourquoi nous prenons le chemin le plus long», dit-il en souriant.

Après avoir récupéré le panier, il nous a fait contourner la clôture en rondins de pin pour pénétrer dans le bosquet d'arbres. Après quelques minutes de marche, nous avons fini par arriver sur un sentier charpenté. Après avoir traversé une zone boisée qui me rappelait ma maison, nous avons débouché sur une longue plage vide.

«Voici Pensacola. C'est ce que la ville a de mieux à offrir», dit Merri, en faisant un geste vers le sable blanc et l'eau bleue de la piscine qui se trouvent devant nous.

«C'est magnifique», ai-je admis.

«Tu veux manger quelque chose? J'ai fait quelques courses pendant que tu étais sous la douche», dit-il en me prenant le panier.

«J'ai aussi apporté une couverture. Dois-je la sortir?»

«Bien sûr», dis-je, sentant les battements de mon cœur s'accélérer.

«Mais il va bientôt faire nuit».

«J'ai aussi apporté des bougies», dit-il en les sortant du panier.

«Elles sont recouvertes d'un couvercle pour ne pas s'éteindre. Tu vois», dit-il en me les montrant.

En le regardant étendre la couverture et installer les bougies, mon cœur battait la chamade. Ce non-rendez-vous commençait à ressembler terriblement à un rendez-vous. Et quand il a sorti la bouteille de vin et a commencé à la verser, je me suis assis.

«Je ne devrais probablement pas», ai-je dit, sentant que je me retirais.

«Une nuit de vin ne va pas nuire à l'entraînement. D'ailleurs, ce soir, il s'agit de se détendre. Détends-toi», dit-il en souriant.

J'ai pris le verre et j'ai parcouru le reste de ce qu'il avait apporté. Rien de tout cela n'était prévu dans mon plan de régime. Fromage, crackers, viandes grasses, confitures, tout avait l'air incroyable.

«Tu t'es donnée à fond», lui ai-je dit, sentant ma nervosité monter.

«Je me suis dit que tu avais travaillé si dur que tu le méritais. Tu vas en prendre?» J'ai lutté contre mon envie de m'éloigner.

«Je ne sais pas.»

«S'il te plaît. Pour moi.»

En le regardant, je ne pouvais pas refuser. Il pouvait me faire faire n'importe quoi. Je n'avais aucune résistance à lui opposer.

«Bien sûr», ai-je dit en empilant le tout. J'ai pris une bouchée et j'ai été surpris.

«C'est bon!»

«C'est ce qu'on appelle les glucides», plaisanta Merri.

«Je les aime bien», ai-je rétorqué.

Merri ria.

En mangeant et en buvant pendant que le soleil se couchait sur la plage, nous nous sommes mis à l'aise tous les deux. Je n'ai pas pu m'empêcher de le fixer. Il m'a surpris en train de le faire et n'a pas semblé s'en préoccuper.

Au son des vagues qui embrassent doucement le rivage et d'une brise légère, il a demandé,

«Quel est ton plus grand rêve non réalisé?» «Mon plus grand rêve non réalisé?»

«Oui, tu sais. Qu'est-ce que tu regrettes le plus de ne pas avoir fait?»

J'ai bu une gorgée de vin et j'ai réfléchi.

«Je pense que ce que je regrette le plus, c'est de ne pas avoir développé de super- pouvoirs».

Merri ria.

«Allez, je suis sérieux.»

«Moi aussi».

«D'accord, alors, dis-moi. Pourquoi regrettes-tu de ne pas avoir développé de super- pouvoirs?»

«C'est parce que si je les avais, je me sentirais obligé d'aider les gens.» Merri m'a regardé, confus.

«Il n'est pas nécessaire d'avoir des super-pouvoirs pour aider les gens. Il suffit de les aider.»

«C'est plus facile à dire qu'à faire. Je ne sais pas si tu sais cela de moi, mais je suis assez tendu.»

«Tu ne le dis pas!» dit-elle d'un ton sarcastique.

«Non, c'est vrai. Je sais que je le cache bien, mais c'est vrai.» «Je n'aurais jamais deviné.»

«De toute façon, je n'aime pas être trop à l'étroit. Je regarde les autres et je vois qu'ils s'intègrent facilement et qu'ils s'amusent.» J'ai fait une pause.

«J'aimerais être plus comme ça», ai- je dis, sentant le poids de mes mots.

Lorsque mon regard s'est détourné, Merri a posé sa main sur ma jambe. Cela m'a surpris. En le regardant dans les yeux, son empathie a brisé le sceau autour de mon cœur. Je me suis rapidement ressaisi et j'ai continué.

«Tout ce que je disais, c'est que si j'avais développé des superpouvoirs, j'aurais pu prendre un personnage héroïque qui aurait pu aider les gens. Il pourrait faire les choses que j'ai toujours voulu faire mais que j'ai du mal à faire».

Merri a frotté ma jambe.

«Je bois à cela», dit-il en souriant.

Il a fait tinter mon verre et nous avons bu tous les deux. Ma gorgée a suffi pour finir ce que j'avais. Merri m'a resservi.

«Alors, et toi?» lui ai-je demandé.

«Quel est ton plus grand regret?»

Merri réfléchit un instant.

«Mon regret est que, depuis que nous nous connaissons, je ne sois pas devenu plus semblable à toi», dit-il avec vulnérabilité.

«Tu ne veux pas être comme moi», dis-je rapidement.

«Oui, qui voudrait être discipliné et quelqu'un qui exige le respect à chaque fois qu'il entre dans une pièce?»

Je lui ai dit doucement : «Ce n'est pas tout ce que l'on croit».

Merri, qui avait déplacé sa main pour se rapprocher de moi, a dit : «C'est de là où je suis assise».

En le regardant dans les yeux, j'ai perdu le souffle. Mon cœur battait la chamade et nos lèvres se rapprochaient, puis ce fut l'explosion. Je me suis éloigné et j'ai levé les yeux. Il y avait des feux d'artifice, de véritables explosions dans le ciel.

«Qu'est-ce qui se passe?» ai-je demandé à Merri. Il sourit.

«Je me demandais si tu le savais.»

«Savais quoi?»

«C'est le 4 juillet».

«J'ai répondu en levant les yeux.»

Merri s'est allongé pour se mettre à l'aise et m'a rejoint. Il s'est glissée dans mes bras et a posé sa tête sur ma poitrine. Je l'ai attiré vers moi et j'ai senti son corps chaud contre le mien.

Je ne voulais pas que ce moment se termine.

Les explosions semblaient durer une éternité, et lorsque le feu d'artifice s'est arrêté, Merri s'est glissée sur ma poitrine et m'a embrassé. Je lui ai rendu son baiser et j'ai écarté ses lèvres à la recherche de sa langue. Je l'ai trouvée et nos langues se sont entrelacées.

J'embrassais Merri, mon meilleur ami, la personne que j'aimais le plus au monde, et c'était incroyable. Mes pensées se tiraient et fondaient comme du caramel. Glissant mes doigts dans ses cheveux, j'ai massé l'arrière de sa tête.

Je le voulais. Je voulais chaque partie de lui. En tirant doucement sur ses bras maigres et musclés, il est monté sur moi. Et quand j'ai tiré sur sa chemise, il m'a fait comprendre qu'il me voulait aussi.

Rompant notre baiser pour lui enlever sa chemise, j'avais hâte qu'il me la rende. Tirant sur ma chemise une fois la sienne enlevée, j'ai enlevé la mienne. À califourchon sur moi, il me regarda avec appétit.

Il ne pouvait détacher ses yeux de mon corps. En passant ses doigts sur les ondulations de mon torse, il a gémi. Cela a fait tressaillir ma bite. Il était si beau et délicat. Il était à la fois un oiseau que je voulais protéger et un homme que je voulais baiser.

Et j'avais envie de le baiser. J'en avais envie depuis longtemps. Je n'aurais jamais pu l'admettre auparavant, pas même à moi-même. Mais c'était toujours là, me ramenant à lui.

En enroulant mes grandes mains autour de son torse et je l'ai serré dans mes bras. Je n'avais jamais touché mon meilleur ami de cette façon. Il était plus petit que je ne le pensais. J'ai fais glisser ma main jusqu'à sa taille, et il était encore plus petit.

J'ai adoré le tenir dans mes bras. C'était presque autant que ce qu'il a fait ensuite. Se penchant en avant, il prit ma chair entre ses dents. En tirant légèrement, il a posé son corps sur le mien. Il l'avait fait pour entrer dans mon pantalon. Une fois le pantalon ouvert, il a embrassé un chemin le long de mon torse, à travers la vallée de mes abdominaux, et jusqu'à la ceinture de mon sous-vêtement.

Il n'y avait qu'un mince tissu entre lui et ma bite dure, et il a pressé sa joue contre elle. En essuyant mon bourrelet sur son visage, sa lèvre inférieure a parcouru la longueur de la queue. Terminant par un baiser sur le sommet de mon crâne, il a regardé mon corps dans les yeux.

«Oui», ai-je dit, lui donnant la permission de prendre ma bite dans sa bouche.

Il m'a enlevé mon jean et mes sous-vêtements. Avec ses deux petites mains autour de moi, elle a plongé ma tête dans sa bouche. C'était Merri qui faisait cela. C'était incroyable. Et lorsque la pointe de sa langue a tracé le bas de ma crête, j'ai tenu sa tête et rejeté la mienne en arrière.

Je me sentais mieux que tout ce que j'avais ressenti dans ma vie. Le comble, c'est que c'était la bouche de Merri qui le faisait. Sur le point de perdre le contrôle en y pensant, j'ai saisi l'arrière de sa tête et l'ai éloignée de moi.

J'avais besoin de lui. Je voulais être en lui. En me redressant et en le prenant dans le

creux de mon bras, j'ai échangé nos positions. L'allongeant sous moi, j'ai embrassé son torse tout en retirant la dernière chose qui nous séparait. Son pantalon et sa culotte reposant à côté de nous, je me suis agrippé à l'arrière de ses cuisses, jouant avec sa bite avec ma langue.

La virilité de Merri était magnifique. Je n'arrivais pas à croire que je la touchais. Je l'ai sucé avant de passer à ses couilles, que j'ai fait rebondir sur ma langue tout en relevant ses genoux sur ma poitrine. En écartant ses jambes, j'ai trouvé son trou. En appuyant mon front sur sa bite, la pointe de ma langue a trouvé son ouverture.

Dès que je l'ai touché, Merri a haleté. Cela m'a donné envie d'en faire plus. En chatouillant et en poussant , j'ai desserré son trou.. Et quand Merri a donné l'impression qu'IL n'en pouvait plus, j'ai glissé le long de son corps et j'ai trouvé ses lèvres.

En l'embrassant, j'ai positionné ma bite et je l'ai lentement poussée en lui. Il a gémi. J'ai fait une pause avant de pousser plus fort.

«Oui», murmure-t-il. «Plus».

Je lui en ai donné plus. Pressant plus fort alors qu'il grimaçait, j'ai poussé mes hanches jusqu'à ce que j'entre en lui avec un bruit sec.

«Ahh», a-t-il crié.

En le regardant de haut en bas, tandis qu'il me regardait les yeux écarquillés, j'ai su que nous pensions la même chose. Après des années d'amitié, j'étais en lui. Il m'allait comme un gant. Nous étions parfaits l'un pour l'autre.

J'ai glissé jusqu'à ce que je ne puisse plus aller plus loin, puis je me suis lentement rétracté. En repoussant, j'avais besoin de l'embrasser. J'aimais ce que nous faisions et je voulais qu'il le sache. Je voulais lui montrer toutes les choses que je ne pouvais pas dire. Alors, glissant mon bras autour de son dos, je me suis perché sur lui et je lui ai fait l'amour.

C'était doux, confortable et surtout chaud. Le corps de Merri était parfait. Ses angles correspondaient à mes courbes. Et quand je ne pouvais plus être doux, ma poussée le faisait gémir d'une manière qui me saisissait l'âme.

«Oui, oui!» s'écria-t-il.

En le baisant de plus en plus fort, je voyais ses orteils se recroqueviller. Il luttait pour se retenir. Cela m'a donné des frissons dans les jambes jusqu'aux couilles. Rapidement, je me suis débattu. Je voulais que ça dure toujours. Mais quand Merri a explosé sans qu'aucun de nous ne touche sa bite, j'ai joui en lui. J'ai éjaculé en lui comme une rivière et mes contractions ne se sont pas arrêtées.

Tout en serrant son corps, j'ai fini par le relâcher. Ses jambes s'abaissant autour de moi, j'étais toujours en lui. Je ne voulais pas le quitter avant d'y être obligé. Et finalement, quand je me suis retiré de lui, j'ai grimpé à côté de lui et je l'ai attirée dans mes bras.

Il y avait tant de choses que je voulais dire, mais je ne l'ai pas fait. il devait pourtant savoir ce que je ressentais pour lui, n'est-ce pas? Il devait le savoir. Merri était tout pour moi. Ne pouvait-elle pas comprendre que je ne voulais pas que ça se termine?

Chapitre 13

Merri

Non, non, non, non, non. Je veux dire, oui. Un grand oui. Mais non.

Je n'ai pas voulu que cela arrive. Est-ce que je voulais que cela arrive ? Bien sûr. Je le voulais depuis le jour où je l'ai rencontré. Mais ça allait tout gâcher.

J'aime Claude. Et je ne parle pas de ce que son corps incroyablement ciselé me fait ressentir. Et ce n'est pas peu dire quand on sait qu'il a ces muscles latéraux en forme de « V « qui pointent constamment vers sa bite étonnamment grosse.

Non. Je l'aime comme on aime quelqu'un qui veut faire partie de sa vie jusqu'à sa mort. Je n'avais pas besoin de faire l'amour.

Ne vous méprenez pas, c'est en le sentant en moi que je vais me fesser pendant les prochaines années. C'était mieux que tout ce dont j'aurais pu rêver. Mais Claude ne se résume pas à ce qu'il peut faire avec son corps. Et c'est de cette partie de lui que je suis tombé amoureux.

Si je pouvais revenir sur tout ce qui vient de se passer, je le ferais. J'aurais besoin d'une lobotomie pour cela, parce qu'il n'y a aucune chance que j'oublie tout ça. Mais si c'était le compromis pour l'avoir comme ami pour toujours, je le ferais.

Pourtant, la sensation qu'il me tenait dans ses bras sous les étoiles était incroyable. J'entendais le léger clapotis des vagues sur le rivage. Le clair de lune jetait une ombre légère sur tout. Et malgré la brise fraîche de l'océan, son corps chaud m'enveloppait comme une couverture. Je pouvais en profiter encore quelques minutes avant de devoir y mettre un terme.

Attendez, est-ce que je devais y mettre fin? Oui. Oui, je devais absolument y mettre un terme. «Nous devrions probablement y aller», lui ai-je dit – comme un fou.

Lorsque Claude prend la parole, il a l'air confus. «D'accord.»

Regrettait-il maintenant ce qu'il avait fait et repensait-il au fait d'être venu en Floride ? Probablement. Claude était hétéro. Ou du moins, plutôt hétérosexuel. Il était impossible que ce qui s'était passé ne soit rien d'autre qu'une expérience. Et alors que j'aurais aimé être cette expérience pendant que nous étions à l'université, après avoir expérimenté la vie sans lui pendant deux ans, je ne voulais plus m'y risquer.

«Tu ne voulais pas y aller?» demandai-je, me demandant nerveusement si c'était là que j'allais le perdre.

«Non, nous devrions y aller», dit-il avec plus de détermination.

Lorsqu'il a retiré ses bras autour de moi, je me suis sentie nu. Plus encore, je me sentais mal à l'aise et j'avais froid. Alors que nous trouvions tous les deux nos vêtements et que nous les secouions pour les débarrasser du sable, j'ai jeté un coup d'œil à Claude. Il avait l'air toujours aussi stoïque. Comment faisait-il pour que le stoïque ait l'air si sexy? C'était suffisant pour me faire bander à nouveau.

Mais non, je ne pouvais pas y aller. Pas ce soir. Plus jamais. Et je devais passer le temps qu'il m'accordait avant de dispaitre à nouveau à rattraper ce qui venait de se passer.

Habillés et préparés, nous avons remonté la plage et pénétré dans les bois.

«Tu n'as pas apporté de lampe de poche, n'est-ce pas?» Il me demanda alors que nous entrons dans l'obscurité.

«J'ai apporté des bougies», lui ai-je rappelé, espérant que cela excuserait mon oubli évident.

«J'ai aimé les bougies. C'était un bon choix», dit-il joyeusement, ce qui me rassure un peu. Ne voulant pas rallumer les bougies de peur d'avoir à affronter ce que j'avais fait, nous avons lentement trouvé notre chemin jusqu'au sentier en bois et à notre voiture.

«Tu as choisi un bon endroit. C'était bien. Merci», a-t-il dit d'un ton qui m'a fait comprendre qu'il allait faire comme si nous n'avions pas fait ce que nous avions fait. C'était bien.

Le trajet de retour étant incroyablement calme, j'ai eu beaucoup de temps pour réfléchir. Ai-je dit réfléchir? Je voulais dire paniquer à chaque respiration qui n'était pas parfaitement

calme et mesurée. Peut-être que si nous pouvions passer cette soirée sans que la merde ne s'abatte, je pourrais sauver la situation.

«Je pense que nous devrions aller nous coucher», a-t-il dit alors que nous nous trouvions dans mon salon.

«Demain, on reprend l'entraînement?»

«Oui, retour à la routine… je veux dire à l'entraînement», ai-je dit en entendant ce que j'avais dit.

«Nous retournons à l'entraînement demain… c'est notre programme.»

C'était officiel, j'avais oublié de parler.

«D'accord. Ça me paraît bien.»

Bien sûr, cela lui a semblé bon. Claude fuyait les choses. En reprenant notre programme, il n'aurait pas à faire face à ce que nous venons de faire. Il pourrait l'ignorer. Enfin, ce n'est pas une mauvaise chose. Dès qu'il l'aurait oublié, nous pourrions nous remettre à reconstruire notre relation.

«Alors…», dit Claude en regardant le canapé.

«Ce n'est pas très confortable, n'est-ce pas?» J'avoue, lamentablement.

«C'est très bien. C'est plus confortable que certains lits sur lesquels j'ai dormi. C'est juste petit.»

«Je veux dire, tu peux dormir dans mon lit si tu veux. Mais tu dois savoir que je ronfle.»

«C'est moi qui t'ai informé de cela lors d'une des nombreuses fois où nous avons partagé une tente.»

«C'est vrai! Alors, ça ne devrait pas être un problème», ai-je dit, à la fois en sueur et excité.

«Si tu ne veux pas que je le fasse…»

«Non, non. Ce n'est pas ça. C'est juste que…» J'ai fermé les yeux, pour faciliter ce que j'avais à dire.

«Je ne pense pas que nous devrions refaire ce que nous avons fait.»

Claude m'a regardé, confus.

«Bien sûr. C'est vrai.» Il marqua une pause.

«Mais, pour que les choses soient claires, pourquoi pas?»

Comment lui expliquer que je suis terrifiée à l'idée qu'il se lasse de moi et qu'il parte? «Tu es venu ici pour te préparer pour la compétition. Je pense que nous devrions tous

les deux nous concentrer sur cela. Tu n'auras qu'une seule chance et c'est ce que je veux pour toi. Ce sera comme si un boxeur ne faisait pas l'amour avant un combat.»

«Un boxeur. C'est vrai», dit-il avec appréhension.

Je voulais désespérément changer de sujet.

«Tu veux d'abord prendre une douche?» lui ai-je demandé.

«Non, tu peux y aller en premier. Je sais combien de temps je mets là-dedans», dit-il sans plus me regarder.

Le quittant et courant pratiquement vers la salle de bain, je fermai la porte derrière moi et posai mon front dessus. Qu'est-ce que j'ai fait? Avais-je supposé qu'il voudrait à nouveau faire l'amour avec moi? Et l'avais-je invité dans mon lit?

J'essayais d'être un bon gars. Comment pouvais-je le faire avec lui allongé à côté de moi, à moitié nu, tous les soirs?

J'ai pris la douche la plus froide possible et j'ai quitté la salle de bain, le trouvant perdu dans ses pensées sur le canapé.

«Tout à toi», ai-je dit en traversant le couloir jusqu'à ma chambre.

À l'intérieur, je ne savais pas trop quoi faire. Devais-je fermer la porte pour me mettre en sous-vêtements? Il m'avait déjà vue nu. Il m'avait dans sa bouche, et maintenant nous allions dormir dans le même lit.

Laissant tomber ma serviette avec la porte ouverte, j'ai cherché une paire de sous-vêtements dans mon tiroir. Je me suis retourné quand j'ai senti que quelqu'un me regardait, et j'ai vu Claude entrer dans la salle de bains. Ça allait être gênant, et c'était de ma faute.

Je n'avais pas acheté un panier de pique-nique par erreur. Il m'avait demandé si la nuit de repos que je proposais serait un rendez-vous. Est-ce que je voulais que ce soit un rendez-vous? Bien sûr que oui. Mais je pensais que ce serait comme l'un de mes stupides rendez-vous dans le placard que je lui proposais à l'université. Comme à l'époque, j'ai pensé que cela suffirait à alimenter mon fantasme que nous sortions ensemble sans vraiment ruiner les choses.

Mais ce n'est pas ce qui s'est passé. Je blâme l'alcool. Ou les feux d'artifice. Et les bougies?

Quoi qu'il en soit, ce fut la nuit la plus romantique de ma vie. Je n'étais qu'un faible garçon gay. Quelle résistance avais-je face à un tel moment?

J'ai cherché mon meilleur sous-vêtement, je l'ai enfilé, et j'ai regardé autour de moi. J'ai fait le lit et je me suis mis dedans.

Il était hors de question que je puisse décider des règles de notre chambre à coucher. Alors, en éteignant la lumière, j'ai abdiqué ma responsabilité. J'allais faire semblant de dormir quand il entrerait. Ainsi, je n'aurais pas à savoir ce que je faisais, ni à regarder à nouveau son corps incroyable. Il n'y avait pas de limite à ma résistance.

Comme toujours, Claude a mis une éternité à se doucher. Que faisait-il là-dedans? Quoi qu'il en soit, cela faisait assez longtemps pour prétendre légitimement ne plus être réveillé.

Allongé dans l'obscurité, j'ai suivi le son qu'il faisait dans la pièce. Comme s'il me fixait, réalisant que j'étais endormi, il sortit discrètement de la pièce. Avait-il changé d'avis sur le fait de partager mon lit?

Il s'avère que ce n'est pas le cas. Il prenait juste ses affaires. Et quand j'ai entendu sa serviette toucher le sol, me disant qu'il était nu, j'ai fait ce que je n'aurais pas dû. J'ai jeté un coup d'œil.

Oui, il était aussi sexy que dans mes souvenirs… Et maintenant, ma bitte était à nouveau dure. Très dure. Génial! Comment allais-je pouvoir m'endormir maintenant?

Les yeux fermés, j'ai de nouveau suivi le son de sa voix dans la pièce. Il a fait des choses que je n'ai pas pu reconnaître jusqu'à ce qu'il se mette doucement au lit. Une fois installé, je le sentais à quelques centimètres de moi. Mon cœur battait si fort que je pouvais l'entendre. Il était si fort que j'étais sûr qu'il l'entendait aussi.

S'il l'a fait, il n'a rien dit. Il est resté allongé, je suppose qu'il était inconscient et magnifique. Comment m'étais-je mis dans cette situation? Être aussi proche de lui sans pouvoir le toucher était une torture. Je n'allais plus jamais dormir.

Après une heure d'immobilisation, traumatisé, j'étais sur le point d'abandonner. Concluant que je vivrais le reste de ma vie éveillé, j'ai roulé sur le côté.

Mon mouvement a dû le réveiller car dès que j'ai bougé, il a bougé aussi. Et quand il a bougé, c'était vers moi. Plus précisément, son torse touchait mon dos et son bras m'entourait. Savait-il qu'il faisait cela? Devrais-je faire quelque chose pour qu'il se détache de moi et qu'il ait moins de choses à regretter demain matin ?

J'étais sur le point de remuer pour le réveiller à nouveau, mais au lieu de cela, j'ai déplacé ma main pour toucher la sienne. Lorsque nos doigts se sont rencontrés, sa main s'est légèrement refermée sur la mienne et je me suis immédiatement endormi.

Le lendemain matin, me souvenant de ce que Claude et moi avions fait la veille, j'ai

ouvert les yeux. Il était tard. J'ai regardé autour de moi, pensant trouver Claude, mais il n'était pas là. Ses affaires non plus.

J'étais sûre de l'avoir entendu le déplacer dans la chambre hier soir. Mais ce matin, il n'y en avait plus. Il n'était plus là. Comme je l'avais pensé, ce que nous avions fait avait été trop fort pour lui. Il avait encore disparu.

Je me suis précipité dans le salon en me levant du lit et en paniquant. Il ressemblait à ce qu'il était avant qu'il n'emménage, vide. Il m'avait quitté. Nous avions fait l'amour et cela avait tout gâché.

J'ai sombré dans le désespoir et les larmes ont coulé de mes yeux. Je n'en pouvais plus. Pourquoi continuais-je à tout gâcher? J'étais le raté que papa avait toujours considéré comme tel. Je ne méritais pas d'être aimé. Je ne méritais rien.

C'est alors que j'ai entendu une clé entrer dans la serrure et la porte s'ouvrir. Je me suis retournée pour découvrir un Claude en sueur qui entrait dans l'appartement. En me regardant, il m'a dit,

«Qu'est-ce qui ne va pas? Pourquoi pleures-tu?»

J'ai rapidement essuyé mes larmes.

«Qu'est-ce que tu racontes? Je pleure toujours le matin.»

«Non. Tu te branle toujours le matin», dit-il en me corrigeant alors qu'il se servait un verre d'eau.

«C'était une fois!»

Il m'a jeté un regard incrédule.

«C'est arrivé plusieurs fois. J'étais en pleine période de stress». «Nous faisions du camping au Mont Rainier».

«Oh, tu parlais de ce moment-là. C'est parce que je ne pensais pas que tu étais réveillé.» «Je ne l'étais pas jusqu'à ce que tu commences à te branler».

À mon humiliation, il a commencé à m'imiter en gémissant lorsque je cachais un orgasme.

«Ah, ah.»

«Tais-toi!» Je protesta.

«Et toi, où étais-tu à l'instant?» demandai-je en changeant de sujet.

«J'ai décidé de recommencer à courir le matin. Ça fait du bien». «Où sont tes affaires?»

«J'ai tout rangé. J'espère que cela ne te dérange pas; j'ai réquisitionné une partie de ton armoire et de tes tiroirs. Je n'ai pas grand-chose, alors tu as encore beaucoup de place.»

«Non, c'est bon», dis-je, soulagé.

«J'aurais probablement dû te le proposer plus tôt au lieu de te faire vivre dans ton sac.»

«Tu aurais probablement dû», dit-il en me taquinant sur le chemin de la salle de bains. «Je prends une douche.»

«Je te verrai demain», ai-je dit en le taquinant à mon tour.

À ma grande surprise, la séance d'entraînement suivante de Claude a été la meilleure jusqu'à présent. Il avait gagné une seconde et demie sur sa course de 50 mètres, ce qui était énorme. Et ses passes transversales étaient parfaitement au point.

«Sais-tu quelle est la différence?» m'a-t-il demandé après que je lui ai montré les statistiques.

«Ta course du matin?» ai-je demandé, en espérant qu'il dirait que c'était d'avoir sa bite dans mon cul.

«Oui, c'est ça», répondit-il en détournant le regard, déçu.

Que voulait-il que je dise? Qu'il prenne toutes ses affaires et qu'il quitte mon appartement. Parce que c'est ce que j'aurais tout aussi bien pu dire si j'avais suggéré que c'était le sexe.

Non, je voulais que nous revenions à ce que nous avions. J'ai accepté que les choses ne soient jamais exactement les mêmes. Et une fois qu'il aura montré à tout le monde ce qu'il sait faire au showcase, il finira dans une équipe à l'autre bout du pays.

Mais si, au cours de cet été, nous avons rétabli notre lien, peut-être que cette fois-ci nous resterons en contact. Peut-être même que nous verrions grandir les enfants de l'autre. Est-ce que je voulais que tous ses enfants soient les miens? Bien sûr. Mais si je devais choisir entre rien et un peu de quelque chose, je savais ce que je choisirais.

Au cours des semaines suivantes, les statistiques de Claude se sont améliorées. Il s'est avéré que nous avions vraiment débloqué quelque chose en lui. De plus, les relations entre nous n'ont jamais été aussi bonnes. Chaque soir, je m'endormais enveloppé dans ses bras puissants. Au début, il ne voulait pas me prendre dans ses bras avant que nous ayons été au lit assez longtemps pour croire qu'il dormait. Mais un soir, trop frustrée pour attendre, dès que j'ai éteint la lumière, je me suis heurtée à lui. Je ne l'avais pas encore fait, mais j'ai continué à le heurter avec mes fesses jusqu'à ce qu'il comprenne.

Je suis sûre qu'il m'a prise dans ses bras pour m'empêcher de l'ennuyer. Mais j'étais fatigué. Je voulais dormir. Et cela ne s'est pas produit avant que je ne sois enfouie dans ses bras avec son odeur partout sur moi. Que pouvais-je faire d'autre?

Peu de temps après, quelque chose d'autre s'est produit. J'ai trouvé quelque chose dans la salle de bains après l'une de ses folles longues douches. Sur le miroir embué, il y avait le dessin d'une personne allongée dans un lit avec une bulle de texte à côté d'elle. Il y avait écrit «Fart».

Est-il en train de me dire que j'ai pété dans mon sommeil? Comment ose-t-il? Quand je pense que j'ai renoncé à me branler le matin pour lui. Grossier! Il fallait réagir. Mais laquelle?

Je n'ai rien dit à ce sujet en quittant la salle de bains. Au lieu de cela, j'ai comploté. Que pouvais-je dessiner sur le miroir pour me venger de lui? Est-ce que je pouvais dessiner quelque chose qui soulignait l'agaçante perfection de son corps?

Je pense que je pourrais. Mais ce n'était pas le bon ton. Et peut-être que cela m'est venu à l'esprit parce que j'étais en train de réfléchir en le regardant faire des exercices d'entraînement sans chemise.

Bon sang, il était sexy. Il devait savoir ce que le fait d'être obligée de le regarder torse nu me faisait, n'est-ce pas? C'était un vrai salaud. Un bâtard très chaud, très déchiré.

C'est à ce moment-là que j'ai compris. Je savais ce que j'allais dessiner. Mais comment et quand?

Je pourrais probablement faire quelque chose qui apparaîtrait lorsque le miroir s'embue à cause de sa longue douche. Alors, qu'est-ce que je pourrais utiliser pour que le dessin ne s'embue pas? Il y a des trucs pour ça, n'est-ce pas? Je devais faire des recherches.

«Tu ne peux pas te donner la peine d'être attentif aujourd'hui?» me demanda Claude lorsqu'il m'a surpris sur mon téléphone au lieu de chronométrer ses sprints.

«Désolé, il y a eu un événement important», lui ai-je dit en rangeant mon téléphone. «S'agissait-il de savoir s'ils allaient vous licencier ou non?»

«Non, et je ne pense pas qu'ils le soient. Pensez-y. Comment pouvez-vous licencier un homosexuel après qu'il vous a reproché de faire des commentaires désobligeants devant d'autres personnes ? C'est un procès en perspective. Il se peut que j'ai maintenant plus de sécurité d'emploi que papa», ai-je dit avec un petit rire.

Claude ria « tu as raison. C'est possible. Alors, qu'est-ce que c'était ? » demanda-t-il en faisant référence au fait que j'étais sur mon téléphone.

«Rien » , lui ai-je dit. « C'était juste quelque chose de personnel».

«Oh, d'accord», a-t-il répondu, semblant un peu blessé.

Oui, peu importe. C'est lui qui a provoqué ça. Il regretterait le jour où il se serait moqué de moi parce que je pétais dans mon sommeil. Et ce jour allait bientôt arriver.

    Après l'entraînement et le dîner, je me suis éclipsée pendant qu'il prenait sa douche du soir. Je me suis précipité au magasin de pièces détachées pour acheter une bouteille de désembueur pour pare-brise.

    «Où étais-tu?» Il m'a demandé depuis le canapé quand je suis revenu.

    «Je me suis drogué», lui ai-je dit, paniqué.

    «tu cultives une nouvelle addiction?»

    «Les gens ne tarissent pas d'éloges sur l'héroïne. Je me suis dit que j'allais essayer». «Qu'en penses-tu?» demanda-t-il en retournant à son livre.

    «C'est très bien. Mais c'est dans les fumeries d'opium que l'on rencontre les gens les plus intéressants», dis-je en me dirigeant vers la salle de bains.

    «Je ne savais pas qu'il y avait des fumeries d'opium à Pensacola.»

    «Tu plaisantes? Les fumeries d'opium ici sont de classe mondiale. Tu viens pour l'héroïne, tu restes pour les amuse-gueules.»

    «Je vois», dit-il, se désintéressant de notre conversation.

    La porte de la salle de bain fermée, j'ai sorti la bouteille et mon téléphone. Il allait falloir que je trouve comment dessiner ça.

«Ça va là-dedans?», a-t-il demandé après ce qui s'est avéré être trente minutes. «Oui. C'est juste l'héroïne.»

«Ça t'encombre vraiment, hein?» «Exactement. Je sors dans une minute.»

Il devait savoir qu'il se passait quelque chose, n'est-ce pas? Il devait le savoir. Heureusement, j'avais presque fini.

Une partie du problème résidait dans le fait que je n'avais pas de miroir brumeux pour dessiner. Je devais regarder les taches que je faisais sous des angles bizarres pour savoir à quoi cela ressemblait. Et quand je me trompais, je devais recommencer.

Après tout ce travail, il est mieux d'apprécier le chef-d'œuvre que j'ai créé. Vous ne pourriez jamais trouver une meilleure illustration d'un homme avec la tête dans le cul dessinée sur un miroir en utilisant du liquide de désembuage si vous essayiez.

«C'est fait», lui ai-je dit en quittant la salle de bains. En fermant la porte derrière moi – espérant qu'il ne la verrait qu'après sa course du matin – j'ai dit : «Je n'irais pas là-dedans si j'étais toi».

«Je ne suis pas sûr que l'héroïne soit bon pour toi».

«Ce n'est pas le cas. Mais on ne sait jamais avant d'avoir essayé, n'est-ce pas?» «Je suppose. On va se coucher?»

«Bien sûr», lui ai-je répondu, positif, car j'étais trop excité pour dormir.

En me mettant au lit, j'ai pensé à ce qu'il dirait quand il verrait ça. J'ai failli me lever pour jouer à des jeux vidéo afin de me détendre. Mais il m'a entouré de ses bras et je me suis évanoui. Il s'avère que Claude était la seule drogue dont j'avais besoin.

En me réveillant le lendemain matin et en le trouvant parti, je me suis souvenu de mon œuvre d'art et je me suis précipité hors du lit. M'étant levée tard, j'avais raté sa course. Il était déjà sous la douche.

Ne sachant que faire de moi-même, je me suis dirigée vers la cuisine avant de changer d'avis et de me dépêcher de retourner au lit. Je voulais être aussi décontracté que possible lorsqu'il sortirait. Quoi de plus décontracté que d'être encore endormi?

«Tu vas dormir pour toujours?» Il m'a demandé quand il est revenu dans la chambre avec une serviette.

«Hein? Désolé, je dormais.»

«J'ai vu ça», m'a-t-il dit en laissant tomber sa serviette et en se mettant nu devant moi… ce salaud.

Immédiatement excité, je ne voulais plus quitter mes draps.

«Je me disais que nous pourrions nous entraîner aujourd'hui à quelques jeux de tâtonnement intentionnel», dit-il en marchant lentement au lieu de s'habiller.

«Ils ne fonctionneraient pas aussi bien en NFL qu'en Division II.»

«Peut-être pas. Mais c'est bien d'en avoir quelques-uns au cas où», dit-il en se retournant et en me présentant son cul en demi-lune parfaitement arrondi.

«Tout ce que tu veux».

Et par là, je voulais dire qu'il pouvait avoir tout ce qu'il voulait. Quand il était comme ça, j'étais de la glace dans ses mains chaudes. C'était une bonne chose qu'il se soit habillé. J'étais à cinq secondes de me jeter sur lui, au mépris de toute amitié.

Lorsqu'il fut entièrement habillé et que je pus à nouveau me tenir debout, je sortis du lit et me dirigeai vers la salle de bains. Je m'attendais à voir mon chef-d'œuvre dans le miroir embué, mais ce ne fut pas le cas. J'avais dessiné un homme avec la tête dans le cul en deux parties. Sur le côté droit du miroir, j'avais dessiné un cul nu où la

personne était penchée en avant, le torse coupé par le bord du verre. Sur la gauche, j'avais dessiné le torse continu avec les épaules et les bras jusqu'aux fesses. Comme je l'ai dit, c'était une œuvre d'art.

Mais ce n'est pas ce que j'ai trouvé ce matin. Il y avait toujours un cul nu sur le côté droit du miroir. Mais à gauche, il y avait l'image d'une tête qui ressemblait un peu à la mienne. Et elle embrassait le cul nu.

Est-ce pour cela qu'il se promenait nu dans la chambre? Et pourquoi il m'a clairement montré ses fesses? Me disait-il de lui lécher le cul?

Oh, c'est parti. Ce soir-là, j'ai dessiné un homme avec la tête enfoncée dans le cul d'un âne. Tu sais, au cas où il aurait raté la référence de la tête dans le cul la première fois. Quand je suis entrée dans la salle de bains après lui, j'ai trouvé le même âne, mais cette fois, l'homme s'était transformé en femme et était allongé sous lui, le membre allongé de l'âne introduit dans sa bouche.

«Qu'est-ce que…?»

Cette image était carrément pornographique. Et pourtant, elle est toujours aussi impressionnante. Comment a-t-il pu obtenir autant de détails sur un miroir embué? C'est dingue. Il allait falloir que j'améliore mon jeu.

Ce soir-là, en redessinant l'âne, j'ai fait en sorte que son membre tourne autour de son propre cul. En d'autres termes, je lui ai dit d'aller se faire foutre. Voyons s'il peut battre cela.

C'est ce qu'il a fait. Il a dessiné un homme nu qui, miraculeusement, lui ressemblait, en train de baiser un type qui me ressemblait. Me disait-il : «Va te faire foutre»?

Oh, c'était bon… et super chaud. Me libérant de cette pensée, j'ai retenu mes gémissements lorsque j'ai joui. Je ne voulais pas lui donner la satisfaction de savoir qu'il m'avait fait jouir. Il ne le méritait pas. Et pour être honnête, je lui en voulais un peu.

Était-ce juste? Non, ce n'était pas juste. Mais me torturer à l'idée de faire l'amour avec lui ne l'était pas non plus. Ne comprenait-il pas à quel point c'était difficile pour moi?

Bien sûr, je voulais faire l'amour avec lui. Bien sûr, je voulais sentir ses grandes mains autour de ma taille pendant qu'il me manipulait comme une poupée de chiffon.

Ecartant mes jambes avec ses pieds, il poussait mon torse nu vers l'avant, écartant mes joues. Mes, il saisissait sa bite surdimensionnée et la frôlait contre mon trou. Il me taquinait jusqu'à ce que je n'en pouvais plus.

Puis, lorsque mes genoux menaçaient de s'effondrer sous l'effet de la luxure, il m'enfonçait dans le corps. Rejetant la tête en arrière sous l'effet du plaisir douloureux, il enfonçait son doigt dans ma bouche. Pris à son crochet, il me baiserait. Je ne pouvais rien y faire.

Foré dans le mur, je gémirais jusqu'à ce que mes jambes tremblent. Il savait combien de temps il devait tenir jusqu'à ce qu'il jouisse. Puis, quand il le ferait, ce serait une explosion. Je jouirais avec lui. Et toujours incapable d'enlever mes paumes du mur, je couvrirais le sol comme un animal .

Ayant besoin de me soulager pour la deuxième fois grâce au dessin du miroir de Claude, j'ai terminé ma douche et je suis retournée au salon, vaincue. En le regardant, il n'avait

visiblement aucune idée de ce qu'il m'avait fait. C'était sans doute de ma faute. Quand je lui disais ce que je ressentais, c'était toujours au passé. C'était en partie parce que je ne voulais pas le mettre mal à l'aise. Mais était-ce la seule raison?

Après avoir chassé mon meilleur ami et échoué à faire fonctionner les choses avec Jason, on peut dire que j'ai des problèmes. Était-ce si grave de ne pas vouloir être blessée à nouveau? Jusqu'où allait ma douleur? Voir la déception sur le visage de mon père lorsqu'il s'est rendu compte que j'étais différent. Il a même agi différemment envers moi après cela.

Si j'ai supplié papa de m'autoriser à l'aider à jouer au football, c'est en partie pour lui montrer que je n'étais pas une déception. Je n'avais pas besoin de rentrer dans sa case pour être quelqu'un dont il était fier. J'essaie peut-être encore de rendre mon père fier de moi, mais à un moment donné, j'ai commencé à aimer ce que je faisais.

J'aimais les gars qui ressemblaient à Claude, et où pouvais-je trouver ce type de gars? Sur un terrain de football.

En outre, j'aimais aider les joueurs à comprendre les choses. J'aimais faire partie d'une équipe. Je n'avais pas la carrure pour résister à un homme de 200 livres qui me fonçait dessus à toute vitesse. Mais je pouvais imaginer des jeux qui aidaient les joueurs à gagner le match.

Le football et moi, c'était la combinaison parfaite. Ce qui avait commencé comme un moyen de prouver quelque chose à mon père s'est transformé en quelque chose que j'aimais faire. Mais cela n'enlève rien à la douleur qui m'a poussé à jouer. Le rejet me faisait mal, qu'il vienne de mon père, des gars de l'équipe ou de mon meilleur ami.

Je voulais être avec Claude. Je voulais passer le reste de ma vie avec lui. Mais ce que je voulais surtout, c'était qu'il ne me quitte plus. Et si je devais choisir, je choisirais un peu de ce que j'aimais, plutôt que de tout risquer pour ce que je voulais vraiment.

«As-tu déjà assisté à un festival de la fierté?» lui ai-je demandé ce soir-là au cours du dîner. «Non. Pourquoi le ferais-je?» demande Claude, stupéfait.

«Je ne sais pas. Tu ne vois pas de raison ? » ai-je demandé de manière suggestive.

«Je ne suis pas gay» dit Claude sur la défensive.

«Je n'ai jamais dis que tu l'es. »

« Tu l'insinues »

« Je le sous-entendais parce que » , me suis-je arrêté avant de lui rappeler le moment où il avait sa bite dans mon cul. « Pourquoi ne me dis-tu pas ce que tu es ? »

« Qu'est-ce que tu veux dire ? »

« Je veux dire, comment t'identifies-tu ? »

« Je ne sais pas . »

« Oh, tu es de ceux qui ne croient pas aux étiquettes ? » ai-je demandé avec dédain.

« Y a-t-il quelque de mal à cela ? »

« Non, ça va. Je pense juste que c'est pratique. C'est tout »

« Pratique, comment ? »

Tu sais, si tu ne veux pas admettre qui tu es ou être considéré comme comme « l'une de ces personnes » , tu peux simplement dire « je ne crois pas aux étiquettes » . De cette façon, tu bénéficies de tous les avantages de la lutte sans avoir à en revendiquer les inconvénients.

« Je vois », dit-il essayant de cacher sa contrariété.

Cela m'a ennuyé.

«Ok, Claude, je sais que ton truc c'est de ne pas parler de choses, mais ne le faisons pas maintenant».

«Nous devrions probablement partir», a-t-il dit en faisant référence au restaurant. «Non. Nous devrions rester ici et en parler.»

Claude m'a regardé dans les yeux, a retiré de l'argent, l'a posé sur la table et est parti. Il était bouleversé, alors bien sûr, je lui ai couru après.

«Alors, tu vas juste t'en aller?» Je lui ai demandé en le suivant dans la rue.

«Après tout ce qui s'est passé entre nous, tu n'es toujours pas capable d'avoir une simple conversation sur ce que tu ressens pour moi?»

Claude s'est retourné avec colère. «Tu sais ce que je ressens pour toi?» «Comment? Tu n'en parles jamais.»

«Tu sais ce qu'on a fait. Tu crois que je fais ça avec n'importe qui?» «Comment le saurais-je? Tu ne me l'as jamais dit. Tu ne me dis rien. Ton étiquette n'est pas seulement ton identité, c'est ton mode de vie.»

«Eh bien, je suis désolé d'être un tel emmerdeur. Si tu veux que je le fasse, je partirai » «C'est quoi ce bordel, Claude? Je te demande de me parler de toi et tu me menaces de me

quitter?»

«Je ne menaçais pas de te quitter», insista Claude.

«Eh bien, d'ici, on dirait bien que c'est le cas», ai-je dit, tremblant sous sa menace.

Claude s'est arrêté et m'a regardé. Je tremblais. J'aurais voulu être assez fort pour ne pas trembler, mais c'était le cas. Je me sentais nue devant lui, j'étais à vif. S'il m'avait laissée là, j'aurais été détruit. Je le savais. Il n'y avait qu'un nombre limité de coups que je pouvais encaisser.

Alors qu'il vacillait, mon cœur s'est brisé. J'étais sur le point de tomber à genoux lorsque

ses bras grands et forts m'ont entouré.

«Je ne veux pas te quitter», a-t-il murmuré à mon oreille.

«Je ne l'ai jamais fait. Je ne veux plus jamais le faire.»

«Alors pourquoi l'as-tu fait?» demandai-je, les larmes trempant sa chemise. «Je ne sais pas. Ce que tu as dit m'a fait tellement mal.»

«Je suis vraiment désolée d'avoir dit ça, Claude.»

«Je sais que tu l'es».

«Alors, pourquoi ne me pardonnes-tu pas?» Claude est resté silencieux.

«Pourquoi pas, Claude?»

«Je ne sais pas. Mais ça ne veut pas dire que je ne veux pas être ici.»

«Je veux juste que tu t'ouvres à moi.»

«J'essaie, Merri. J'essaie vraiment.»

«Je sais. Je le vois bien. C'est juste que tu es vraiment nul.»

Claude ria.

«C'est vrai.»

Je me suis éloigné et j'ai levé les yeux vers lui.

«Mais il n'est pas nécessaire d'être toujours nul. Par exemple, partagez une chose avec moi maintenant».

«Que veux-tu savoir?»

«Qu'elle est ta véritable identité ? Je sais que tu n'aimes pas y penser. Mais fais moi croire que cette chose entre nous n'est pas seulement dans ma tête »

Claude m'a regardé douloureusement.

« S'il te plait, Claude. Si je compte pour toi… »

« C'est vrai », dit-il en me coupant la parole.

« Et ensuite ? »

« Je pensais que tu devais le voir. Je suis la »

« Mais j'ai besoin de l'entendre. De toi » , ai-je dit en touchant sa poitrine. « Alors, s'il te plait, qui es-tu ? »

Claude a réfléchi à ma question. Prenant une grande inspiration, il a répondu, « je ne suis pas hétérosexuel. Je pense que ce bateau a coulé »

« D'accord »

« Je ne pense pas être gay » dit-il avec appréhension.

« Qu'est-ce qui te fais penser que tu ne l'es pas ? »

« Les femmes. Tu les a vu ? »

« Oui je l'ai fait. Ou veux-tu en venir ? »

« Bien. Gay. Ce que je veux dire, c'est que pendant la majeure partie de ma vie, j'ai aimé les femmes »

« As-tu déjà été avec une femme ? » J'ai demandé, ne sachant pas comment je me sentirais en entendant qu'il l'avait fait

« Et toi ? » , a-t-il rétorqué.

« Tu sais que je l'ai fait »

« Et maintenant tu es gay. Alors que prouve le fait d'avoir été avec une femme ? »

« Rien, je pense. Mais ça me permettait au moins de savoir ce que tu penses ».

« Très bien. J'ai été avec les femmes »

J'ai réfléchi, j'ai laissé faire.

« Quand ? »

« Pendant l'université »

« Qui ? » ai-je demandé cette fois

« Jodi et moi », a-t-il expliqué.

J'ai cherché dans ma tête de qui il s'agissait.

« Attends, tu as fait l'amour avec Jodi ? »

« Oui », admet-il timidement

« Sérieusement ? »

« Pourquoi tu es surpris par cela ? »

« Parce que depuis trois ans je te vois tous les jours et tu ne m'as jamais dit ça. »

« Comme j'ai demandé plus haut, pourquoi tu es surpris ? »

Je l'ai regardé avec stupeur, puis j'ai ri.

« Tu ne partages vraiment pas tes affaires, n'est-ce-pas ? »

« J'ai un problème », a-t-il admis.

« Alors, ça a commencé quand ? »

« Première année ».

« Vous vous êtes rencontrés ou ? »

« C'était à une fête de fraternité. Tu es parti avec un gars et je suis rentré chez moi avec Jodi »

« Quoi ? » ai-je demandé stupéfait et amusé.

« Oui ».

« Et tu as eu d'autres relations que celles-là ? »

« Elle essayait d'entrer à l'école de médecine et m'envoyait des messages chaque fois qu'elle avait besoin de défouler. Il y'avait beaucoup de vapeur »

« Mais vous n'êtes jamais sortis ensemble ? »

« Non ».

« Pourquoi pas ? Elle était mignonne ». J'ai fait une pause. « En fait, elle me ressemblait beaucoup . »

« J'ai un type »

« Attends, je suis ton type. C'est quoi ton type ? »

« Pushy, agaçant. Pose trop de questions . »

J'ai ri

« D'accord, je sais que ce n'est pas vrai. Jodi était la plus sérieuse que j'ai jamais rencontré. Je me souviens quand tu nous as présentés. Elle était en fait une version blonde de toi. Faire l'amour avec elle devait être aussi amusant que de faire les impôts »

« Elle était en fait assez sauvage. Parfois, j'avais du mal à la suivre. »

« Huh ! Je n'aurais jamais deviné. Ce sont toujours les plus calmes. Alors, à propos de moi qui suis ton type », demandai-je d'un ton badin.

Claude ria.

« Qu'en est-il ? »

« Dites-en plus ? »

Il s'esclaffe !

« Comme quoi ? »

« N'importe quoi », lui ai-je dit.

Claude se détend, prends mes mains dans les siennes et lève les yeux, pensif.

« J'aime les mains délicates »

« Je n'ai pas de mains délicates », ai-je dit gêné.

« Et j'aime ta petite taille » a-t-il dit en me souriant

Je ne suis pas « petite », ai-je objecté

« Et j'aime le fait que même lorsque j'essaie de te faire un compliment, tu le rejettes, me donnant l'impression de ne pas l'avoir fait .»

Je me suis rattrapé.

« Je suppose que je suis aussi doué pour les recevoir que tu l'es pour les donner. Mais tu ne pourrais pas aimer mon comportement viril ? »

« Si vous en aviez un, bien sûr », dit-il avec un sourire en coin.

« Ok, maintenant tu es méchant . »

Claude a joyeusement transféré ses mains de la mienne à ma taille.

« Je t'aime pour ce que tu es, Merri. Tu ne peux pas l'accepter ? »

« Tu as raison, Claude. Je te remercie. Je devrais m'accepter tel que je suis »

« Tu devrais. Parce que tu es merveilleux. Et peu importe que tu aies des mains comme une marionnette, je t'aime bien quand même. »

J'ai regardé son visage souriant avec des poignards dans les yeux. Je me suis éloigné et j'ai dit,

«Tu sais quoi? Personne ne veut de toi ici. Retourne dans le Tennessee.» Claude éclata de rire.

«Au revoir!»

Amusé, il a suivi en demandant : «Est-ce que j'ai dit quelque chose?». «Bye, Claude!»

«Non. Dis-moi. Ai-je dit quelque chose de mal?»

«Au revoir», ai-je répété, secrètement ravie de l'entendre me suivre.

Aussi ennuyeux qu'il puisse être, il n'allait peut-être pas me quitter à nouveau. Et même si c'était ma plus grande crainte, peut-être que je pouvais lui faire confiance pour être là pour moi après tout.

En arrivant chez moi, incertain de devoir lui pardonner les choses horriblement vraies qu'il avait dites, j'étais sur le point de le faire quand mon téléphone a sonné. Voyant que je regardais étrangement l'afficheur, Claude m'a demandé,

«Qui est-ce?» «Mon ex, Jason.»

«Ce n'est pas lui qui organise le showcase?»

J'ai répondu au téléphone avec un mauvais pressentiment.

«Hé, Jason. Qu'est-ce qui se passe?»

«Je ne sais pas comment le dire, alors je vais aller droit au but.»

«D'accord!»

«Ton ami ne peut pas venir au showcase».

Mon cœur s'est effondré. Sentant le froid s'installer alors que le sang se retirait de mon visage, j'ai demandé, «Pourquoi pas?»

«Parce que mon thérapeute pense qu'il est malsain que je continue à te faire des faveurs compte tenu de la façon dont tu m'as traité. Et, franchement, je suis d'accord».

J'ai paniqué.

«Mais ce n'est pas ce qui se passe. Tu l'as invité parce que tu as vu ses statistiques, te souviens-tu? Il est bon. Et j'ai travaillé avec lui tout l'été. Il est meilleur qu'il ne l'a jamais été.»

«Je suis désolé, Merri. Tu as agi comme tu l'as fait quand nous étions ensemble parce que tu pensais que c'était ce qu'il y avait de mieux pour toi. Maintenant, c'est mon tour.»

«Tu ne peux pas faire ça.»

«Parce que c'est quelque chose qui t'affecte toi et pas seulement moi?» demanda Jason avec amertume.

«Non. Pourquoi dis-tu cela? Je parle de Claude. Il a travaillé dur pour ça.» «Qu'est-ce qui se passe?» demanda Claude en entendant mes supplications.

«Je suppose que Claude est ton petit ami maintenant?» demanda Jason. Je me suis figé.

«Je ne dirais pas cela», ai-je dit, hésitant sur ce que je disais.

«Eh bien, qui qu'il soit, je ne pense pas qu'il soit sain pour moi de t'aider à être avec quelqu'un d'autre. Tu m'as fait du mal. Je suis en colère contre toi. Et j'ai le droit d'agir en conséquence, tout comme tu avais le droit de me traiter comme si je ne comptais pas.»

«Mais, Jason…»

«Je ne changerai pas d'avis. Je t'appelle juste pour que tu n'aies pas à l'apprendre autrement. Bonne chance pour tout, et j'espère que tu finiras avec quelqu'un qui te traitera exactement comme tu m'as traitée. Bye, Merri.»

«Mais…» ai-je dit, juste avant que la ligne ne se coupe.

J'ai baissé le téléphone, abasourdi.

«Merri, que se passe-t-il?» demanda Claude, inquiet.

Je me suis tournée vers lui, à peine capable de respirer. «Je crois que j'ai encore tout gâché.»

«Qu'est-ce qui s'est passé?

«Jason vient de te retirer ton invitation au showcase.»

«Qu'est-ce que ça veut dire?»

«Je ne sais pas.»

«Alors, je me suis entraîné tout l'été pour rien?» Je l'ai regardé sans répondre.

«Je ne comprends pas. Pourquoi a-t-il changé d'avis?»

«Parce que j'ai été un mauvais petit ami», ai-je admis.

«Il pense que j'ai des sentiments pour toi, et il fait ça pour me blesser».

Claude recula jusqu'au canapé et s'y laissa tomber. Fermant les yeux, il se mit les mains sur le front, essayant de combattre sa frustration.

«Je suis désolé, Claude. Je suis vraiment désolé.» «Qu'est-ce qu'on fait maintenant?»

«Je ne sais pas.» «Dois-je partir?»

«Non!» ai-je dit plus fort que je ne l'avais prévu.

«Je veux dire, je peux penser à quelque chose. Je ne vais pas te laisser tomber. Je trouverai un moyen de m'en sortir.»

Nous ne nous sommes pas dit grand-chose d'autre pendant le reste de la nuit. Allongé dans le lit, il ne m'a pas pris dans ses bras. Il l'avait fait tous les soirs depuis que nous avions commencé à dormir ensemble, mais pas ce soir.

Je n'ai pas dormi du tout. Au lieu de cela, j'ai tourné en rond, réfléchissant à ce que je pourrais faire. Au matin, j'avais quelque chose. Ce n'était pas gagné, mais c'était une chance.

Dès que je l'ai entendu s'agiter, je le lui ai présenté.

«Il faut que tu m'accompagnes au match du Panthéon de cette année», lui ai-je dit.

Les yeux fatigués de Claude luttent pour se concentrer sur moi.

«Je sais ce que tous ces mots signifient. Mais je n'ai aucune idée de ce dont tu parles», répondit Claude avec sa voix de grenouille du matin.

«Tu connais le match du Panthéon, n'est-ce pas?»

«Oui, c'est le match de pré-saison qu'ils jouent le week-end de la cérémonie du Temple de la renommée de la NFL».

«C'est vrai. Et cette année, l'un des joueurs intronisés est quelqu'un qui a joué pour les Cougars avant que Papa n'arrive. Cela signifie que les Cougars vont devoir jouer le match du Panthéon. Et comme je n'ai pas encore été licencié, je vais devoir assister aux cérémonies. Il faut que tu viennes avec moi.»

«Je ne suis pas sûr que ce soit une bonne idée», dit Claude en hésitant.

«Quoi? Tu as peur que si les gens te voient avec moi, ils penseront sue tu es gay? Au lieu de 'je suis trop masculin pour avoir une étiquette', ou quelle que soit ton identité ?». demandai-je, épuisé par le manque de sommeil.

«Non, bien sûr que non». Claude s'est mis sur son coude pour me regarder.

«Tu crois que j'en ai quelque chose à foutre de ce que les gens pensent de moi?»

«Oui, c'est vrai. Si ce n'était pas le cas, tu m'aurais rassuré en me disant que je ne faisais pas fausse route en me laissant aller à ressentir quelque chose pour toi.»

«Merri, tu n'es pas en train d'écorcer le mauvais arbre. D'où cela vient-il?»

«J'ai juste…» Je me suis ressaisie et j'ai repris mon allocution.

«Il faut que tu viennes avec moi au match du Panthéon parce qu'il y aura beaucoup d'agents. Si je peux te présenter à eux de la bonne manière, nous pourrons obtenir une autre invitation pour le showcase.»

Claude me regarda sans voix, puis secoua la tête, faisant marche arrière.

«J'ai besoin de revenir à quelque chose. Pourquoi penses-tu que tu te trompes d'arbre?»

«Pourquoi dis-tu que c'est une mauvaise idée de venir avec moi? Tu n'as même pas pris une seconde. C'était comme si tu ne voulais pas être vu avec moi.»

«Merri, je ne pensais pas que c'était une bonne idée parce que tu fais toujours ces choses qui me font penser que je compte pour toi, mais quand je te demande de faire quelque chose qui le prouve, tu me donnes l'impression d'être une ordure pour cela».

«Qu'est-ce que tu racontes?» demandai-je, confus.

«Je t'ai embrassé, puis tu as dit que tu ne voulais pas en parler. Nous avons passé un très bon moment sur la plage et tu as immédiatement dit que nous devions faire comme si rien ne s'était passé. Tu sais, j'avais l'habitude de penser que c'était moi qui empêchais que quelque chose se passe entre nous. Mais ce n'est pas moi qui la fuis. C'est toi.»

«Et maintenant, tu veux que j'assiste à ce truc avec toi? Je sais que tu dis que c'est juste pour moi, pour m'aider. Mais j'ai l'impression que c'est plus que ça. C'est un événement chic avec tous tes collègues et tous les gens de l'industrie que tu respectes. Quoi qu'il en soit, cela ressemble à un rendez-vous. Mais qu'est-ce que tu vas me dire quand ce sera fini? Que nous devrions faire comme si le Panthéon n'existait pas?»Je fixa Claude, prise au dépourvu.

«Je ne comprends pas. Tu voudrais que ce soit un rendez-vous?»

«Merri, j'ai voulu que tout ce que nous avons fait soit un rendez-vous. Tu sais toutes ces fois où je t'ai passé la balle à l'entraînement? Considère ça comme des préliminaires».

«Je n'avais pas réalisé que tu te sentais comme ça.»

Claude se calma.

«C'est peut-être parce que je ne suis pas toujours très doué pour dire ce que je pense. Mais c'est le cas maintenant».

J'ai souri.

«Oui, tu l'es. Mais si les gens te voient à l'évènement et qu'ils supposent que tu es gay, ça risque d'etre beaucoup plus difficile d'entrer dans l'équipe. »

«Alors j'emmerde le football. Si le football ne veut pas de moi, je n'en veux pas. Je te choisirais n'importe quand plutôt qu'un sport qui ne veut pas de moi. Tu es ce qui compte pour moi, Merri. Le football n'est qu'un jeu . »

«C'est vraiment gentil».

«Je ne sais pas pourquoi cela te surprend. Je suis un gentil garçon», a-t-il déclaré avec insistance.

J'ai ri.

«Je suppose que oui», ai-je dit en fixant l'homme que je voulais embrasser.

«Je suis heureux que tu t'en rendes enfin compte.»

«C'est vrai. Et maintenant, tu es mon cavalier pour le match du Panthéon», ai-je dit enflirtant.

«Il était temps», a dit Claude en plaisantant, ce qui m'a fait rire.

«Mais nous devons encore te faire entrer au showcase. Et pour cela, nous devons te trouver un agent.» «Qu'est-ce que cela implique?»

«Si nous le pouvons, nous devrions créer une vidéo de tes meilleurs jeux à l'université. Je peux compiler tes statistiques. Je crois que je les ai déjà. Et je sais que tu n'aimes pas ça, mais tu vas devoir m'aider à te vendre aux agents».

«Qu'est-ce que tu veux dire?» demanda Claude, mal à l'aise.

«Je veux dire que tu vas devoir les charmer. Tu sais, leur dire pourquoi tu penses que tu le mérites. Te vendre quoi.»

Si ce n'était le calme de Claude, j'aurais juré qu'il était en train de paniquer. «Je…» Il a commencé.

«Non.»

«Comment ça, non?» «Non. Je suis… Non.»

«Claude, il faut que tu le fasse ».

«Je n'ai rien à faire.»

Il a sauté du lit.

«Je n'en voulais pas. Tu es venu et tu m'as présenté ça comme si c'était une affaire réglée. Mais les choses changent tout le temps.»

«Je sais, je suis désolée. Mais nous pouvons encore l'obtenir. C'est juste une chose de plus. Après ça…»

Il m'a coupé la parole.

«Quoi? Ce sera autre chose?» Claude se détourna et s'habilla.

«C'est la dernière chose. Je te le promets.»

«Je ne veux plus de ça.»

«Vouloir quoi?» demandai-je, sentant un nœud se former dans mon estomac.

«Tout ça. Je ne veux rien de tout cela!» Il dit, comme s'il le réalisait pour la première fois.

«Où vas-tu?» ai-je demandé en le voyant remplir son sac de voyage. Il s'est tourné vers moi.

«Je ne veux pas de ça, Merri. Je ne l'ai jamais voulu. Tu m'as vendu quelque chose qui n'était pas réel. Et je n'en veux plus.»

«Alors tu vas juste partir?» ai-je demandé, en le regardant rassembler ses affaires.

«Aller où?»

«Chez moi. Là où j'aurais dû être. Là où je n'aurais jamais dû partir.»

Des sueurs froides me couvrirent. C'était mon cauchemar.

«Je ne comprends pas. Qu'est-ce que j'ai fait?»

«Je ne sais pas, Merri. Pourquoi ne pas me dire ce que tu as fait?»

«Je ne sais pas. Dis-moi ce que j'ai fait», dis-je en me levant précipitamment et en le suivant hors de la pièce.

«S'il te plaît, dis-moi ce que j'ai fait».

Son sac fait, il se tourne vers moi froidement.

«Si tu ne le sais pas, je ne sais pas quoi te dire.»

«S'il te plaît, ne pars pas, Claude. Je t'en supplie, ne pars pas», dis-je, les larmes aux yeux. Cela ne l'a pas arrêté. Se dirigeant vers la porte, il s'apprêtait à sortir lorsqu'il sortit

quelque chose de son sac.

«Tiens, tu peux prendre ça. Je n'en aurai plus besoin.»

Je lui ai pris le paquet plat et je me suis figée en le tenant dans mes mains.

«Au revoir, Merri.»

«Tu vas partir comme ça?»

Il s'est retourné vers moi. Puis, sans un mot de plus, il est parti.

Je suis restée à fixer la porte, abasourdie. Qu'est-ce qui vient de se passer? Je ne comprenais pas.

Je me suis tournée vers le paquet qu'il m'avait donné et je l'ai fouillé, à la recherche de réponses. À l'intérieur se trouvaient une carte et un grand cadre. En ouvrant la carte, on pouvait lire : «Pour ton premier jour de travail. Tu as ceci. Je crois en toi. J'ai toujours cru en toi. Et maintenant, tu as quelque chose pour ton mur ;)».

En retournant le cadre, j'ai trouvé un collage de notre vie commune. En haut à gauche, il y avait une photo de l'entraînement de football de notre première année. En dessous, il y avait des photos de nos voyages en camping. À droite, il y avait des fêtes où nous étions ridicules. Et au centre, une photo du 4 juillet, la nuit où nous avons fait l'amour.

Je l'ai regardé et j'ai pleuré. Qu'est-ce que je venais de faire? Avais-je tout gâché pour toujours?

Chapitre 14

Claude

Je n'ai pas pu le faire. C'était trop. Combien de fois pourrais-je dépasser ce qui me semblait confortable et continuer?

J'avais dépassé mes limites. Je ne voulais plus de ça. Il n'y avait qu'un nombre limité de façons de m'ouvrir à Merri. Mais l'idée de me vendre à une bande de riches blancs comme si j'étais un pauvre gamin noir mendiant de l'argent, c'était plus que je ne pouvais supporter.

Je devais m'éloigner de tout cela. Je devais retrouver ma famille. J'ai donc pris un taxi pour me rendre à l'aéroport, j'ai réservé le premier vol disponible et je suis rentré chez moi.

«Tu peux venir me chercher?» demandai-je à Titus en approchant de la fin de la ligne de bus. «Claude? Où es-tu?» demande-t-il, surpris de m'entendre.

«Je suis à l'arrêt de bus. Je suis de retour en ville.»

«Bien sûr. Mais cela pourrait prendre quelques heures. Je suis sur le point d'emmener un groupe pour une visite. J'en ai un autre de prévu après cela.»

«C'est bon, j'appellerai quelqu'un d'autre.»

«Je pourrais demander à Lou s'il peut le faire. Mais il devra peut-être surveiller la boutique au cas où quelqu'un arriverait en avance.»

«Ce n'est pas grave. Ne t'inquiète pas pour ça.»

«J'aurais aimé que tu me préviennes un peu plus tôt. J'aurais pu arranger quelque chose.» «Je t'appelle ce soir».

«Nous nous rattraperons alors.»

«Certainement», ai-je dit en mettant fin à l'appel.

Perdu, je me suis demandé comment j'étais arrivé là. J'avais pété les plombs. Il n'y a aucun doute là-dessus. Mais pourquoi? La demande de Merri était-elle si folle? Ce n'était pas le cas. C'était la façon dont le monde fonctionnait. Pourtant, je n'arrivais pas à l'envisager. Pourquoi?

En regardant les rues vides qui m'entouraient, je savais qui aurait la réponse. «Maman?»

«Claude, comment vas-tu?» demande-t-elle joyeusement.

«Ce n'est pas bon, maman. Tu peux venir me chercher? Je suis à l'arrêt de bus de l'aéroport.» «Bien sûr, mon fils. Que fais-tu à la maison?»

«Je te le dirai plus tard. Tu peux venir me chercher?» «Je serai là dès que possible.»

«Merci, maman», ai-je dit en mettant fin à l'appel et en baissant le visage dans mes mains. Voir la voiture de Maman arriver quarante-cinq minutes plus tard était un spectacle pour des

yeux endoloris. Prenant mon sac et montant à bord, elle honora mon silence. Cela a duré jusqu'à ce que nous soyons à dix minutes de la maison.

«Je t'ai donné assez de temps. Peux-tu me dire pourquoi tu reviens si tôt? J'ai marqué ton showcase sur le calendrier. Ce n'est pas avant quelques semaines.»

«Je ne suis plus dans le showcase», lui ai-je dit.

«Tu ne l'es plus? Pourquoi?»

J'ai envisagé de ne pas en parler, puis je me suis rendu compte que si je devais un jour surmonter ce qui me tenait, j'allais devoir en parler.

«Parce que je pense que je suis brisé, Maman», ai-je dit, luttant pour empêcher mes larmes de

Couler.

«Bébé, tu n'es pas brisé. Tu es le jeune homme le plus fort que je connaisse.»

«Je ne le suis pas, Maman. J'ai perdu la tête. Pourquoi m'as-tu dit que je devais représenter ma race? Je n'avais que 8 ans.»

Maman est devenue sérieuse.

«Je te l'ai dit parce que c'était vrai. Tu ne peux pas te permettre de prétendre que les choses sont les mêmes pour toi que pour les autres. Le monde est trop dangereux pour cela, surtout dans un État comme le Tennessee.»

«Maman, de quoi parles-tu? Toute ma vie, je n'ai connu le racisme que parce que je l'avais cherché.»

«Alors maintenant, tu me dis que le racisme n'existe pas? Avec tes nombreuses années d'expérience, tu essayes de dire à ta mère ce que tu penses savoir?»

«Je n'essaie pas de faire quoi que ce soit. Je te fais part de mon expérience. Et je ne dis pas qu'il n'y a pas des gens qui essaient de nous rabaisser pour rester au sommet. Je ne dis même pas que les gens ne diront pas des choses stupides. Ils le feront. J'en ai fait l'expérience.»

«Alors, qu'est-ce que tu dis?»

«Je dis que nous voyons ce que l'on nous apprend à chercher. C'est tout!»

«Donc, je suppose que tu es en train de me dire que la façon dont je t'ai élevé n'est pas la bonne? C'est ça?»

J'y ai réfléchi.

«Je ne sais pas ce qui est mal, maman. Je sais juste que la façon dont tu m'as élevée a eu des conséquences. Et maintenant, ma vie est une grande conséquence que je n'arrive pas à surmonter.»

«C'est à propos du gars blond qui était chez nous?»

«Il s'appelle Merri, maman», dis-je tristement. «Alors, c'est à propos de Merri?»

«Oui, parce que je pense que je l'aime. Parce que je crois que je l'aime. Et je continue à la fuir, et la pensée qui me traverse l'esprit quand je le fais, c'est : «Qu'est-ce que maman dirait si j'étais avec lui»?».

«Tu sais que je n'ai pas de problème avec le fait que tu sois bisexuel. Je m'en ficherais si tu étais gay.»

«Je sais. Mais qu'est-ce que cela dirait aux Blancs à propos de notre race? Suis-je juste un autre homme noir qui cherche à se valider en étant avec quelqu'un de blanc? Et si c'est vrai, combien de stéréotypes supplémentaires suis-je?»

«Claude, mon fils n'est pas un stéréotype», a-t-elle protesté.

«Vraiment, maman? Je suis un homme noir qui est bon en sport et qui ne fait l'amour qu'avec des Blancs. Comment pourrais-je être encore plus un stéréotype?»

«Mon fils, tu n'es pas tout à fait comme ça. Tu es intelligent et réfléchi. J'ajouterais drôle, mais nous savons tous les deux à quel point les Noirs peuvent être drôles», a-t-elle plaisanté.

Je n'ai pas pu m'empêcher de pouffer de rire. «Je suis sérieux, Maman».

«Je sais, Claude. Moi aussi. Et tu as peut-être raison. J'ai peut-être fait une erreur en te disant cela si jeune. C'est ce que mon père m'a dit, et toi qui grandis sans père…»

«Encore un stéréotype», ai-je dit en lui coupant la parole. «…ayant grandi sans père, j'ai senti que je devais te le dire.» «Je l'ai entendu. J'ai façonné ma vie en fonction de cela.» «Ce n'est pas pour cela que je te l'ai dit».

«N'était-ce pas le cas? N'était-ce pas pour me faire agir comme un enfant dont tout le monde serait fier?»

«Mais cela ne devait pas se faire au détriment de ton bonheur», dit-elle tristement. En s'engageant dans notre allée, elle a arrêté la voiture.

«Si ce que j'ai dit t'a donné l'impression de devoir répondre à des attentes irréalistes, je suis désolée. Je suis désolé, mon fils. Mais ne laisse pas cela t'empêcher de faire ce qui te rend heureux. Si Merri te rend heureux, sois avec lui.»

«Ce n'est pas si simple», ai-je dit en baissant les yeux.

«Alors, fais que ce soit aussi simple que cela. Peut-être que j'aurais aussi dû te dire de te battre pour la personne que tu aimes. Parce que quand tu trouves quelqu'un qui vaut la peine d'être gardé, tu surmontes tes propres problèmes pour être là pour lui.»

J'y ai pensé pendant que nous étions assis en silence dans la voiture. «T'es-tu battue pour mon père? Comment s'appelait-il déjà?» «Armand Clement», dit Maman avec un sourire nostalgique.

«C'est vrai. T'es-tu battue pour lui?» «C'était différent».

«Comment cela?»

«Je t'ai déjà dit que j'avais un faible pour les mauvais garçons?»

Ayant l'impression d'avoir posé la question de trop, je me suis recroquevillé sur mon siège. «Non, tu ne l'as pas fait. Est-ce que je veux entendre ça? Maman, pense à tout ce dont nous venons de parler à propos du fait que tu me dis des choses que tu ne devrais pas et demande-toi si c'est ce que tu dois me dire en ce moment.»

Maman m'a regardé, puis a fait semblant de fermer ses lèvres et de jeter la clé. «Merci, maman».

«Et ne te sers pas de n'importe quelle excuse pour ne pas faire tout ce que tu dois faire pour être avec ce petit garçon blond. Il était mignon. Si j'avais trente ans de moins…»

«Et il était hétéro?» lui ai-je demandé. Elle rit.

«Je suppose que tu peux avoir celle-là. Mais s'il te plaît, mon fils, ne me laisse pas être la cause de ton malheur. Cela me briserait le cœur», dit-elle sincèrement avant d'ouvrir sa porte et de me laisser là à réfléchir.

Chapitre 15

Merri

«Reprends-toi en main, Merri», cria Papa, me ramenant à la réalité.

«Est-ce que je vais devoir te remplacer?»

«Non, Coach», ai-je répondu, me demandant combien de personnes l'avaient entendu.

En regardant autour de moi, j'ai réalisé que la réponse était tout le monde. J'étais encore en train de me planter. Je ne pouvais pas m'arrêter de faire des conneries.

Claude était censé être ici avec moi. Pas sur les lignes de touche du match du Panthéon. Mais dans l'Ohio et dans les tribunes.

Il m'avait encore quittée. Est-ce que je valais si peu pour tout le monde? Est-ce que quelqu'un se soucierait de moi si je n'étais pas là?

Je doute que mon père le fasse. Je n'étais plus qu'un fardeau pour lui. J'étais son petit fils gay qui rendait sa vie et son travail plus difficiles. Je ne le rendrais jamais heureux. Qu'est-ce que je faisais ici?

Alors que le match touchait à sa fin et que six interceptions étaient à l'origine de notre défaite, je me tenais derrière Papa qui donnait à l'équipe son discours sur le match perdu. Papa a insisté sur le fait que la défaite était la responsabilité de chacun. Mais il est difficile de gagner quand votre quarterback ne peut pas faire une passe pour sauver sa vie.

Bien sûr, il reprochait à la ligne d'attaque de ne pas lui donner assez de temps, ou aux receveurs de faire échouer ses passes. Mais j'avais vu plus avec moins. Et ce quarterback s'appelait…

«Claude!» ai-je dit en entrant dans ma chambre et en constatant qu'il était là.

«Qu'est-ce que tu fais là? Qu'est-ce que tu fais là? Comment es-tu entré? Et pourquoi tu portes un smoking?»

Claude fit un sourire brillant et éclatant. «C'était beaucoup de questions.»

«Commences alors par dire : «Mais qu'est-ce que c'est que ce bordel?»

Après avoir réfléchi un instant, il a dit : «Je ne sais pas quoi répondre à cela». «Sérieusement, Claude, que fais-tu ici?»

«Si je me souviens bien, tu as accepté que je sois ton cavalier pour cet événement. Tu pensais que j'allais l'oublier?»

«Arrête, Claude. Dis-moi, qu'est-ce que tu fais là?»

«Un grand geste romantique?», demanda-t-il avec appréhension.

«Mais tu m'as quitté. Sans explication. Pas d'avertissement. Tu es juste parti.» «Oui!», dit-il, gêné.

«Où es-tu allé?»

«Avoir une conversation difficile».

«Je vois. Et quel était le sujet de cette conversation difficile?»

«C'est la raison pour laquelle je continue à te quitter», a-t-il dit humblement. Je l'ai regardé, la bouche ouverte. Nerveusement, j'ai demandé,

«Et pourquoi cela?»

«C'est ce qu'on appelle un traumatisme générationnel.» «Qu'est-ce que c'est?»

«C'est quand quelqu'un vit quelque chose de mauvais, et qu'il apprend à son enfant comment réagir. C'est une affaire de Noirs.»

«En tant que fils homosexuel d'un père masculin toxique, je peux te dire que ce n'est pas seulement une affaire de Noirs..»

«Peut-être pas», a-t-il concédé. «Ok, alors pourquoi es-tu ici?»

«Je suis ici pour te reconquérir. Ou, plus précisément, pour me battre pour toi. Et je veux que tu saches que je continuerai à me battre jusqu'à ce que je t'aie. Et je comprends que je continue à disparaître pour toi. Et que tu ne veuilles peut-être pas me pardonner pour ça. Mais je suis là. Et je reviendrai… au moins jusqu'à ce que tu apprennes à mieux sécuriser tes portes.»

«Alors, tu as l'intention de me harceler. C'est ça?»

Claude a hoché la tête. «Peut-être avec un peu d'effraction». «Est-ce que c'est aussi une chose noire?»

Il m'a regardé fixement, puis a éclaté de rire.

«Après avoir dit ça, tu ferais mieux de prévoir de me pardonner.» J'ai souri.

«Comme si je pouvais rester en colère contre toi. Tu ne t'es pas rendu compte que j'ai des problèmes?»

«Je croyais que nous n'étions pas censés en parler.»

Désarmé, je me suis dirigée vers l'amour de ma vie et je l'ai entouré de mes bras. «Je croyais t'avoir perdu.»

«Tu ne me perdras jamais. Tu as entendu mon discours sur l'effraction?» «Je l'ai entendu. C'était très rassurant».

«Tu as des problèmes».

«Je sais. Toi aussi.»

«Je sais», dit Claude en me serrant plus fort dans ses bras.

«Attends», dis-je en m'éloignant.

«Pourquoi portes-tu un smoking?»

«A, je voulais te rappeler à quel point j'étais chaud, au cas où le discours sur l'effraction n'aurait pas fonctionné.»

«Vérifier».

«B, je voulais que tu sois beau pour la cérémonie de ce soir. Je ne plaisantais pas sur le fait de récupérer mon rendez-vous.»

J'ai souri, levant les yeux vers l'homme le plus beau que j'ai jamais vu de ma vie. Je l'aimais, entièrement et complètement.

«Je sais que ce n'est pas la raison pour laquelle tu es venu et c'est probablement la raison pour laquelle tu es parti, mais si tu veux toujours faire partie du showcase, j'ai rencontré un agent aujourd'hui», ai-je dit en hésitant.

Claude réagit en se crispant. En fermant les yeux et en respirant, il se détendit.

Ouvrant les yeux, il sourit et dit : «Si c'est quelqu'un que tu penses que je devrais rencontrer, alors je serais ravi de le rencontrer.»

Je ne peux pas exprimer à quel point je me sens bien. Il méritait d'avoir une vraie chance d'intégrer une équipe, et je voulais le faire pour lui. Peu importe ce qui s'était passé entre nous, je savais qu'il aimait le football. Je voulais qu'il soit heureux.

Mais ce n'est pas ce soir qu'il faut les présenter. Ce serait demain. C'est là qu'avait lieu la cérémonie chic. C'était le moment où Claude pouvait faire tomber la mâchoire de tout le monde en portant son smoking.

Ce soir, j'allais devoir quitter Claude pour aller dîner avec l'équipe afin de resserrer les liens. Nous en avions eu plusieurs depuis le début du mini-camp et cela n'avait pas aidé notre taux d'achèvement des passes. Il semblait que ce serait une autre saison décevante pour les Cougars, et la dernière avec Papa et moi.

En dînant et en écoutant les discours des joueurs sur la qualité de la saison, je ne pensais qu'à Claude. Je n'arrivais pas à croire qu'il était ici. Une partie de moi pensait que je devrais lui en vouloir d'être reparti, mais est-ce possible à ce stade?

Ce n'est pas comme s'il voulait me faire du mal. Et n'était-il pas revenu de lui-même cette fois-ci? Aucun de nous n'était parfait, surtout pas moi. Alors, n'était-ce pas suffisant que nous nous battions pour être les meilleures versions de nous-mêmes l'un pour l'autre? Etant donné que la perfection n'était pas une option, l'un de nous deux pouvait-il demander plus que cela?

En retournant dans ma chambre, je ne pensais qu'à une chose, dormir dans ses bras. Je n'avais pas bien dormi depuis son départ. C'était en partie à cause du chagrin qu'il m'avait causé. Mais l'autre partie était que je ne m'étais jamais sentie aussi aimée et acceptée que lorsqu'il me tenait dans ses bras.

«Comment s'est passé le dîner?» me demanda-t-il.

«C'est à toi de me le dire», ai-je dit en lui tendant un plat à emporter.

«Oh», dit-il en le prenant.

«Je t'ai dit que j'allais manger un fast-food.»

«Je sais. Mais je voulais que tu goûtes la saveur d'un rôti fait à la hâte pour 40 personnes.»

«Oh, tu es si gentil», dit-il d'un ton sarcastique.

«J'essaie de l'être.»

«Tu devrais continuer à essayer», dit-il d'un ton taquin.

J'ai ri.

«Alors, comment ça va?», demanda Claude en posant le plat sur le bureau de la chambre et en s'allongeant sur le lit.

Bien qu'il y ait deux lits, je me suis glissée dans le sien et je me suis enfouie dans ses bras. «Serait-ce trop dire que la vie n'est jamais aussi belle sans toi?» ai-je demandé.

«Ce ne serait pas trop. Peut-être beaucoup, cependant».

«Dans ce cas, la vie a été formidable. J'ai surtout aimé voir Brad rater des passes que je sais que tu pourrais faire.»

«Ça a l'air sympa».

«Et toi? Comment vas-tu?»

«Regrettable. Des remords. Je me suis beaucoup remis en question.» «Ça a l'air sympa».

«C'était génial», a-t-il répondu avec un ton triste.

«Je ne veux pas continuer à m'enfuir. C'est comme une réaction instinctive. J'ai l'impression de ne plus pouvoir respirer et tout ce que je veux, c'est de l'espace.»

«Tu as travaillé là-dessus?» demandai-je d'un ton hésitant.

«Quand j'étais à la maison, j'ai eu quelques conversations avec Kendall.» «N'est-il pas le petit ami de Nero?»

«Oui. Comment l'as-tu su?»

«Je l'ai rencontré à la soirée jeux. Il n'était pas thérapeute ou quelque chose comme ça?»

«Il étudie pour l'être.»

«Qu'a-t-il dit?»

«Il a dit que j'étais un idiot de ne pas t'avoir gardée pour moi immédiatement.»

«Il a l'air d'un homme très sage».

«Il avait bu à l'époque, donc je ne suis pas sûr que ce soit le meilleur conseil qu'il m'ait donné. Mais quand il a été sobre, il m'a dit d'être gentil avec moi-même. Il m'a dit que je ne devais pas attendre plus de moi-même que des autres. Quand il a dit cela, j'ai réalisé qu'il était fou , mais nous allons quand même continuer à parler».

«C'est bien. Je devrais peut-être parler à quelqu'un.» «A propos de quoi? Tu es parfait.»

Je me suis retourné et j'ai regardé Claude, choqué.

«Tu viens de me faire un compliment? Genre, me faire un vrai compliment sans y être invité? Mon Dieu, la thérapie fonctionne. Tu vas me dépasser?»

«C'est le plan. Comme ça, je pourrai m'échanger contre une personne plus saine et plus stable qui te ressemble. Parce qu'évidemment, tu es mon type.»

Je l'ai regardé, frustré.

«Le voilà. L'homme que j'aime», ai-je dit avec sarcasme.

J'ai reposé ma tête sur sa poitrine. Au bout d'un moment, d'une voix vulnérable, il m'a dit : «Moi aussi, je t'aime.»

Est-ce qu'il vient de dire ça? J'ai paniqué. Quand je l'avais dit, je plaisantais. Nous avons toujours plaisanté comme ça. L'avait-il pris au sérieux?

Je veux dire, je l'aimais. Bien sûr, je l'aimais. Je l'aimais depuis toujours. Mais il y avait une grande différence entre lui dire que j'étais amoureux de lui, agir comme si j'étais amoureux de lui, et dire réellement que je l'aime tout en l'aimant.

Comment devais-je répondre? Peut-être que n'importe quelle réponse aurait été meilleure que celle que j'ai donnée, à savoir le silence.

Bon sang, j'étais dans tous mes états. C'était Claude, l'homme de mes rêves. Il fut un temps où je pleurais la nuit en espérant entendre ce que je venais d'avoir. Pourtant, je n'arrivais pas à lui répondre. Qu'est-ce qui ne va pas chez moi?

Heureusement, Claude n'a pas sauté du lit et ne s'est pas enfui. Il semble que ce ne soit pas ma folie particulière qui l'ait déclenché. Dieu merci. Et si j'étais vraiment tranquille le reste de la nuit, peut- être qu'il me laisserait m'endormir dans ses bras sans me rappeler à quel point j'étais horrible.

Ce n'est pas tout à fait ce qui s'est passé, mais ce qui s'est passé n'était pas mal. Après ce qui m'a semblé être une éternité, il m'a demandé si je voulais changer. Je lui ai dit que j'essayais. Mais il parlait de mes vêtements. Cela a mis fin à la tension.

Après s'être changés et être retournés dans ses bras, nous nous sommes endormis rapidement. Réveillé par le bruit de sa douche après sa course matinale, j'ai regardé l'horloge en réalisant qu'il fallait que j'y aille. Je ne pouvais que fixer son corps à moitié nu alors qu'il s'habillait pour une courte durée aujourd'hui. Bon sang! C'est le meilleur moment du réveil…

En me précipitant dans la salle de bains après lui, j'ai failli manquer le dessin sur le miroir. J'étais excitée à l'idée de le voir jusqu'à ce que je voie ce que c'était. C'était l'image de deux personnes allongées avec des bulles de texte au-dessus d'elles. L'une d'elles disait «Je t'aime». La seconde était une série de «Zzzzz», ce salaud.

Je l'ai effacé sans avoir le temps de répondre, et j'ai sauté sous la douche. Je me suis habillée et je suis sortie en vitesse en lui disant que je reviendrais plus tard pour me préparer pour le dîner. C'est ce que j'ai fait.

Heureuse de voir son corps sexy paré de son smoking, je suis retournée dans la salle de bains pour prendre une autre douche rapide et j'ai découvert quelque chose d'autre. Au lieu d'un dessin sur le miroir embué, il y avait un aimant de réfrigérateur collé sur le cadre métallique du miroir. L'aimant représentait un clown qui disait «Je t'aime» en regardant un cornichon dans l'attente d'une réponse.

Est-ce que je pensais que Claude était un bon gars? Parce que j'avais tort. C'était un con.

Je l'ai glissé dans ma paume en sortant, et je me suis assurée de ne pas le reconnaître lorsque je l'ai revu. Et ce type était incroyable. Rien chez lui ne laissait supposer qu'il l'avait quitté.

Jouant le jeu, j'ai mis mon smoking et me suis préparé à sortir.

«C'est James Bond?» demanda-t-il en me regardant.

«Qu'est-ce que c'est?» demandai-je, désemparé.

«Désolé, pendant une seconde tu as ressemblé à James Bond».

Confus, j'ai demandé : «Tu sais à quoi ressemble James Bond, n'est-ce pas?»

«Comme le grand Hobbit du Seigneur des Anneaux».

«Non, c'est… Merri», ai-je dit, réalisant ce qu'il était en train de faire.

«C'est vrai! Oui, c'est à ça que tu ressembles. Attendes, qu'ai-je dit? Bref, on y va?»

Après avoir fait le plein de Claude, j'ai conduit mon charmant compagnon dans la grande salle de bal. Les têtes se sont tournées. Et même si j'aimerais croire que c'était pour moi, je ne pouvais pas nier que Claude était superbe ce soir.

«Vous êtes comme le James Bond noir. Qui est-ce, Merri?» m'a demandé l'un de mes joueurs. «Je suis son cavalier», dit Claude avec désinvolture. Puis, lorsque Claude a tourné la tête, le

joueur m'a fait sa tête de frère impressionné avec un énorme pouce en l'air.

Même si je trouvais sa réaction dégradante et dédaigneuse, je ne pouvais pas m'empêcher de me sentir vraiment bien. Parce que, oui, j'étais avec le mec le plus sexy de la pièce, et je l'avais vu nu.

Pardonnant à Claude sa méchanceté passée, je me suis rapidement détendue et j'ai même osé lui prendre le bras.

«Oh, Claude, j'aimerais te présenter Arny. Arny, c'est le quarterback dont je t'ai parlé.» Claude m'a lâché le bras pour serrer la main d'Arny. Je voyais bien que l'homme trapu d'âge

moyen était déconcerté de voir Claude m'escorter, mais il s'est vite ressaisi.

«Merri m'a dit que vous espériez faire partie du showcase de joueurs d'avant-saison.» «J'espérais. Merri m'a entraînée tout l'été. Je pense qu'elle m'a mis sur la bonne voie.» «A l'entraînement», ai-je ajouté nerveusement.

«Oui. Ses empreintes sont partout sur moi.»

«Il parle de son jeu. Vous savez, son style de jeu».

«Je vois», dit Arny, maladroitement.

«Eh bien, Merri m'a fait part de vos statistiques universitaires. Elles sont très impressionnantes. Trois titres de division d'affilée, hein? Pourquoi n'avez-vous pas déclaré votre candidature à l'appel d'offres alors que vous étiez éligible?»

Je me suis tendue, me demandant comment Claude allait répondre à cette question.

«J'avais des problèmes à régler. Je n'avais pas la tête à saisir une telle opportunité», a-t-il répondu avec sincérité.

«Et maintenant, c'est le cas?»

Claude acquiesce. «Oui, Merri sait comment me faire tourner la tête.»

Arny m'a regardé pour avoir des précisions. «Je n'ai rien», ai-je admis.

«Eh bien, compte tenu de votre dossier et de la recommandation de Merri, je vais m'efforcer de vous trouver une place. Si vous sortez, vous n'allez pas me mettre dans l'embarras, n'est-ce pas?». demanda-t-il avec un sourire narquois.

«Je donnerai tout ce que j'ai», a déclaré Claude.

«Il va réussir», lui ai-je assuré.

«Je n'ai jamais vu un joueur comme lui».

«Et il me connait très bien», ajouta Claude.

«D'accord! J'ai dit, incapable de supporter plus de sous-entendus.

«Je vais le préparer et le rendre prêt à partir.»

«Vous le ferez», dit Arny avant de passer à quelqu'un d'autre. «Qu'est-ce que c'était?» demandai-je lorsque nous fûmes seuls. «Qu'est-ce qui s'est passé?»

«Ça! Il va croire qu'on a couché ensemble.» «Nous avons couché ensemble».

«Je m'en souviens. Crois-moi, je m'en souviens.» «Et toi?»

«C'est difficile à oublier. Et permets-moi d'insister sur le fait que c'est difficile.» Claude souri.

«Eh bien, je veux juste que tout le monde ici sache que c'est moi qui ai la chance d'être avec toi et pas eux.»

«Ce n'est peut-être pas aussi impressionnant que tu le penses», ai-je admis. «C'est le cas de mon point de vue», dit-il avec un sourire en coin.

Je l'ai regardé fixement.

«Tu deviens vraiment doué pour les compliments».

«Merci. J'essaie», dit-il, content de lui.

«Alors, qui d'autre voulais-tu me présenter?»

En regardant ses yeux couleur chocolat au lait, j'ai voulu le présenter à tout le monde. Tout ce qu'il m'a dit a comblé un vide en moi que je ne soupçonnais pas. Je voulais surtout que Papa l'entende parler de moi comme ça, mais il était la dernière personne qui aurait dû l'entendre.

Aussi imprudent qu'il ait été ce soir, je devais le protéger lui-même .s'il brillait à l'exposition comme je le pensais, il pourrait finir par travailler avec certaines personnes. Je sais ce que c'est que d'être gay dans le football. Il n'avait pas besoin de gérer cela en plus de tout ce qu'il allait vivre.

La partie professionnelle de la soirée étant terminée, je me sentais beaucoup plus léger. J'ai présenté Claude à quelques-uns de mes joueurs les plus ouverts d'esprits. Il y'en avait un dont j'étais presque sûr qu'il m'avait dragué. Lorsque nous nous sommes éloignés de lui, Claude a demandé,

« Est-il gay ? »

J'ai ri

« Alors tu le sens aussi ? »

« C'était plutôt la façon dont il me regardait, comme s'il voulait m'arracher la tête et me baiser la gorge.

« J'ai dû manquer ça »

« Je ne vois pas comment . »

J'ai haussé les épaules. « Les joueurs de fond », ai-je dit avec dédain.

Dans l'ensemble, la nuit fut un succès et de retour dans notre chambre, j'ai regardé Claude se déshabiller. Mon Dieu, il devenait difficile de lui résister.

«Il m'a demandé si j'étais toujours un boxeur, faisant référence à ma proposition de ne pas faire l'amour.»

Cela m'a plus qu'excité. Obligé de croiser les jambes, j'ai laissé la chaleur quitter mon visage avant de répondre. J'étais sûr de devenir rouge vif. Il savait exactement à quoi je pensais.

«Oui», lui ai-je dit. En fait, cela m'a fait mal de le dire.

Alors qu'il se tenait devant moi, vêtu uniquement d'un slip qui ne cachait en rien son énorme érection, il a pointé mon pantalon du doigt et m'a dit,

«Tu es sûr que tu n'as pas besoin d'aide pour ça?»

J'étais tellement excité que je menaçais de m'évanouir.

«Je suis sûr», ai-je forcé.

«Excuses-moi», lui dis-je avant de me lever, de me diriger vers la salle de bains et de prendre les choses en main.

«Tu es sûre que tu n'as pas besoin d'aide là-dedans?»

Me masturbant comme s'il y'avait pas de lendemain, je l'ai ignoré et me suis perdu dans le souvenir de son odeur.

«Merri?»

«J'ai gémi en essayant de ne pas faire de bruit, mais je n'y suis pas parvenu. Quand tout ce qui était en moi est sorti, j'ai répondu, à bout de souffle, «Non, ça va».

«D'accord».

«Tiens-moi au courant».

«Je le ferai», lui ai-je dit en me demandant ce que je faisais.

«Tu avais besoin d'entrer ici ensuite?»

«Non, ça va», m'a-t-il dit en s'éloignant de la porte.

Apparemment, Claude n'avait pas l'intention de se soulager. Au lieu de cela, il a pressé sa queue outrageusement dure contre mon dos toute la nuit en me tenant.

Qu'est-ce qu'il me faisait? Ne savait-il pas que j'étais un garçon faible qui ne pouvait pas résister longtemps? Au moins, je n'avais plus besoin d'essayer l'héroïne. Passer cette nuit sans broncher était déjà assez difficile.

La tension que j'ai ressentie en ne frottant pas mon corps contre son poteau a engourdi mes jambes. Ai-je mentionné que c'était un connard? Parce qu'au moment où le soleil s'est levé, j'étais traumatisé.

Je ne me sentais pas bien sans sommeil. Mon seul salut a été qu'à un moment donné, il a perdu son érection. Cela a-t-il mis fin à mon désir douloureux? Non. Et à cause de cela, je n'étais pas de bonne humeur le lendemain.

«Alors, on rentre chez toi?» me demanda Claude alors que je faisais mes valises.

«Oui!»

«Allons-nous faire d'autres entraînements avant le showcase?» «Non!»

«Tu es en colère contre moi?»

Je me suis tournée vers lui. J'étais tellement frustré sexuellement que j'avais l'impression de pouvoir craquer à tout moment. Mais d'une manière ou d'une autre, je me suis calmée, j'ai tout maîtrisé et j'ai dit : «Dick». Je pensais que cela expliquait tout.

Toutes les nuits qui ont suivi ont été des cauchemars. L'homme me torturait. J'en étais sûre.

La seule façon de m'en sortir était de me soulager avant d'aller au lit ct dès que je me levais. Je n'étais pas sûre de ce qu'il faisait. Mais il bandait tous les soirs avant de s'endormir et parfois pendant un certain temps après.

Inutile de dire que je ne dormais plus aussi bien qu'avant. Et ça se ressentait sur mon travail. Lorsque le coach m'a surpris en train de faire la sieste dans mon bureau, il m'a demandé s'il se passait quelque chose.

Comment lui expliquer que son enfant préféré me torturait chaque nuit avec sa bite dure?

«Tu as l'air mal en point. Reprends-toi», m'a-t-il dit.

Il n'a pas compris que c'était moi qui était fatigué? Il ne voulait pas me voir m'effondrer. Heureusement, le showcase des joueurs approchait à grands pas, et cela allait bientôt prendre fin.

À mesure qu'il approchait, je me laissais souvent aller à des pensées sexuelles élaborées où la bite dure de Claude détruirait mon corps habituellement inanimé. Et quand le matin arrivait enfin, je m'assurais de laisser quelque chose dans la salle de bain pour qu'il le trouve.

Je n'ai même pas pu faire semblant de dormir cette nuit-là. Aussi, lorsqu'il est revenu de la salle de bains en tenant le préservatif que j'avais laissé, je me suis réveillée pour le voir.

«Maintenant?» demanda-t-il, déjà dur. «Ce soir».

«Tu es sûre? On pourrait le faire maintenant.» «Nous avons attendu tout ce temps.»

Claude se pinça les lèvres de frustration. Il a ensuite attrapé la porte de la chambre et l'a presque arrachée du mur. C'était bon de voir que je n'avais pas été la seule à souffrir pendant tout ce temps.

«Utilise-le», lui ai-je dit, fragile d'impatience.

Il n'a pas répondu. Mais en le regardant au showcase, il s'en est servi. L'homme était incroyable. Au

50 mètres, il a battu son record personnel de deux secondes. C'est énorme.

Ensuite, lors de ses passes, il n'y avait pas d'endroit sûr sur le terrain. Il lançait bombe après bombe, chacune atterrissant avec précision. Cet homme était un animal sur le terrain. Et lorsqu'il m'a repéré dans les tribunes à la fin du match, il m'a regardé comme une proie.

J'ai eu peur d'aller le voir alors que je courais. Mon cœur battait la chamade. Mes genoux tremblaient. Et quand je l'ai vu, mon visage s'est vidé de son sang.

Je ne suis pas sûre de ce qui s'est passé ensuite. Tout ce que je savais, c'est que mes jambes étaient autour de sa taille et que mon dos était contre le mur. Avec ses mains gigantesques à l'arrière de ma tête, sa langue s'est approchée de la mienne.

C'était si bon que j'avais du mal à voir clair. Nous nous sommes précipités vers ma voiture, la bite palpitante, juste avant qu'il n'arrache mon pantalon et n'enfonce sa bite dans mon trou.

«Ahh», j'ai crié, j'avais besoin de plus.

Que faisions-nous? Nous étions dans le parking d'un stade de football. «Oui!» ai-je crié, sans me soucier de qui entendait.

Semblant prendre de l'ampleur au fur et à mesure qu'il me montait, Claude ne s'en souciait pas non plus. Il m'a baisée comme une poupée de chiffon. J'ai senti des semaines de contraintes s'abattre sur moi. Il était sans pitié. Je le méritais. Et j'ai adoré chaque minute.

Je me suis retrouvé nu dans une voiture en marche et je suis devenue une chienne en chaleur. Claude conduisait. Il prenait les virages comme un fou. Il roulait vite, mais je ne pouvais pas attendre.

En rampant sur le sol, j'ai enfoncé ma tête entre ses jambes. J'allais nous tuer tous les deux. Je le savais. Mais j'avais besoin de sa bite dans ma bouche. J'avais attendu assez longtemps.

Je l'ai sorti de son pantalon dézippé et j'ai poussé son gland entre mes lèvres. Le goût, l'odeur, c'était tout ce dont j'avais rêvé. C'était la bite de Claude, le centre de tout son pouvoir sur moi, et je l'avais.

Je l'ai poussé dans ma petite gorge et j'ai toussé. J'étais prêt à m'étouffer avec. Heureusement, je n'ai pas eu à le faire, car en un rien de temps, nous étions chez moi. Me portant comme un sac à patates, il m'a emmenée de ma voiture à notre appartement. Il m'a jetée sur la première chose qu'il a trouvée, m'a regardé sur le canapé et s'est déshabillé.

Je suis devenu nu. Je ne savais pas trop comment. Ses mains étaient partout sur moi. Il me caressait la queue et me léchait le cul. Il m'a plié comme un bretzel et m'a baisé à nouveau. Je le voulais. Je voulais tout ce qu'il pouvait donner. Mon corps était à lui pour qu'il en fasse ce qu'il voulait.

Nous avons commencé sur le canapé, puis nous sommes passés à la cuisine, à la salle de bains et enfin au lit. Mon corps était épuisé quand il a eu fini. Mais s'il le voulait, je savais que je pourrais recommencer.

J'avais perdu le compte du nombre de fois où j'avais joui. C'était beaucoup. Et quand

Claude eu fini, il tirait à blanc. Il avait fallu toute la journée et toute la nuit, mais son baril était vide.

Ce n'est qu'à ce moment-là, alors que mon guerrier épuisé me tenait dans ses bras, que j'ai pu dire ce que je pensais toujours. C'était dans une pièce silencieuse. Je ne savais même pas s'il était réveillé.

«Je t'aime aussi», lui ai-je dit, espérant qu'il avait entendu.

«Et je ne veux pas que tu t'en ailles.»

Chapitre 16

Claude

Réveillé par le son d'un seul gazouillis au loin, j'ai bougé, réalisant que je ne me sentais pas très bien. J'avais mal. Qu'est-ce que j'avais fait la veille? C'est vrai, le showcase. Et après cela, le sexe le plus sauvage de ma vie avec l'homme que j'aimais.

Je me suis retourné délicatement pour ne pas réveiller Merri et je l'ai cherché. La lumière du matin entrant par les rideaux, je le trouvai en train de me regarder, les sourcils froncés. Il ne se levait jamais aussi tôt. Et on aurait dit qu'il n'avait pas dormi.

J'allais lui demander ce qui se passait quand il m'a dit : «Je crois que quelqu'un essaie de te joindre.»

J'ai de nouveau entendu le gazouillis. C'était l'alerte de mon téléphone. «Ils t'envoient des textos depuis des heures.»

Me demandant si c'était la raison pour laquelle il était réveillé, j'ai redressé mon corps endolori et j'ai balayé la pièce du regard. Ne trouvant rien sur le sol, j'ai attendu un autre gazouillis. Lorsque je l'ai entendu, j'ai réalisé qu'il provenait du salon et je me suis souvenu de la raison. J'adorais

faire l'amour à Merri. Quand j'étais en lui, j'avais l'impression d'être chez moi.

Sentant ma bite devenir dure, je me suis levé avant que les choses ne deviennent incontrôlables. Traversant la pièce nu, je sentais que Merri me regardait. J'aimais qu'il me regarde. J'aimais la façon dont je me regardais à travers ses yeux.

En sortant du couloir, j'ai eu une meilleure idée de ce que nous avions fait la veille. Il n'est pas étonnant que j'aie mal au cœur. Tous les plans de travail avaient été nettoyés et les objets qui s'y trouvaient étaient par terre. Il y avait de la vaisselle cassée et des monticules de sel renversé. On aurait dit qu'un ouragan était passé par là.

En entendant à nouveau le gazouillis, j'ai trouvé mon pantalon et récupéré mon téléphone. À ce moment-là, avant que tout ne change, ma vie était géniale. Elle était même parfaite. Puis j'ai lu les messages et mon visage est devenu rouge.

«Qui est-ce?» ai-je entendu Merri dire derrière moi.

Me retournant pour le regarder, je restai sans voix. Le corps nu de Merri était chaud..

«C'est Arny», lui ai-je finalement dit.

«Il dit que j'ai reçu deux offres et qu'une troisième de la Nouvelle-Angleterre est en attente. L'une des offres est pour un poste de titulaire, et l'autre est un putain de paquet d'argent pour un remplaçant.»

Alors que je le disais à Merri, mon téléphone a sonné.

«Allô?»

«Où es-tu allé après le showcase? J'avais beaucoup de gens qui faisaient la queue pour te rencontrer», m'a dit Arny, l'air frustré.

«J'avais quelqu'un à qui je devais m'adresser.»

« Tu veux dire quelque chose?»

«Qui voulait me rencontrer?» demandai-je, ignorant sa correction.

«Tout le monde. Et j'ai besoin que tu viennes ici.»

«Maintenant?» demandai-je en regardant Merri. «Hier!»

«Je serai là dès que possible.»

«Tu ferais mieux», dit-il en mettant fin à l'appel. «Il veut que je passe à son bureau.

«A-t-il dit pourquoi?» «Non!»

«Alors tu ferais mieux d'y aller», dit-il avec des yeux fatigués.

En retournant dans le couloir vers la chambre, j'ai entendu : «Je viens avec toi?» Je me suis retourné vers Merri, qui semblait rétrécir devant moi.

«Bien sûr, tu devrais venir avec moi. Pourquoi ne le ferais-tu pas?» demandai-je avant de me rendre dans la chambre pour m'habiller.

En me dirigeant vers le bureau d'Arny, mon esprit tourbillonnait. Tout cela était-il en train de se produire? C'était surréaliste. Il y a quelques mois, j'étais certain de ne plus jamais jouer au football. Aujourd'hui, on me proposait de jouer dans la NFL. C'était incroyable!

En me garant et en me précipitant vers le penthouse, j'ai trouvé mon agent un peu plus ébouriffé qu'il ne l'avait été lors de l'événement du Panthéon.

«Tu as dormi?» lui ai-je demandé.

«Non. Et c'est parce que tu ne décroches pas ton téléphone.» «Désolé pour ça».

«Et où étais-tu hier? Je peux comprendre que tu fasses une pause quand c'était fini. Mais tu n'as pas pensé à prendre de mes nouvelles?»

«Cela ne se reproduira plus. Pourquoi avais-tu besoin de moi ici?» «Parce que tu dois t'adresser aux médias», a-t-il dit, agacé.

«Qu'est-ce que c'est? Pourquoi?»

«Lorsqu'un joueur fait sensation lors d'un showcase et qu'il n'est pas disponible pour des rencontres avec des équipes par la suite, cela crée une certaine agitation. Dans ton cas, il s'agit plutôt d'une frénésie alimentaire. Tu es un putain de succès, Claude. Tout le monde te veut», insista Arny.

Mon cœur s'est effondré, abasourdi. Cherchant autour de moi l'excitation partagée par Merri, je l'ai trouvée debout, docilement, dans un coin. Mais je n'avais pas le temps de comprendre ce qui se passait avec lui. J'avais beaucoup de choses à assimiler.

«Que dois-je faire?» demandai-je en me retournant vers Arny. «J'ai organisé une conférence de presse.»

J'ai secoué la tête en signe d'incrédulité. «Qu'est-ce que je suis censé dire?»

«Tu sais, comme d'habitude». «Comment?»

«Je ne sais pas si tu es enthousiaste à l'idée de saisir cette opportunité. Que tu penses pouvoir être un atout pour n'importe quelle équipe. Dis depuis combien de temps tu travailles pour cela et inventes quelque chose à propos de ta mère. N'importe quoi peut faire l'affaire. La presse ne fait qu'une bouchée de ce genre de choses».

Attendant nerveusement que les journalistes se rassemblent, je me suis assis à côté de Merri. Comme il ne disait rien, je lui ai pris la main pour le réconforter. Il était juste fatigué, n'est-ce

pas? Il n'avait pas l'air d'avoir dormi. L'avais-je blessée la veille? Je n'avais pas vraiment été tendre. «Tu vas bien?» lui ai-je demandé en lui serrant la main.

«Je vais bien», dit-elle en me rendant la monnaie de ma pièce.

«Je suis là pour toi», ajouta-t-il avec un sourire triste.

Ne sachant toujours pas ce qui se passait avec lui, j'ai détourné le regard, essayant de me ressaisir. Je ne m'étais pas entraîné à parler à la presse. Je ne savais pas ce qui pouvait se passer ni ce qu'ils pouvaient demander. C'était un nouveau territoire pour moi, et je n'aimais pas être pris au dépourvu.

«Le premier journaliste m'a demandé ce que cela faisait de recevoir autant d'attention.» «Comme si vous n'étiez pas là pour la bonne personne», ai-je dit, sous leurs rires.

«Nous ne le sommes pas», a-t-il répondu.

«J'ai entendu dire que vous aviez déjà reçu plusieurs offres».

«J'ai entendu ça aussi. Vous savez d'où viennent-elles?»

«D'où viennent-elles?»

«Non, je vous le demande. Je n'en ai aucune idée», avouai-je, sous les rires.

«Mes sources parlent de Seattle et de Portland. C'est loin du Tennessee.»

J'y ai réfléchi.

«C'est très loin de beaucoup d'endroits», ai-je dit en regardant Merri.

Dès que nos yeux se sont croisés, il a baissé le regard. Oh, c'est pour ça qu'il agissait bizarrement. Jouer pour la NFL signifierait la fin de ce que nous avions.

Une partie de moi le savait, mais j'avais refusé d'y croire.

«Êtes-vous prêt pour un si grand déménagement?»

«Non!», ai-je répondu sans ambages. «Pas du tout!». Ils rirent à nouveau.

«Je pense qu'il faut le faire. Jouez comme vous l'avez fait dans le showcase et vous aurez une longue carrière sur le terrain.»

«Je suppose», ai-je dit, partageant la tristesse de Merri.

La conférence de presse terminée, j'ai rejoint Arny dans son bureau. «Pourquoi ne m'as-tu pas dit quelles équipes avaient fait l'offre?»

«Je pensais que tu l'avais lu dans mes textes».

«Tu en as envoyé beaucoup».

«C'est parce que j'essayais d'attraper ton cul.»

«Quoi qu'il en soit, c'est à toi de choisir. Je suis juste là pour te faire des propositions. La Nouvelle-Angleterre serait une perspective intéressante en raison de l'histoire de la franchise. Mais avec Seattle, tu pourras créer ta propre équipe. De plus, les équipes des petits marchés sont toujours prêtes à débourser plus pour obtenir des talents. Elles savent que personne n'y va pour le climat».

«Seattle est très loin», lui ai-je dit.

«Tu n'es pas allé à l'école dans l'Oregon?»

J'ai acquiescé.

«Alors tu sais. Il y a beaucoup d'avantages à être là-haut. Tu pourrais avoir une belle vie.» Comme je ne répondais pas, il a continué.

«Ecoutes, je sais que beaucoup de choses t'arrivent d'un seul coup. Rentres chez toi. Parles-en avec les personnes qui te sont chères», dit-il, les yeux tournés vers Merri.

«Quand tu auras pris ta décision, fais-le moi savoir. De préférence, dans les prochaines 24 heures.»

«24 heures?»

«Tu n'es pas la seule personne à qui ces équipes font des offres. Elles sont prêtes à te donner un peu plus de temps parce qu'elles ont vu à quel point tu es bon. Mais si tu attends trop longtemps, tu seras le seul à ne pas avoir de place.»

«Je comprends.»

«Au fait, il y a une personne que tu devrais remercier pour ça.»

J'ai levé les yeux vers Arny, confus.

«Qu'est-ce que tu veux dire?»

«Jason Rodriguez, tu le connais?»

«Non!»

«Je le connais», dit Merri, qui s'anime soudain.

«Qu'est-ce qu'il a fait?»

«Il a mis sa réputation en jeu pour que Claude reçoive l'offre de Seattle. Même chose pour celle de Portland. Il semblait très motivé à l'idée de t'y emmener.

Si tu le connais, tu devrais le remercier. Il s'est battu pour cela.»

«Il s'est battu pour que Claude soit le plus loin possible d'ici.»

«Il s'est battu pour que Claude atterrisse dans une équipe», dit Arny en corrigeant Merri. «Je suis sûre qu'il l'a fait», a dit Merri, qui m'a dit que Jason Rodriguez était son ex. «Remercie-le pour moi, si tu en as l'occasion», ai-je dit à Arny.

«Et comment!»

«S'il n'y a rien d'autre, on va y aller.»

«Je vous tiendrai au courant pour la Nouvelle-Angleterre. Mais je pense vraiment que tu devrais penser à Seattle».

«J'ai répondu à mon agent avant de me diriger vers notre voiture.

Sur le chemin du retour, Merri est restée silencieux. Il n'a rien dit jusqu'à ce que nous rentrions dans notre appartement.

«Cet endroit est en désordre», dit-il en regardant autour de lui. «Ce n'est pas net», j'en conviens.

«Alors, Merri, que dois-je faire?» Il m'a regardé comme s'il se débattait avec le moment.

«Tu sais ce que tu devrais faire. Arny ne t'a pas dit de penser à Seattle?»

«C'est ce qu'il m'a suggéré. Mais c'est mon choix», ai-je dit, cherchant une réponse dans les yeux de Merri.

«Je pense que tu devrais faire ce qui est le mieux pour toi», dit-il, incapable de me regarder.

«C'est ce que tu veux que je fasse?»

Merri a grimacé à mes mots.

«C'est pour cela que nous avons travaillé, n'est-ce pas?» dit-il en se fâchant. «C'est vrai», ai-je admis.

«Alors tu devrais le faire. Tu devrais aller à Seattle», m'a-t-il dit douloureusement.

«Cela ne signifie pas la fin de notre relation, tu sais», ai-je dit gentiment.

«Bien sûr que non. Il n'y a pas de fin à notre relation. N'avons-nous pas établi que j'ai des problèmes?»

J'ai souri. Il ne me regardait toujours pas.

«Je ne sais pas comment ce sera de ne plus jamais dormir», dit-il en commençant à pleurer. Incapable de me retenir une seconde de plus, je me suis enroulé autour de lui, la tirant à moi.

Il s'est retourné et a pleuré dans mes bras.

«Je ne veux pas te quitter», lui dis-je, les larmes aux yeux. «Tu dois le faire. C'est ton rêve.»

«Tu es mon rêve», lui ai-je dit. «Tu es l'homme dont j'ai rêvé pendant les nuits froides et solitaires. Tu es tout ce que j'ai toujours voulu.»

Merri a dirigé ses yeux remplis de larmes vers moi.

«Mais tu dois prendre ça. Je ne peux pas être celui qui t'empêche de faire ce pour quoi tu es fait. Tu es né pour jouer au football. Cela te fait sentir vivant. Je sais que c'est le cas. Tu ne peux pas laisser passer cette opportunité, surtout pour moi. Tu dois le faire.»

Je l'ai serré contre moi, sachant ce que je devais faire, j'ai respiré et j'ai dit : «Tu vas me manquer, Merri. Tu es tout pour moi.»

«Je t'aime, Claude. Je t'aime depuis que je t'ai vu et je n'ai jamais cessé de t'aimer.»

«Je t'aime aussi, Merri. Je t'aimerai toujours», lui ai-je dit alors que mon cœur se brisait, sachant

qu'il avait raison.

«J'accepte Seattle», ai-je dit à Arny après une journée et une nuit de pleurs avec Merri dans mes bras.

«Excellent choix! Je vais lancer les démarches, et tu devrais être prêt à prendre l'avion pour signer le contrat dans deux jours.» «Deux jours? C'est trop rapide.»

«Ils te veulent pour la deuxième moitié de la présaison. C'est ainsi que fonctionne la NFL. Prépares-toi», a déclaré Arny avant de mettre fin à notre appel.

«J'ai deux jours», ai-je dit à Merri, en luttant contre les larmes.

«Je vais devoir prendre l'avion pour le Tennessee et faire mes valises. Je vais aussi devoir expliquer à Titus que je ne reviendrai pas avant l'intersaison.»

«Quand dois-tu quitter Pensacola?» demanda Merri, vulnérable. «Ce soir», ai-je réalisé.

Fermant les yeux, comme s'il refusait d'être triste, il les ouvre, retrouvant sa résilience. «Si tu dois partir ce soir, je sais ce que nous devrions faire aujourd'hui.»

«Tu pensais...» ai-je demandé avec un sourire suggestif.

«Je ne l'étais pas jusqu'à ce que tu le dises. Et oui», dit-il avec un mélange d'excitation et de mélancolie.

«Mais je sais ce que nous devrions faire avant ça».

En entrant dans le Bluegrass Bourbons, le meilleur bar de Pensacola sur le thème du Tennessee, j'ai ri.

«Sérieusement, qui a eu l'idée de construire cela?» demandai-je en examinant l'authentique casquette en peau de raton laveur suspendue entre deux fenêtres inspirées de tonneaux de whisky. «Je ne sais pas de quoi tu parles. De mon point de vue, c'est l'endroit idéal. Il devrait y en

avoir un dans chaque État. Alors, quelles sont les boissons que nous devrions prendre? L'authentique whisky du Tennessee ou le tout aussi authentique moonshine du Tennessee?»

«Comme j'aurai besoin de ma vue pour jouer au football, que dirais-tu d'un whisky?» «Et ensuite, on travaillera jusqu'à ce qu'il y ait de bonnes choses. J'ai compris», dit Merri, d'humeur à prendre de très mauvaises décisions.

«À quoi portons-nous un toast?» demandai-je une fois le verre de whisky en main.

«A ce que j'ai dit que nous ferions le jour où je t'ai amené ici. A ce que tu joues dans une putain d'équipe de la NFL.»

«Je vais trinquer à cela», ai-je dit joyeusement, en lançant le verre, puis en le regrettant immédiatement.

«Je ne vais pas pouvoir voler ce soir», ai-je dit en me tordant le visage en tire-bouchon.

«C'est à cela que servent les pilotes», dit-il en plaçant un autre verre devant moi.

Ce premier coup en a entraîné deux, puis trois, puis… euh, n'importe quel nombre après trois.

Ce que je veux dire, c'est que malgré l'effondrement de nos mondes, nous avons passé un bon moment. Nous étions sur le point de nous assurer que nous allions regretter chaque seconde en buvant un verre d'alcool de contrebande quand le téléphone de Merri a sonné.

«Si c'est ton ex-petit ami, n'oublie pas de le remercier pour moi», ai-je dit à Merri d'un ton sarcastique.

«En baisant avec Jason?», a-t-il répondu.

En connectant l'appel, il a répondu : «Va te faire foutre, Jason». Il a fait une pause. Avec un amusement d'ivrogne, il a dit : «Je fête ça, papa!» Il s'est à nouveau arrêté.

«Je sais. Mais tu n'as pas entendu? Claude sera le quarterback titulaire à Seattle.»

Il a fait une pause, écoutant.

«Je ne sais pas. Il couvre le téléphone et se tourne vers moi».

«As-tu signé le contrat?»

«Dans deux jours», ai-je dit en levant deux doigts dont je n'étais pas sûr qu'ils étaient les miens.

«Pas encore», dit Merri au téléphone.

«Je peux lui demander», dit-elle avant de se tourner vers moi.

«Veux-tu rencontrer les Cougars avant de signer ton gros contrat?»

«Ce propriétaire n'a-t-il pas été un vrai connard avec toi?» demandai-je, me souvenant de ses propos.

«Oui, il l'a été. Mais c'est mon patron», m'a-t-elle rappelé. «Alors oui, j'aimerais rencontrer les Cougars avant de partir».

«Tu ne vas pas me faire virer, n'est-ce pas? La direction est nulle et l'équipe est nulle, mais… Qu'est-ce que je disais, déjà?»

J'ai pointé du doigt le téléphone qu'il tenait à quelques centimètres de sa bouche. «Oups!» dit-il en riant. Portant le téléphone à sa bouche, il le répéta.

«Oups!»

«Dis-leur que je les reverrai», ai-je dit en m'efforçant de parler.

«Il va te recevoir.»

Merri a écouté un moment.

«Il m'a demandé : «Quand est-ce que tu seras là?» «Je ne sais pas. Quand est-ce qu'on y sera?»

«Nous serons là dans trente minutes», a déclaré Merri avant de mettre fin à l'appel. Me regardant dans le vide, il a dit : «Tu étais le meneur désigné, n'est-ce pas?»

En regardant les trois verres d'alcool qui se trouvaient devant moi, j'ai appelé un Uber. Pendant le trajet jusqu'au stade, j'ai fait de mon mieux pour dégriser. Mais, pour une raison ou une autre, j'étais encore plus ivre.

En entrant dans les bureaux administratifs du stade, j'ai dû me concentrer pour garder le sol à niveau. Mais j'y suis parvenu. Ainsi, lorsque Merri et moi sommes entrés dans le bureau du propriétaire avec l'entraîneur et celui qui, je pense, était le directeur général, j'étais confiant.

«Merri, vous pouvez?», dit le propriétaire en montrant la porte. Va te faire foutre, M. le puissant.

«Coach et qui que vous soyez, pourriez-vous?» ai-je dit, imitant le geste du propriétaire.

Les deux hommes ont regardé le propriétaire et sont partis avec Merri. Lorsque nous fûmes seuls, je m'assis sur la chaise en face de son bureau. En tombant beaucoup plus bas que prévu, je me suis rendu compte que j'étais assis plus bas que lui. Les chaises n'étaient pas égales. Quel con!

«Je suppose que vous avez fait la fête», dit le vieux schnock en essayant de le juger. Mais, qu'il aille se faire foutre.

«J'ai reçu une offre de quarterback de Seattle. Hé, vous vous souvenez quand Merri m'a amené pour m'entraîner avec votre équipe et que vous avez été un vrai connard avec lui… et avec moi. C'était le bon temps, non?»

Le vieil homme se tortilla.

«Oui. A ce propos. Les choses ne se sont pas passées comme elles auraient pu.»

«Sans déconner! Vous avez proféré des insultes homophobes voilées et vous m'avez renvoyé.» «Vous devez comprendre qu'il ne s'agissait pas de vous.»

«Vous pensez que c'est mieux d'être sur Merri?» demandai-je à cet idiot.

«C'est pas ce que je dis»

«Alors qu'est-ce que vous dites?»

«Je dis que les Cougars ont vraiment besoin d'un joueur comme vous. Si vous nous rejoignez, nous pourrons te garantir une place de titulaire et un contrat de trois ans.»

J'ai hoché la tête, en y réfléchissant.

«C'est une bonne idée. Mais il y a un problème.»

«Qu'est-ce que c'est? Le contrat de Seattle? Vous ne l'avez pas encore signé, n'est-ce pas? Tant qu'il n'est pas sur papier, vous pouvez faire marche arrière à tout moment.»

«Non, ce n'est pas ça. Le problème, c'est que je baise Merri à mort. Je veux dire, nous le faisons comme des lapins. Sur les comptoirs, sur le sol…»

Le vieux s'est tortillé et m'a coupé la parole. «Où voulez-vous en venir?»

«Contre le mur. Dans la douche», continuai-je, prenant plaisir à le mettre mal à l'aise. «Je l'ai compris! Est-ce qu'il y a un but à tout ça?»

Je me suis arrêtée et je lui ai souri.

«Oui. Je vous le dis parce que Merri est mon petit ami. Et à cause de fossiles comme vous, il m'a fallu beaucoup de temps pour pouvoir le dire. Mais maintenant je le suis, et je ne vais pas m'arrêter. C'est mon petit ami, et je l'aime. Donc, si vous avez un problème avec le fait qu'il travaille ici, alors vous avez un problème avec moi. »

Sa lèvre ridée s'est contractée, me fixant du regard. Je pouvais voir ses rouages tourner. Si je jouais ici et que nous gagnions, cela vaudrait pour lui des millions, voire des milliards de dollars. Mais pour cela, il devrait accepter ce qu'il ne voulait pas, le fait que l'amour entre deux hommes soit égal au sien.

«Je…» dit-il, abandonnant sa pensée.

«Vous quoi?» demandai-je avec assurance, en me penchant en avant. «Je peux l'accepter», a-t-il dit, à ma grande surprise.

« Tu seras d'accord pour que Merri et moi agissions comme n'importe quel autre couple quand nous sommes ici ? »

« Comme pour n'importe quel autre couple, il vous faudrait signer des documents mettant l'entreprise à l'abri de tout risque si les choses tournaient mal entre vous deux. Mais, oui je pourrais vivre avec ça »

En le regardant avec stupeur, j'ai dit : «Vous devez penser que je vais vous faire gagner beaucoup d'argent.»

Il m'a regardé avec mesure.

«Je pense que vous seriez une bonne addition à notre équipe.»

«Je prends cela pour un oui. Envoyez les papiers à mon agent. Je jouerai pour les Cougars. Mais pour l'instant, je dois aller fêter ça avec mon copain», lui dis-je en me levant et en quittant le bureau avec le sourire, victorieux.

«Qu'est-ce qui s'est passé?» demanda Merri, sous le regard de son père.

«Coach», ai-je dit en lui tendant la main.

«Ce sera un plaisir de jouer à nouveau pour vous». Il s'est fendu d'un large sourire tandis que Merri m'a regardé avec stupéfaction.

«Nous allons faire de grandes choses tous les deux», a déclaré le coach en me tapant dans la main.

«À nous trois, nous ferons de grandes choses», dis-je en regardant l'amour de ma vie. Balayant les joues rouges de Merri du revers de la main, je l'ai regardée dans ses yeux incrédules. «Nous avons réussi, Merri. Je t'aime», lui ai-je dit, en le pensant de tout mon cœur.

«Je t'aime aussi, Claude», a-t-il dit avant que je ne me penche pour l'embrasser.

Épilogue

Claude

En attendant de me connecter avec Titus et Cali sur Facetime, j'étais nerveux. Avec Cali à New York, il s'était passé beaucoup de choses depuis la dernière fois que nous nous étions parlé tous les trois. Je ne savais pas comment ils allaient le prendre.

«Claude!» dit Titus, rejoignant l'appel en premier.

«Comment va la belle Pensacola?» demandât-il joyeusement.

«C'est beau», lui ai-je dit en souriant.

Il m'a regardé bizarrement.

«Je ne sais pas ce que ça veut dire.»

«Tu ne sais pas ce que veut dire beau?»

«Je ne sais pas ce que signifie ce regard que tu me lances.»

Cali dit «Hey», son humeur est clairement plus basse alors qu'il rejoint l'appel.

«Cali, comment va New York?» lui ai-je demandé.

«Je suis chez moi», dit-il, le visage impassible.

«D'accord», ai-je répondu, troublé par son expression.

«Quoi qu'il en soit, j'ai des nouvelles à partager».

«Moi aussi!» renchérit Titus, dont l'enthousiasme ne se dément pas. «Moi aussi», dit Cali d'un ton abattu.

«C'est drôle», leur ai-je dit.

«Mais je vais commencer. Il semblerait que je sois le quarterback titulaire des Cougars de Pensacola», ai-je dit, incapable de cacher mon excitation.

Le visage de Titus s'illumina.

«Je croyais que c'était hors de question!»

«Le propriétaire a vu le showcase et a reconsidéré sa décision. On m'a dit que nous nous étions rencontrés et que tout s'était bien passé».

«Apparemment», dit Titus avec enthousiasme.

«Attends, comment ça, on t'a dit que tu avais rencontré le propriétaire? Tu n'étais pas là?»

«Longue histoire. Et je ressens encore la gueule de bois. Mais cela signifie que je vais déménager ici», lui dis-je nerveusement.

«Oh», dit Titus, pris au dépourvu.

«De façon permanente?».

«Je pense que oui. C'est un contrat de trois ans, et Merri est ici. Alors...»

J'ai haussé les épaules.

«Merri?» Cali s'interposa. «Tu veux dire la Merri que j'ai rencontrée?»

«Oui», ai-je dit, toujours en souriant.

«C'est bien pour toi. Je l'aimais bien», dit Cali, sa voix se réchauffant un peu.

«Moi aussi», ajouta Titus.

«Cela signifie-t-il que tu quittes l'entreprise?»

«J'aurai mes saisons mortes, mais je ne sais pas où Merri voudra les passer. Peut-être qu'il vaut mieux me considérer maintenant comme un investisseur silencieux.»

«D'accord», répondit Titus, qui a compris.

«Je suis heureux pour vous. C'est une excellente nouvelle pour le contrat et Merri.»

«Merci. Je suppose que c'est en forgeant qu'on devient forgeron.»

Titus s'esclaffa.

«Si c'était ta nouvelle, c'est mon tour. Cage a demandé Quin en mariage.»

«Pas possible!» s'étonna Cali.

«Quin a demandé à Lou d'être sa demoiselle d'honneur et Lou me l'a dit. Je ne suis pas sûr qu'il était censée le faire. Alors gardez ça secret jusqu'à ce que l'un d'entre eux vous le dise, d'accord?»

«Compris!», ai-je assuré à Titus.

«Sais-tu quand ils se marient?»

«Je n'en suis pas sûr. Dans quelques mois, je pense. Mais ça va être énorme. Marcus est traiteur. Je pense que toute la ville sera là.»

«C'est merveilleux! Tant mieux pour eux», dis-je, sincèrement heureux.

«Cali, quelles sont tes nouvelles?»

Cali fixa l'écran avant de baisser la tête. «Qu'est-ce qui ne va pas?» lui ai-je demandé. Se redressant, il s'arma de courage.

«Tu te souviens quand la mère de Claude nous a donné le nom de notre père?»

«Bien sûr», dit Titus tandis qu'un nœud se forme dans mon estomac.

«J'ai dit que je ne reconnaissais pas le nom, mais c'était un mensonge.»

«D'accord», répondit Titus avec prudence.

«Et comment connais-tu ce nom?»

«De mon premier voyage à New York».

J'ai repensé à ce qu'il nous avait raconté de ce voyage. Son petit ami Hil avait été kidnappée et il l'avait sauvé.

«Et comment as-tu découvert son nom à New York?» demandai-je, les nerfs à fleur de peau.

«Je n'ai pas seulement entendu son nom. Je l'ai rencontré. Je l'ai rencontré en personne», précise

Cali, le ton grave.

Mes réactions et celles de Titus se sont reflétées l'une dans l'autre, dans un silence stupéfait. «Quand?» Implora Titus.

«Quand je suis allé sauver Hil. Armand Clément, notre père, est l'homme qui m'a tiré dessus.» Des

picotements glacés ont recouvert mon visage en entendant les mots de Cali. Je n'arrivais
pas à y croire.

«Plus que cela», poursuit sobrement Cali. «Maintenant, nous devons le sauver.»

*****

Avant-première:
Profitez de cet aperçu de 'Problème de Mariage Mafieux':

Problème de Mariage Mafieux
(Romance Gay)
Par
Alex McAnders

Droit d'auteur 2023 McAnders Publishing
All Rights Reserved

Remy Lyon, héritier milliardaire d'un empire mafieux, a toujours convoité le meilleur ami de son petit frère, Dillon. Il voyait en Dillon une beauté que ce dernier ne discernait pas en lui-même, mais en raison de son statut de prince, il n'osait pas agir en conséquence.

A l'enterrement de son père, Remy a une dernière chance de revendiquer Dillon comme sien. Ses plans sont contrecarrés lorsque Armand Clément, le seigneur du crime impitoyable qui détient la vie de sa famille entre ses mains, viole leur accord.

Remy avait accepté de renoncer aux activités illégales de son père en échange du maintien des légales et de la sécurité de sa famille ainsi que de sa liberté. Mais maintenant, Armand veut tout, et cela inclut que Remy donne sa main en mariage à sa fille gâtée.

Désespéré de protéger sa famille et de rester proche de Dillon, Remy engage Dillon pour l'aider à naviguer dans le monde mafieux luxueux mais dangereux qu'il a hérité. Mais leur attirance explose bientôt en une liaison torride qui les met tous deux en danger.

Remy abandonnera-t-il Dillon, le seul homme qui peut le satisfaire, ou défiera-t-il Armand et risquera-t-il une guerre qui pourrait révéler de sombres secrets de famille et changer leur vie à jamais ?

*****

Problème de Mariage Mafieux

"Dillon, je suis amoureuse de toi depuis si longtemps. Dès l'instant où je t'ai rencontré, je ne pouvais plus m'en passer. Chaque fois que tu venais passer du temps avec Hil, je me demandais si tu me voyais. Alors quand je t'ai eu si près de moi, quand j'ai eu tout ce que j'ai toujours voulu dans mes bras, j'ai été la plus heureuse que j'aie jamais été.

"Quand tu m'as laissé, j'ai essayé de vivre sans toi. Je savais qu'en agissant ainsi, je garderais tout le monde ici en sécurité. Mais l'appel était trop fort. Je ne peux pas rester éloignée de toi, Dillon. J'ai besoin de toi. Je suis là pour te dire que si tu m'acceptes, je ne te quitterai plus jamais."

J'ai rassemblé mes émotions, tentant de maîtriser la vague accablante qui menaçait de déferler.

"Remy," j'ai commencé doucement, "je t'ai quittée pour une raison. Tu dois être avec Eris. La vie de tout le monde en dépend. Et même si ce n'était pas le cas, je ne peux pas être l'autre femme... ou homme… ou peu importe. Si je le pouvais, je le ferais pour toi. Mais je ne peux pas. Je suis désolée!"

"Mais c'est précisément pour ça que je suis ici," expliqua Remy. "Je sais que je ne peux pas simplement m'éloigner d'Eris. Mais je ne peux pas non plus vivre sans toi," déclara Remy, se révélant à moi. "Alors je suis ici pour te demander ton aide à nouveau. Je n'ai pas toutes les réponses comme mon père l'avait. Et je ne suis pas lui, je ne peux pas faire ça tout seul. J'ai besoin d'aider les gens que j'aime. Et je t'aime."
En savoir plus présent

Avant-première:
Profitez de cet aperçu de 'Un sérieux problème':

Un sérieux problème
(Romance Gay)
Par
Alex McAnders

Droit d'auteur 2021 McAnders Publishing
All Rights Reserved

Des hommes délectables ; une histoire pleine de rebondissements ; une tension sexuelle palpable

CAGE
Puisque des recruteurs de la NFL observent le moindre de mes gestes, la dernière chose à laquelle je devrais penser est Quiton Toro, mon tuteur timide, mais sexy et génial, qui me donne des pensées impures. Peut-être que je fantasme sur lui toutes les nuits, mais j'ai travaillé trop dur pendant trop longtemps pour faire une erreur maintenant.

Mais si je dois choisir entre l'avoir lui et une carrière dans la NFL, quel sera mon choix ? La réponse parait évidente, n'est-ce pas ? Alors pourquoi est-ce que je n'arrive pas à oublier la façon qu'il a de me regarder ?

Je crois que j'ai un problème.

QUINTON
Le problème lorsque l'on tombe amoureux pour la première fois est que cela vous donne des pensées folles, comme croire que vous pouvez avoir une chance avec le magnifique quarterback qui, non seulement se concentre sur le fait de passer pro, mais en plus a une petite-amie.

C'est lui qui insiste pour que nous passions du temps ensemble, ça doit signifier que je lui plais, pas vrai ? Pourquoi est-ce que je ne parviens pas à comprendre ce qui se passe ?

Et, comment va-t-il réagir en découvrant la masse de problèmes qui accompagne le fait d'être avec moi ? La seule chose que je peux espérer est que nous trouvions un moyen d'être ensemble. Mais qui pourrait parvenir à passer outre tant de difficultés ?

*****

Un sérieux problème

Je suis en train de tomber amoureux de Quin. C'est indéniable. Alors même que je suis allongé sous la lumière du matin à ne pas dormir assez, tout ce à quoi je peux penser est comment je pourrais le toucher comme je l'avais fait la nuit dernière.

Lorsque je l'ai entendu poser ses mains sur le lit entre nous, j'ai envoyé la mienne à sa recherche. Je ne savais pas si je devrais le faire ou s'il voudrait que je le fasse, mais je n'ai pas pu m'en empêcher. J'ai besoin de Quin. Je meurs d'envie d'être avec lui. J'ai l'impression que je deviendrais fou sans lui. Et me retrouver aussi près sans pouvoir le prendre dans mes bras était une vraie torture.

J'étais sur le point de me soulager de cette douloureuse agonie lorsque je me suis tourné et qu'un réveil a retenti. Quand ce fut le cas, j'ai réalisé que je dormais encore à moitié, car il m'a réveillé. Je connaissais ce son. C'était le bruit de mon réveil. J'avais oublié de l'éteindre.

Il était probablement plus vrai de dire que je n'avais pas été suffisamment fou pour l'éteindre. Depuis que j'avais rencontré Quin, il m'était impossible de dormir huit heures. Même si je me couchais à temps pour le faire, c'était lorsque j'étais seul dans le noir que je pensais le plus à lui. Donc, l'avoir ici à côté de moi était comme un rêve devenu réalité.

Le réveil sonna à nouveau. C'est vrai, l'alarme. Je ne voulais pas réveiller Quin.

Au lieu de le laisser sonner comme je le faisais d'habitude, j'ai ouvert les yeux et me suis rendu compte d'où j'étais. J'étais sur le côté droit du lit. Le réveil était à gauche. J'allais devoir me pencher au-dessus de Quin pour l'atteindre.

N'y réfléchissant pas, je me suis étendu au-dessus de lui et ai appuyé sur le bouton off de l'appareil. Ce ne fut que lorsqu'il fut éteint que j'ai réalisé où j'étais. Bien que nos corps ne se touchent pas, j'étais juste au-dessus de lui. Je me suis figé et ai baissé les yeux. Il était sur le dos.

Mon Dieu, ce que j'avais envie de me baisser et de l'embrasser ! Il était juste là. Il était tellement près. Et à cet instant, il a ouvert les yeux.

Je l'ai regardé, pris sur le fait. Il souriait, ou bien est-ce qu'il rougissait ?

« Bonjour, » dit-il d'une voix rauque et matinale.

En le regardant, je me suis détendu.

« Bonjour, » ai-je dit, le regardant une nouvelle fois puis roulant sur le côté du lit. « Désolé pour ça, » lui ai-je dit.

« Non, ça m'a plu, » dit-il en souriant de toutes ses dents.

« Le bruit du réveil t'a plu ? »

« Oh, je croyais que tu parlais de… » Il rougit à nouveau. « Ce n'était rien. Est-ce que ça veut dire que nous devons nous lever ? Il est tellement tôt. »

« Je dois aller à l'entrainement. J'ai de la route. »

« D'accord, » dit-il en bougeant son corps de façon adorable.

Je l'ai regardé se redresser, j'étais sur le point de me lever lorsque j'ai remarqué quelque chose. J'avais un vrai problème d'érection matinale. D'accord, j'avais été très heureux de lui montrer mon membre dur hier soir, mais j'étais tellement excité par le fait d'être avec lui que j'avais perdu toutes mes inhibitions.

Après une nuit de sommeil, aussi courte soit-elle, je n'étais plus aussi courageux. Ouais, j'étais toujours aussi excité, mais nous n'allions pas retourner dans le lit. Nous le quittions. C'était toute la différence.

« Nous pourrions dormir encore un peu, pas vrai ? » Demanda Quin en me faisant face, ses yeux magnifiques me suppliant de le prendre dans mes bras.

« Tu peux, mais je dois me lever. La finale est samedi. C'est notre dernier entrainement complet avant. Je ne peux pas être en retard. »

« Très bien, » dit Quin, déçu.

Le regardant dans les yeux, j'ai pensé à la prochaine fois où je pourrais le faire revenir ici.

« Tu veux venir au match ? Tu en as déjà vu ? »

« Tu veux que je vienne à ton match ? » Demanda-t-il avec un sourire.

« Ouais. Pourquoi pas ? »

« Je ne sais pas. Je me suis dit que ça pourrait être ton espace masculin ou je ne sais pas quoi. »

« Mon espace masculin ? »

« Tu sais, un espace où tu retrouves ta petite amie et tous tes amis du foot pour faire des trucs de joueur de foot. »

« Pour commencer, il y a 20 000 places dans le stade. Il y a de la place pour tout le monde. Ensuite, Tasha n'est pas venue à un match depuis je ne sais plus quand. Tu devrais venir. Comme ça, tu pourrais voir ce que c'est que toute cette histoire. »

« Je peux voir ce que c'est depuis là où je me trouve, » dit-il, faisant fondre mon cœur.
En savoir plus présent

*****

www.ingramcontent.com/pod-product-compliance
Lightning Source LLC
LaVergne TN
LVHW041748060526
838201LV00046B/947